落池

余醒

著

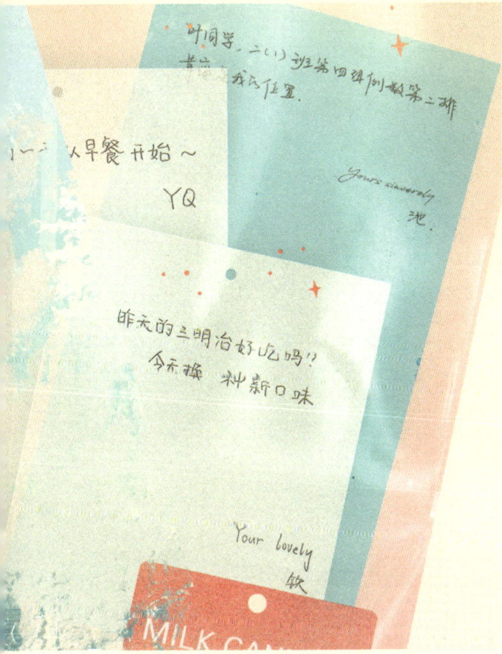

廣東旅游出版社
GUANGDONG TRAVEL & TOURISM PRESS
中国·广州

落

余醒 作品

独留他一人在这方狭小的池塘里
游荡徘徊，不得离去

那时的他从未想过
有朝一日程非池会一飞冲天
头也不回

目录

有你的地方

就是我要前往的方向

Chapter.01

初见

“喏，就是他。”

叶钦一口水刚下肚，就被旁边的周封用胳膊肘碰了一下。

他眯着眼睛，透过店里的玻璃窗往外看，瞧见一个身穿白 T 恤、黑裤子的高个子男生从货运车上往下搬矿泉水，三箱叠在一起，毫不费力地抱起来往店里走。

叶钦伸出舌头，把残留在唇珠上的一点水渍舔净，不着边际地问：“孙怡然……想坐在货运车副驾上笑？”

周封愣了一会儿，反应过来后拍桌子道：“哪儿能呢？这小子是隔壁班的，在这儿打零工挣钱，不是什么正式的搬运工。”

叶钦的视线追随着搬东西的男生，看着他将三箱重物放在地上，利落地打开箱子，一只手两瓶，把矿泉水往货架上码。正午炎热，他身上却好像没怎么出汗，不像学校里那帮男生，在操场上溜达一圈就后背冒汗，衣服都粘在身上，脏兮兮的。

又喝了一口矿泉水，叶钦咂咂嘴，皱着眉问：“他是咱们学校的？”

“是啊，不都说了嘛，师大附中的高才生，这学期刚转来的，为了奖学金，说是到时候如果考个‘清北’什么的，学校还有六位数的奖金。”周封啐了一口，“为了这点脸面，校领导也是不容易，上个月他在校外打工的事儿又被举报了，你猜怎么着，被教导处以‘未影响出勤率’给搁置了，我算是看明白了，什么校纪校规，在这种学霸跟前都是狗屁。”

周封对那个男生怨气很重，原因无他，周封最近在追的那个叫孙怡然的姑娘，在吃了他七七四十九天的早餐后，绞着手指拒绝他说：“对不起，我已经有喜欢的人了。”

周封当场暴走，问出孙怡然喜欢的是谁，立刻来找好友叶钦，扬言要揍这小子一顿。

叶钦不急，慢条斯理地喝完水，用空瓶底敲敲桌子：“我问你，那家伙跟孙怡然交往了吗？”

周封摇头：“还没有。”

“那你叫我来干什么？”

周封刚才怒火攻心，心急火燎地就把叶钦抓过来，现在自己一脸蒙，挠了挠头发，想不起为什么要叫他来了。

叶钦被好友的情商打败，撇撇嘴：“也就是说，孙怡然单方面喜欢他，你单方面喜欢孙怡然，那你还有机会啊。”

“可是……”周封语塞。

叶钦站起来，用空矿泉水瓶敲了一下周封的榆木脑袋：“可什么是？两条路，要么一鼓作气抢回来，要么甘拜下风换个姑娘追，我帮你扔个硬币拿主意？”

他说着手就伸进裤兜里掏，被周封按住，周封忸怩道：“这个我自己来就行……我自己来。”

叶钦扔了空瓶子，拍拍屁股站起来：“我先走了啊，下午老孙的课帮我挡一下。”

周封急眼，噌地站起来：“你去哪儿啊？老孙的课我没那个胆子，上回差点被请家长。”

叶钦从兜里摸出车钥匙在手上抛了两下：“昨天是谁跟我借车来着？刘扬帆还是赵跃……”

周封忙不迭地举手，苦着脸妥协道："是我是我，我约了怡然下周去京郊玩儿，我帮你挡，挡几次都行。"

叶钦满意了，握住车钥匙，在周封的肩膀上擂一拳头，安抚他道："我说，孙怡然既然接受了你的邀请，代表你还有机会，加把劲啊，别灰心。"

小超市的矿泉水涩得很，叶钦走到门口还觉得嘴里不舒服，拐个弯准备从学校后门开溜，视线不经意地从超市玻璃窗里掠过，瞟到周封那个情敌，他还在搬东西。

叶钦视力好，隔老远还能看清楚他短袖下结实流畅的手臂线条，有个姑娘跟他说话，他微微低头侧脸，露出高挺的鼻梁和弧度自然的薄唇。

叶钦品了品，心想，一点儿都不像个学霸。

后门开了一扇只够一人通过的小侧门，午休时间门卫大爷在里头打瞌睡，叶钦熟门熟路地跨出去，迎面撞上在停自行车的真学霸——班长廖逸方。

叶钦所在的六中勉强算个区重点，为响应国家"素质优先、百花齐放"的号召，学生既有统招来的也有拿钱集资进的，还有像廖逸方这样用奖学金请来的，其主要作用就是撑场面，保证每年高考结束后，学校能喜气洋洋地挂起"祝贺某某同学考入某知名高等学府"的横幅。

上这所学校的学生和其家长们各有所图，而叶钦不一样，他上这所学校是因为离家近。

比方说现在，他从后门钻出去步行一刻钟就到家门口，比那劳什子国际学校近多了，一日三餐都可以在家解决，还能抽空多睡会儿觉，加之学校管理不紧不松，节奏缓慢舒适，当年初升高的叶钦据理力争，行不通就跟父亲胡搅蛮缠，哭着闹着非要上六中，就是因为自觉找不到比六中更适合他的去处。

然而再完美的地方也有缺陷，比如不幸遇到一个比班主任还负责的班长。廖逸方绰号“廖包圆”，除了自己学习、协助老师鞭策同学们学习外，几乎把所有时间和精力都花在关心同学们的生活上，连班上女生什么时候来例假他都牢记在心，体育课时主动给她们请假，妥妥的奉献型人格。

可对于十七八岁的叛逆期少男少女来说，他这个特点就很招人嫌。比如当下，廖逸方锁了车，看清楚叶钦后，抱着书一路小跑着到他跟前：“叶同学，你去哪儿？还有三分钟就打预备铃了。”

后门路窄人稀，一眼能望到头，叶钦干脆没躲，信口扯谎道：“回去拿本书，下午要用。”

廖逸方正色道：“哪本书没带，物理还是生物？我去隔壁班帮你借。”

叶钦简直要翻白眼，面上却笑着：“都没带。没事啊，不用这么麻烦，我昨天还借了孙怡然的笔记，也落在家里了，不回去拿她下午可能会杀了我。”

廖逸方推推眼镜：“这样啊，那你快去快回。下午我跟隔壁班的程同学借化学笔记，也给你复印一份，上周小考你又下降五名。”

叶钦不认识什么程同学，他着急走，笑嘻嘻地谢过班长，应付完扭头就跑。

因为周封的感情问题耽搁了些时间，叶钦今天又没开车，亏得手长脚长跑得快，路上还来得及去店里取了一早订好的花和定做的蛋糕。

叶钦到家的时候母亲罗秋绫正要午睡，见儿子回来，立刻把外套穿回身上，吩咐阿姨把刚放进冰箱的鲜奶小方拿出来，拉着叶钦到桌边坐下：“上午就做好了，左等右等不见你回来，快吃吧，再放一会儿就不新鲜了。”

罗秋绫说话柔声细语，好似一阵轻缓的风，将叶钦心里因为父亲不在家产生的烦躁感吹散些许。他捏起一块鲜奶小方扔嘴里，边嚼边夸：“好吃。”

罗秋绫笑得温柔：“你呀，不是让你中午不要赶回来，晚上也是一样的。”

叶钦拍拍蛋糕盒：“等到晚上，花和蛋糕也不新鲜了呀。”

生日蜡烛上没刻数字，旁人也看不出罗秋绫已经四十岁了。她双手合拢，下巴支在手背上闭眼许愿，正午的阳光落在她身上，笼上一层细腻朦胧的光晕。

叶钦眯了眯眼睛，恍惚间时光回溯，眼前身着白裙的女人变回老照片上的少女模样，懵懂天真，不谙世事，唯有眉眼间的温柔一如往昔。

既然托了周封帮忙，叶钦下午自然不会去学校。

他没开车，把车库里落灰的单车拎出来胡乱擦了擦，便踩着出了门。

兜里的手机设置了导航，他跟着耳机里的声音指示左拐右拐，远远地看见玉林小区的门牌，才捏刹车减慢速度。

这地方叶钦没来过，开车的时候偶尔经过也懒得看一眼，几幢灰扑扑的五层小楼紧巴巴地挤在一起，初步目测里头住着至少三百户人家，占地面积却还不足叶家京郊别墅花园的一半大，叶钦轻蔑地哼了一声，心想这样的破房子居然还能金屋藏娇，老头子真是厉害了。

小区门口没有保安，叶钦一路骑行进去，老楼房所谓的楼号早就在风吹日晒中被磨灭干净，叶钦问了在楼下散步的老爷爷，才得知 3 号楼就是面前这一栋。

叶钦仰头看去，除了各家阳台上晒着的五颜六色的衣服，其余什么都看不见。

夏末秋初的天气仍旧有些燥热，老爷爷摇着扇子，顺着他的视线往上瞧：“小伙子在看哪家啊？”

楼下没盖的垃圾桶散发着食物腐烂的臭味，叶钦下意识地皱眉，摇头说“随便看看”，接着掉转单车，往小区大门行去。

骑了不到二十米，叶钦又折返，单脚撑地，下巴微抬，用倨傲的表情掩饰内心的不安，问立在原地的老爷爷：“请问这栋楼里，有没有一个姓程的女人？”

叶钦本打算连晚自习一起逃了，奈何周封平均一刻钟给他打一个电话，见他不接，就短信轰炸。

老孙来了，来了、来了！

又来了又来了，发化学试卷！

点你名了，我说你在厕所！

怡然也问我你去哪儿了，她会不会告诉她爹啊？！

廖包圆去厕所找你了！

快回来吧哥，我顶不住了！

叶钦烦不胜烦，随手按了关机，躺在按摩椅上继续睡觉。

不知过了多久，身边的朋友喊他：“阿钦，老周找你，让你开机。”

周封跟叶钦处的是同一帮朋友，每回找不到叶钦，只要挨个儿给这几个朋友打电话，一准能找到。

叶钦闭着眼睛按开机，周封的电话秒打进来：“快回来啊哥，班长拿着考勤表去找老孙啦！”

“你拖住他，我一会儿就到。”叶钦睡得昏昏沉沉，头正疼着，开了免提把手机放在边上，摸索着爬起来穿衣服。

“拖不住啊！”周封那头传来一段混乱的噪声，人声也拉远了，“看着小胳膊小腿的，力气怎么这么大？”

刚泡完澡，叶钦浑身绵软没劲，到门口让服务员叫了个车。原本打算把单车一起带上，结果后备厢塞不下，索性扔在茶馆大堂里不管了。

歪在后座一路打盹到学校，下车时伸了个大懒腰，叶钦这才觉得身上舒坦了些，拎着从茶馆里带出来的饮料，晃荡着往教学楼走去。

一只脚踏进教室，晚自习预备铃即将打响，周封仿佛见到救星，抱住叶钦就是一番声泪俱下的控诉，包括他如何与老孙斗智斗勇，以及如何机智地把廖班长制住。

“老孙远远走来，说时迟，那时快，我把班长按在墙上，另一只手捂住了他的嘴……”

叶钦想象了一下那画面，浑身一哆嗦：“行了行了，你的大恩大德我没齿难忘，这个月如果没被扣考勤分，我请你吃饭，地方你随便挑。”

周封笑得谄媚：“吃饭就不必了，车能再借我开一次不？下个月怡然过生日。”

他们这群狐朋狗友中，只有叶钦身份证上到了年纪并且拿了驾照，车是叶钦的父亲提前送给儿子的生日礼物。作为正经的有车人士，叶钦的车成了少年们眼中的香饽饽，他平时就大方，更没有把车当“老婆”的习惯，只要理由正当，偶尔借去也没什么大不了。

得到首肯，周封乐呵呵地掏出手机在桌子底下发短信，然后伸长脖子往教室前排看，孙怡然捧着书纹丝不动。周封等了一会儿便觉得无聊，用胳膊肘撞书都拿反在打瞌睡的叶钦：“欸，你那事儿打听得怎么样了？”

叶钦稀里糊涂：“什么事儿？”

两人的座位靠窗，窗外偶有巡视的老师经过，周封靠近他耳畔，压低声音道：“就是你让刘扬帆帮你找的私家侦探，顶不顶用啊？也给我个联系方式呗，让他帮我查查隔壁班那个学霸的底细。”

大概是捕捉到“学霸”两个字，前排的廖逸方转过来，推了推眼镜，狐疑地打量周封。

“没喊你。”周封推了一下他的肩膀，让他转回去，“念你的书吧，别多管闲事。”

叶钦继续用书挡着脸，露在外面的一只眼睛半睁，不紧不慢地说：“这点破事就别浪费资源了，去隔壁班问下不就知道了？”

周封咬牙切齿：“我要他的家庭住址，生辰八字，上至祖宗八代，下至鸡毛蒜皮……”

“干吗？你要做小人扎他？至于吗？中午白开导你了。”叶钦打断他，懒洋洋道，“就那种穷鬼，用得着费这么大劲？下个月不是孙怡然的生日嘛，到时候你送个包，里面塞瓶香水，他呢？一个搬运工，指不定拿出个什么玩意儿，孙怡然那么挑剔，能受得了？”

周封琢磨了一下，觉得有道理，转而笑嘻嘻地问叶钦：“那你又是在查什么啊？也是情敌？请假就是为了亲自下场刺探军情？”

叶钦皱眉，不悦道：“踩个点。”

周封来了兴趣：“在哪里？下次我跟你一起去，万一出什么事儿也好有个照应。”

叶钦想起收到的汇报内容，说那女人身体不好，深居简出，不禁嗤笑自己亲爹品味清奇：“能出什么事儿？”

周封盘问了许久也没从他嘴里撬出话，觉得无趣，也把书打开立起来，躲在后面玩 PSV。

晚自习第一节课下课，廖逸方捧了一沓 A4 纸进教室，请在教室里的同学帮忙装订。

叶钦还没醒透，闭着眼一通乱按，廖逸方喊道：“叶同学，你把字给订上了！”

眼睛艰难地睁开两条缝，叶钦瞅了瞅上头的字，一笔一画端正漂亮，倒是一手好字。他再下手时便不由得仔细了些，边按订书机边翻回首页，念右下角的名字：“程……非……池？”

第一个字就让他心中不悦。那个女人也姓程，虽说不是什么特别的姓氏，可叶钦还是觉得硌硬。

“对，就是我跟你说的程同学，以前是师大附中的，这学期刚转到隔壁班。”廖逸方科普道，“去年全国物理竞赛的一等奖就是他，我跟他在竞赛会场交换过姓名，不然他也不会轻易借笔记给我复印。”

旁边有同学问：“这不是化学笔记吗？”

廖逸方与有荣焉：“他化学成绩也好，三百六十度无死角全方位学霸。”

叶钦偷偷撇嘴，又想到班长今天给他放的水，觉得不好拂了班长面子，假笑捧场道：“班长的朋友都好厉害。”

上课不睡觉，下课趴在桌上打瞌睡的周封后知后觉地捕捉到敏感词，猛地抬头，瞪着眼睛问：“什么池？隔壁班那个学霸？”

叶钦把笔记本扔给他，他看了名字，跳起来要去隔壁班找人打架，撸袖子道：“跑到老子的地盘笼络人心，胆子真的大！”

廖逸方生怕周封惹事，拽着他不让走。前排的孙怡然循声而来，惊喜收获程同学的笔记本，扔下一句“班长我去帮你还”就美滋滋地要出教室，周封气急败坏，使大劲儿把廖逸方踹倒在地，转脸面对孙怡然时又变作一副狗熊样，为了夺下她手里的笔记本，“宝贝儿”“姑奶奶”叫个不停。

场面混乱不堪，叶钦看不下去，把捂着小腿的廖逸方扶起来，快速地拿过孙怡然背在身后的笔记本，举高不让他们抢，无奈道：“你们各回各位，我去还。”

说是隔壁班，其实不仅不在同一层，还不在同一栋。从叶钦所在的理科（2）班过去，要经过一个男厕所、两截楼梯，再走过两栋楼之间十来米长的过道，方可抵达。

理科（1）班是尖子生班，气氛跟其他班截然不同，门口没有人追逐吵闹，走近了都是静悄悄的，偶有哗啦的翻页声，衬得夏末的风声也变得静谧、冷清。

叶钦在过道的小卖部里买了根棒棒糖叼在嘴里，敲窗时教室里有几个同学抬头看，见是无关人等，又低头继续学习。

叶钦把笔记本从窗缝里塞进去，含混道："还给你们班的程……程……"

他对人名不敏感，尤其是不知道长相的。靠窗口的女生几乎没思考："程非池？"

叶钦点头："对，麻烦传给他。"

理科（1）班的气氛并未因为叶钦的到来发生变化，他们传物的方式都是悄无声息的，笔记本沿着距离最短的一条对角线，一张桌子一张桌子地往教室西南角传递。

本子抵达终点时叶钦还没走，他有点好奇学霸的长相，毕竟好友周封在学习上已经落了下风，只能对比一下颜值，看看周封的胜算有多少。

没承想这位程姓学霸居然在睡觉，脸朝里趴在桌上，只露出一个黑黢黢的发顶。同桌拿到笔记本，碰了碰他的胳膊，他也只是随手接过来，把本子往桌肚里一塞，然后调整了个舒服的姿势，把脸埋在臂弯里继续睡。

从轮廓上看与中午在正门超市看到的的确是同一人，个子很高，长腿蜷在桌子下面憋屈得伸不直，身上穿的也是中午的那件短袖，胳膊露在外面，好像完全不怕冷。

棒棒糖嘣完都没等到他抬头，夜风吹得人四肢发凉，叶钦缩着脖子，兴致缺缺地散步回去，在楼梯上接到来自父亲的电话。

"在上晚自习？"叶锦祥开门见山地问。

叶钦把口中的棒棒糖棒子吐掉，其准确无误地落进面前的垃圾桶里，对着电话道："嗯，课间操。"

叶锦祥似乎习惯了儿子的不着调，教训的话到嘴边又吞了回去，改口说："今天你妈过生日，下了课早点回去。"

"晚自习九点半下课，学校不让早退。"叶钦的话里带着点讥诮，像在嘲讽当爹的连儿子几时放学都不知道。

电话那头沉默片刻，叶锦祥再度开嗓时，不同于往日端着上位者的架子给人压迫，声音里居然有了一丝软化："有时间多陪陪你妈。如果有想要的东西就告诉爸爸，爸爸给你买。"

因着这句话，叶钦的后槽牙一直咬到下晚自习，腮帮子都咬僵了。

本想借题发挥，好好发泄一通，没想到碰了个软钉子，一肚子火撒不出来，憋得他胃疼。

回到家，母亲罗秋绫还没睡，见儿子脸色发白，亲自去厨房给他温了一碗木瓜排骨汤。

叶钦没胃口，蔫巴巴地用勺子在碗里搅和，罗秋绫晓得他嗜甜如命，劝他道："你从小脾胃就不好，先喝点清淡的，要是病了，妈妈会心疼的。"

这才是有效的关怀。叶钦不想让母亲担心，就着勺子喝了几口，喝完送母亲上楼休息，看见主卧里摆在显眼处的那两捧鲜花，忍了又忍，才没把那两捧艳俗至极的玫瑰花拿出来扔掉。

老头子百年如一日地无长进，讨好都摸不准方向，妈妈从来就不喜欢颜色鲜艳的花。

躺在床上，叶钦辗转反侧，难以入睡，眼前挥之不去的尽是破败楼房的阳台上飘荡的衣服，还有父亲离家前说自己要出差一周的坦然面孔。

他有点后悔了，当时应该上楼去看看的，哪怕路人爷爷并不知道姓程的女人住在哪一间。

叶钦运气一向不错，能在楼道里遇到叶锦祥也说不定。

可是遇到了又能说什么呢？骂他，揍他？

万一让妈妈知道了，怎么办？

叶钦这么不着边际地想着，放在床边的手机突然振动。

叶钦拿起手机翻看，短信来自一个未存储的号码，里面短短一行字：304，户主程欣，有一个儿子。

心猛地跳了一下，还没等它落回原地，叶钦的手指就动了起来，他飞快地打字：姓名，年龄。

对方回复很快，显然已经调查清楚了，连叶钦没问的也一并回答了：程非池，18岁，六中高二（1）班。

“看什么呢？”

在体育课上，周封抬手在叶钦眼前挥了挥，没唤回他的魂，便顺着他的视线往对面瞧。

六中只有一个大操场，经常几个班一起上体育课，周封辨认半天，面目逐渐狰狞：“（1）班，怪不得怡然刚才在教室里化妆，我还当为了跟我出去玩做准备呢。”

叶钦心不在焉，慢悠悠道：“又不是跟你一个人出去，瞎激动什么？”

周封受到打击，垮着脸闷了半晌，顺着跑道溜达一圈回来又好了，没心没肺地问叶钦：“晚上你来不来啊？大伙儿都在呢。”

叶钦没再往那边看，脚尖在草坪上又踩又踱，心事重重的样子，从兜里掏出车钥匙扔给周封：“你们玩儿吧。”

下午课间，跑到后排玩的孙怡然看出叶钦精神不济，从包里拿了瓶酸奶给他：“待会儿你真不去啊？听说刘扬帆他们为了让你开心，特地约的局，你不去多可惜啊。”

叶钦提不起劲，一只手托脑袋，一只手抠酸奶包装：“这可是在学校，你也不怕被老孙抓到。”

孙怡然猛一个激灵，扭头四处张望，转回来嗔怪地拍了叶钦肩膀一下：“吓死我了。”

他们几个从初中就玩在一起，见证了彼此从幼稚的小屁孩变成叛逆少年，性格南辕北辙、各自发展，谈不上多合拍，争吵矛盾也时常有，能玩到现在也算一种缘分。

作为小团体中唯一的女孩，孙怡然颇得大家照顾，即便叶钦不喜与人近距离接触，面对她亲昵的动作也没显出讨厌或者不耐烦。他不动声色地往后退，懒洋洋地靠在椅背上：“话说你那个学霸男朋友，追得怎么样了？”

提到这个孙怡然就脸红，露出与他们相处时截然不同的怀春娇态：“哎呀，什么男朋友，八字还没一撇呢。”

“晚上把他也叫出来啊，大家互相认识一下。”

叶钦说完这话就有点后悔。把程非池叫过来干什么？生怕大家不知道他们家那些破事？

幸而孙怡然也没打算答应，娇羞道：“他晚上很忙的，没空参加这些浪费时间的聚会。”

孙怡然跟她那个当化学老师的爹一样，说话直来直去，挖苦人也很拿手。星期五没有晚自习，周封坐上驾驶座预备大显身手，被孙怡然连打带踹地推下车：“没有驾照还敢往这儿坐，想带着我们跟你一起送命啊？”

车子就停在学校拐弯口的绿化带边上，叶钦本打算把车交给他们就走，谁知廖逸方恰巧骑着自行车路过，听见他们的争论，当即便下车停稳，隔着人行道的围栏劝道：“周同学你还没成年，不可以开机动车。”

周封看见他就烦：“这会儿不是在学校，你少管闲事。”

廖逸方不说话了，掏出手机拨号。周封叼着烟，吊儿郎当地问他是不是又要报告老师，廖逸方按了拨通键，掷地有声地说："报警。"

周封家里祖上三代从军，对他管教极严，因此周封在这帮人当中叛逆心最重，不过他是个㞞的，迫于家里管教严，平时小打小闹都畏首畏尾，这种事要是让家里人知道了，非打断他的腿不可。

但凡遇到班长准没好事，周封火冒三丈，差点爬围栏过去揍人。最后实在没法，叶钦在孙怡然的央求下做了他们的司机，到了刘扬帆家的茶馆门口，又被几个朋友硬拖进去，不情不愿地加入了这场聚会。

从前他挺喜欢跟他们一起闹，就像孙怡然说的，横竖都是浪费时间，开开心心玩一场，总好过一个人闷在家里。

可今天不同，或者说这阵子都不太一样，他心里揣着事，整个人坐立不安。周封他们几个逗他开心，他随意喝了一口递过来的茶，杯子放下的时候洒了旁边的刘扬帆一身。

刘扬帆浑不在意，当场便脱了衣服，只穿一件背心，脏了的衬衫团起来扔进垃圾桶。孙怡然问他干吗不带回家洗洗继续穿，刘扬帆不屑道："这是我小妈给买的，穿它是给我爸面子，面子脏了，还留着它干什么？"

刘扬帆家里搞房地产，他们这一脉人丁兴旺，支系庞杂，外表看着和睦安宁，里头的腌臜事关起门来也只有自己知道。不过刘扬帆从不避讳，他们几个也就跟着听一耳朵。

话题顺势跑偏。周封家里父慈子孝，对别人家的秘事格外好奇，和孙怡然一块儿缠着刘扬帆问这问那，诸如"你的小后妈漂亮吗""听说你还有个弟弟""不怕他来跟你抢家产吗"。

平时叶钦能把这些当故事听，如今却做不到了。

他想起妈妈罗秋绫，自打他记事起，妈妈就没离过家，做饭、浇花，安顿好家里的一切，每天都面带微笑在门口等待他们父子俩回来，"温婉贤惠"四个字仿佛为她量身定做。

如若她是被养在家里的金丝雀，叶锦祥做出这种事或许在旁人眼里还稍稍站得住脚，可是谁人不知大名鼎鼎的叶氏从前姓罗，罗家老爷子做中草药发家，膝下无子，把招进门的女婿当自己人，将毕生经验倾囊相授，到头来却没有享清福的命，五十出头罹患癌症，不出两年便丢下女儿撒手人寰。这边尸体还没凉透，那边女婿就把公司改姓了叶。

叶锦祥能有今天的成就，多半得归功于他的老丈人，叶钦有时候都觉得丢人，甚至会为妈妈的温顺服从感到不平。

大概只有叶锦祥本人志得意满，厚着脸皮忽略那些风言风语，不仅有闲情在外面养花、养草，还弄出个比叶钦年纪还大的私生子。

手上半空的易拉罐被捏成一团，周封听见动静转过来，以为叶钦被冷落了不高兴，笑嘻嘻地给他端了一杯茶："咱们阿钦的生日也在下个月吧？要不要哥们儿帮你操办？到时候也叫扬帆他们再寻点好东西……"

叶钦没听下去，思维就像潮水，一旦发散就收不回来。他明面上是这帮人当中年纪最大的，其实不然，身份证上的生日被叶锦祥提前一年，为的是让他提前上小学，省得整天在家调皮捣蛋，无事生非。

这番良苦用心叶钦从前不懂，这会儿却是不想懂也被迫懂了——婚生子比私生子年纪小那么多，传出去像什么话？

玻璃杯拍在桌子上，杯脚"咔嚓"一声断裂。

叶钦从小娇生惯养，什么样的好东西没见过？他不懂茶，也不稀罕品茶，面对周封和孙怡然的大呼小叫，一点都不觉得心疼。

晚上不到 10 点，先送有门禁的孙怡然回家，接着刘扬帆提议去赵跃家里打游戏，叶钦刚发了一顿疯，心情暂且平静，手握方向盘，冷眼目视前方，车子在路上开得平稳顺当。

刘扬帆和赵跃在国际高中念书，家都住在城东，经过玉林路附近，远远看见一家 24 小时便利店，后座的周封拍驾驶座椅背："阿钦停一下，咱们买点吃的，通宵打游戏最容易饿了。”

叶钦依言把车停在路边，三个醉鬼把车里弄得乌烟瘴气，他也下车跟他们一起进便利店，准备买点甜食换换心情，顺便呼吸一下新鲜空气。

他所有的爽快干脆都是给别人看的，实际上暗自踌躇了整整一个星期，还心怀侥幸地想着，首都这么大，在他完全准备好之前，没道理让他随便碰上一个在小小的六中里都碰不到的人。

然而在这天的午夜11点，叶钦在意料之外，又在情理之中地和程非池正式打了个照面。

先认出人的是周封，他抱着几瓶饮料，探头问收银台方向："请问哪里有购物篮？"

还没等到收银员回答，他就骂了一声，回到货架后面，压低声音凶狠地骂道："冤家路窄。"

叶钦在靠近收银台的货架前看糕饼甜食，便利店食品种类少，更没有他平时吃惯的国外品牌，挑挑拣拣半天，只拿了一包看上去还凑合的果酱软糖。

周封平时就聒噪，他懒得理会，等到周封跑到他跟前来让他回头看，他才注意到收银员是何许人。

"正想收拾他，他就自个儿撞枪口上来了。"周封有些急躁，还有点兴奋，"这是上天的安排，可怨不得我。"

几个人当中数赵跃心思最为活络，初中时就带着一帮中二少年在违反校纪校规的边缘来回试探，能全须全尾活到今天都是个奇迹。他听说眼前这个人就是周封的情敌，把孙怡然弄得五迷三道不说，还不承认是她的男朋友，于是本着哥们儿义气，当即眼珠一转，计从心起。

叶钦没怎么细听他们所谓的"部署"，心里说着不在意，目光却不由自主地往隔着几个货架的收银台那边集中。

近距离看，程非池比他想象中的还要高，头顶几乎碰到货架的顶层，是拿东西都不需要踮脚或者抬高胳膊的从容高度。除了身材，相貌也不像许多同龄人在这个青黄不接的年纪里长得五官模糊，既有大人的影子又脱不开小孩的稚气，程非池的脸部轮廓立体，眉骨和鼻梁制造出的阴影深邃流畅，加上线条分明的薄唇，看着确实是会让孙怡然心动的类型。

晚上这一带人烟稀少，他背脊挺直如松，只有脖子微微弯曲，视线也垂直往下，聚精会神地看着什么，完全没被这边的喧闹影响。叶钦看到他搁在柜台上的手动了一下，一页纸翻过去，才知道收银机后面放着一本书。

晚自习睡觉，打工的时候学习，学霸果然最擅长利用时间。

叶钦这边观察完毕，那边三个人正好讨论结束。赵跃打头阵，晃荡到收银台侧后方，躬身看柜台里摆的香烟，周封和刘扬帆从正面进攻，两人一个敲柜台，另一个开口发问：“这儿有黄鹤楼吗？”

程非池将视线从书本上移开，落在面前的两人身上，角色转换极快，礼貌道：“不好意思，没有。”

“那苏烟呢，铂金或者沉香？”刘扬帆的父亲是个老烟枪，他从小耳濡目染，市面上能买到的高价烟信口拈来。

程非池：“也没有。”

他的声音沉着冷静，质感也是冷的，如同敲击某种金属产生的低频振动，公事公办的话硬生生被他说出一种理所当然的底气。叶钦站在人群后看他，恍惚中生出一些奇怪的念头，觉得这样的人根本不该待在这里。

周封的手指又叩了叩柜台的玻璃板，皱眉问道：“那你们这儿有什么？”

旁人兴许看不出什么，可叶钦跟他们一块儿长大，一年三百六十五天足有三百天腻在一块儿，周封眨一下眼睛，他就知道这厮心里虚，眼角的余光往柜台里一瞟，果然看见赵跃挪了一下位置，手腕一抬，让什么东西悄悄滑进程非池的运动裤口袋。

后者丝毫没有察觉，目光迅速扫过柜面，回答道：“有软中华，六十八元一包。”

便利店小小一间，这已经是最贵的零售香烟。

赵跃事已办成，拍拍屁股站直身体，从柜台里侧绕了出来，双手插兜，显出不耐烦的样子：“就软中华吧，来两包。”

结账付钱，一行四人离开超市，不到五分钟，又浩浩荡荡折返。

分头搜寻一圈无果，周封率先跑去问站在收银台后的人：“喂，看见我兄弟的手表了吗？”

警察二十分钟后赶到，双方还在对峙。

程非池只有一个人，即便势单力薄，面上也不见惊慌。他在警察的要求下出示了身份证，然后有条有理地描述事情经过。

“大约 11 点 15 分，这四位客人进店，其中三人在距收银台最远的货架前徘徊有七八分钟，接着就一起走到烟酒柜台前。这位，”程非池指着赵跃，“绕进柜台里侧看商品，与我所站的位置距离大约半米，另外两位站在外侧与我面对面说话，这期间时长不到两分钟，我全程站在收银机后面没有动。最后里侧这位做决定要了两包软中华，就结账离开了，五分钟后返回，说手表不见了。”

周封听了跳脚：“你小子怎么说话的？意思是咱们几个合起伙来陷害你？”

刘扬帆对他“此地无银三百两”的无脑发言表示无奈，插话道：“混淆视听，如果真像你说的那样，怎么会在你口袋里找出我哥们儿的手表？”

程非池看了两人一眼，再次面向警察：“店里有监控可以调取，看了就知道我有没有说谎。”

便利店店长在警察来之后匆匆赶来，面对两位警察和四个看穿着就来头不小的年轻人，中年女人不由分说就点头哈腰地道歉：“对不住、对不住，给各位添麻烦了，小程刚来这儿不久，哪里得罪了各位尽管说，回头我好好教训他。”

刘扬帆吐了嘴里的烟，挑眉笑道：“教训？你知道我哥们儿这块表多少钱吗，你就教训？”

赵跃扬了扬手里的运动手表：“我爷爷送的生日礼物，限量版，牌子都不认得也敢偷，谁给他的胆啊？你吗？”

店长被他们的话吓到，回过神来立刻道：“小程不是这种人，这中间一定有误会。”

这时，监控视频调出来了。拍到收银台的摄像头只有一个，朝向烟酒柜台的侧面，按照左下角的时间，四个少年确实是在 11 点之后没多久走进便利店，消失在镜头内不到十分钟，其中三人就往柜台走去。

接下来的情况也与程非池的描述基本一致，只是这段视频并没有发挥实际作用，因为角度有点偏，根本看不清人的动作，来回放了三遍，怎么看都是一个再普通不过的购物过程。

“这人铁定是个惯犯了，知道这块儿是监控死角，干点什么也不怕被人抓到。”

事主赵跃先发制人，空口定了程非池的罪，周封和刘扬帆附和，说这个收银员从事发到现在都镇定得不得了，分明从他们一进门就见财起意，盯上了赵跃的表。

三人成虎，说得头头是道，警察也犯了难。

“我没有偷他的东西，也不知道那块表为什么会在我口袋里。”程非池再次否认，看向赵跃，“他靠近的时候我没有设防，现在回想，当时就进了他们的圈套。”

“你放屁！”周封怒目圆睁，“你算个什么东西？我们几个闲着没事算计你？”

赵跃淡定许多，轻蔑道：“这话可就不太中听了，你我素不相识，我为什么要诬陷你？图钱还是图利啊？”

警察也觉得有道理，把店里另外两个摄像头的监控也调出来看，摸着下巴问程非池：“你说这位赵先生陷害你，在场有没有其他人目击？”

叶钦正倚靠在门边往嘴里扔软糖，闻言抬起头，视线和程非池的视线撞个正着。

刚才结账后在门外，作案的三人就统一了口径。周封打定主意要让他吃教训，既然不能把人按着打一顿，用其他什么方法都无甚差别。被他们三个盯上，程非池想要在这样周全的计划中脱身难如登天，回便利店之前，叶钦就料到程非池当下百口莫辩的局面。

叶钦自然是站在自家朋友这边的，不过他还有其他身份，没有参与事件，是这场闹剧唯一的旁观者。

他本来以为自己能够坦然应对，然而等到程非池的目光真的聚焦在他身上，他还是有一瞬间的慌乱。

这慌乱来得古怪，可他心里清楚原因。

叶钦很快给自己找到理由。他不喜欢恃强凌弱，或许是受母亲的影响，或许是同情弱者的本能隐隐作祟，他想，如果他看到的程非池是可怜的，眼中写满期盼和哀求，他会冒着得罪朋友的危险，帮程非池一把也说不定。

可惜，程非池的眼神毫不露怯，坦然到有些犀利，像一把锋利的尖刀，划开隔膜，刺得叶钦心中藏着的那些不足为外人道的扭曲心思东逃西窜，无所遁形。

“他看到了。”程非池说，“当时他就站在我正前方，这两位的身后。”

口中的软糖因为咬得太用力粘在牙齿上，叶钦别开目光，企图假装看不到那个站得笔直的身影。

“我当时在想别的，没看清。”他咬着嘴里终于迸出果酱的软糖，不仅不甜，还有些酸，酸得他话都说不清楚，“不好意思，帮不上忙。”

后半夜是属于少年们的狂欢时间。

因为大仇得报，周封今天格外兴奋，游戏刚玩两局就扔了手柄继续狂欢，拉着叶钦陪他一起狂欢。

叶钦赏脸陪着玩了一会儿，眉头皱成“川”字，随后推开他的胳膊，摊在沙发上继续吃软糖。

周封仰头把剩下的饮料咕咚咕咚全喝了，扔了易拉罐扼腕道：“咱们就该跟到局子里，围观警察审他，顺手拍个照片给怡然发过去。”

赵跃笑他太绝，说那人看起来傲得很，吃这么大的亏，肯定气坏了。

“找阿钦做证，也亏他想得出来。”刘扬帆也是满脸嘲讽，“一看就是咱们自己人，他是不是脑袋锈掉了，凭什么以为阿钦会帮他？”

周封哈哈大笑：“可能是看阿钦面相软和，以为他好说话。”

“也是，阿钦长得嫩，大眼睛小嘴巴的，一张小脸白里透粉，看着别提多纯良了，我们要是不说，谁知道他才是老大？”

刘扬帆说完便抬手捏叶钦的脸，叶钦偏头躲开，又往嘴里扔了颗软糖。

几人笑他无趣，继续闲扯。等到他们酒足饭饱再次拿起手柄，叶钦拍拍坐在地毯上的赵跃，问：“他……我说那个人，会被警察怎么处理？”

“会被拘留吧，捅到学校里也说不定，背个处分什么的。”赵跃说得轻飘飘，“有可能还会罚款，看他的命咯。”

同一时间的另一边，玉林路派出所的玻璃门打开一条缝，程非池从里面出来，仰头看远处的钟楼，凌晨3点半。

北方的初秋夜深露重，他上身只穿了一件印有便利店LOGO的短袖T恤，下身是普通的黑色运动裤，在空荡无人的路上埋头走路。

派出所与便利店距离不远，程非池进门时，店长正拿着扫帚准备扫地，为两个小时后的交班做准备。

“我来吧。”程非池上前，接过店长手中的扫帚，径自走到最里面，按顺序挨排往外清扫。

店长看着他扫，忽而叹了口气，问：“警察没有为难你吧？”

“没有。”程非池说，“听说我是学生，盘问几句就让我走了。”

店长转过身去整理货架，想想还是忍不住唠叨：“跟你说多少次了，社会上乱得很哪，尤其是晚班时间，流氓、混混都跑上街撒欢惹事，咱们惹不起就躲，离他们远一点，该让的时候服个软，硬碰硬只得跟自己过不去。”

程非池手上的动作顿了一下，道：“我没惹他们。”

“知道你没惹事，你是什么样的人，阿姨能不知道吗？”店长转回来面向他，“可是这个世界上就是有人喜欢无事生非，你不惹他们，他们还是看你不顺眼。所以，你得学会自保，硬骨头收一收，不为别人，就为你自己，想想看今天这事儿要是真闹大了，你书还念不念啦？从师大附中转到六中已经很委屈啦，真捅到学校里，你妈妈该有多失望啊？”

程非池抿了抿唇，没再说话。

整理完店面，离开之前，店长阿姨从熟食保温箱里拿了几个包子和两包豆浆，装袋一起递给程非池，程非池不要，放好拖把就往外走。

店长追到门口，不由分说把吃的塞他怀里：“拿着吧，一整天没人买，过会儿也要被过期处理的，等下还要上课吧？早饭可不能不吃。”

程非池把书夹到胳膊下，双手接过塑料袋，道了声“谢谢”。

店长阿姨又从口袋里掏出两百块钱："这是这几天的晚班工资。"

程非池垂眼看她手上的红票子，知道这是让他以后都不用来了。

店长阿姨面露难色，委婉道："阿姨之前考虑不周，你还是个孩子，晚班太危险了，你听你妈妈的话，好好学习，挣钱是大人该操心的事儿。"

程非池沉默不语，不接那钱也不说话，似乎在思考该如何挽回这个来之不易的工作机会。

晨间风大，店长阿姨先等不住了，拍拍他的后背催促他赶紧回去："你这孩子……这样吧，以后还有什么适合你的岗位，阿姨一定第一时间通知你，好不好？"

程非池这才应了声"好"，接过钱揣进口袋，再次跟店长阿姨道了谢。

到家的时候天刚蒙蒙亮，屋里拉着窗帘，只有缝隙里透进来一点晨光。

程非池轻手轻脚地走进厨房，拿了个盘子把包子放好，身后传来一阵响动，主卧房门开了。

"怎么回来得这么晚？"程欣的声音很弱，披了件衣服，扶着餐桌往厨房这边过来，"不是说两三点就能走吗？"

程非池放好东西，回头去扶母亲："临时来了批货，我帮冯阿姨卸货了。"

程欣在儿子的搀扶下坐在餐椅上，点头道："应该的，你冯阿姨帮了我们家不少忙。"

六十平方米不到的家里狭小逼仄，餐厅到厨房只有三四米远，程非池回厨房热包子，程欣看到灶台边上放着一本书，问："那是什么书啊？"

"奥赛方面的书。"程非池答道，"老师说这届高考开始改革，附加题说不定会从里面选，我就随便翻翻。"

他背对着厨房门口，程欣看不见他的表情，可她毕竟当了十年的教师，还是能察觉出儿子言语中的漏洞。

奥林匹克数学竞赛前三名有数额不小的奖金拿，她怎么会不知道。

母子二人坐在桌上吃早饭，程欣把肉包子夹到儿子碗中，道："高二学习开始忙了，别再出去打工了，供你上学的钱我还拿得出。"

或许是久为人师的原因，程欣说话向来端正严肃不带什么感情，加上整个人病恹恹的没有生气，即便说着宽慰的话，还是莫名给人一种无形的压力。

程非池闷头吃包子，吃完站起来收拾碗筷，抬头瞥见玄关斗柜上放着的鞋盒以及上面印着的显眼 LOGO，当即便问："他又来了？"

程欣坐着把碗摞在一起，淡淡道："嗯，鞋是给你买的，你自己处置。"

半个小时后，程非池拎着垃圾袋和鞋盒从楼道里出来，拐到垃圾桶前，把手上的东西一股脑地都扔了进去。

太阳刚刚升起，晨雾尚未消散。楼下空地上有个老爷爷在打太极，看见程非池，收了招式唤他道："小池起这么早，穿这么点不冷吗？"

程非池的心情并未因为阳光的出现而变得灿烂，他挤出一个礼貌的笑容："李爷爷早，我不冷。"

李爷爷看着小伙子，就想到自家也在上中学的孙子，这会儿怕是还赖在床上不肯起呢。

"今天是不是又要去饭店帮工啊？别去啦，难得周末，好好睡一觉或者跟同学出去玩，店里我去帮你跟大李说。"

"欸，谢谢李爷爷。"

程非池嘴上答应，只是为了缩短聊天说闲话的时间。回到自己卧室，他换掉便利店的 T 恤，套了件外套，再次出门。

他的生活节奏很快，一天中大脑可以空闲的时间几乎都在路上。以往他会在路上盘算这个月能拿到手的工资，间或留意路边商铺的招聘启事，看有没有更适合他的工作岗位。六中对学生在校外打工的事抓得比较严，校门口小超市那份工作干不了多久。

然而今天不同，他走着走着，突然开始加速奔跑，沿着空荡狭窄的人行道跑了两公里多，脑子里还是乱哄哄的，一张张嘲讽的脸不断在眼前浮现，戏谑的笑声在耳边回荡不休。

他停下来，手撑膝盖大喘气，忽而勾起嘴角，似在自嘲。

是啊，别人有什么理由帮他呢?

世间有那么多平白无故的恶意，能救他的，唯有自己而已。

Chapter.02

难容

整整一周，霜降悄然而过，首都的天气全面转凉，叶钦还没把那件事忘掉。

六中风平浪静，没听说有谁受到处分或者被记过，这让他松了一口气。转念一想，他又觉得自己傻，松什么气？程非池受处分、被拘留不好吗？

父亲叶锦祥出差回来，给他带了一块百达翡丽运动系列的表，叶钦看到那表就想到那天的事，戴了一会儿就噘着嘴满不高兴地摘了。

叶锦祥当他不喜欢这款式，让他自己去官网上重新挑。

叶钦翻了个白眼："我要这有什么用？学校又不让戴。"

叶锦祥心情不错，难得没有发火，耐着性子道："腕表象征着男人的身份和品位，以后你就懂了。"

叶钦不想懂，他只觉得父亲身上的暴发户气息十年如一日地浓重。当年外公还没去世时，叶锦祥就爱学外公的穿戴打扮和言谈举止，迫不及待地想跻身上层社会，急功近利的丑态连当时年纪尚小的叶钦都看出来了。叶锦祥身上所有的温和谦恭本就都是伪装，也亏他长得好，不然哪能骗得罗秋绫不离不弃地跟着？

说到长相，叶钦忍不住又看了父亲一眼，叶锦祥的长相偏英挺，五官鲜明立体，和那个谁是同一类型。

叶钦一天比一天更加确定那个谁就是叶锦祥的种。前天他又骑着单车去玉林小区转悠，爬到304门口，听见里头有动静，他立刻再爬上一层，躲在楼梯拐角观察开门出来的女人。

那女人身形瘦削，脚步虚浮，走两步就扶着墙咳嗽，下楼扔个垃圾，十来米远的距离走了三分多钟。叶钦还当她是个什么样的绝色病美人，转过身一看，就是一个面黄肌瘦的普通中年妇女。

从轮廓上看，她年轻的时候兴许是漂亮的，可惜岁月在她身上留下的沧桑印迹太过深刻，叶钦尽量让自己客观，也没法挖掘出一丁点儿吸引力。

所以程非池一定是叶锦祥的儿子，要不是他儿子，他能把人养在眼皮子底下，还整天上赶着往那儿跑，连被发现了都不知道?

叶锦祥走后，叶钦把手表狠狠摔进抽屉里。

他是独生子，从小就不掩饰，也不需要掩饰自己的骄纵和挑剔，什么都要最好、最贵的，就算是他看不上眼的父爱，也不愿跟别人分享。

周五体育课前的课间，孙怡然破天荒地没有梳妆打扮，而是趴在座位上哭。

周封急坏了，又是讲笑话又是扮鬼脸，怎么都哄不好。叶钦问了孙怡然的闺密，得知孙怡然今天亲自去邀请程非池参加她下个月月初的生日会，不仅遭到了拒绝，还亲眼看着他和外校女生打情骂俏。

“那女生……穿着师大附中的校服，挽着他的胳膊，让他带她逛咱们六中，根本就……就没把我放在眼里。”孙怡然哭得委屈，抽抽噎噎道，“他……他也不理我，就跟那个女生走……走了！”

碰到这种事，周封永远是最激动的那个，校服往桌上一甩，骂道：“敢这么对我们怡然，我看他上回教训还没吃够！”

叶钦被他们吵得头疼，拽周封去上体育课。孙怡然止住眼泪，抱着运动服，跟在后面着急地追问：“你们教训他了？怎么教训他了？干什么呀？谁让你们动他了？他要是有点什么事我跟你们没完！”

怎一个“不识好人心”可以言表，弄得周封有气没处撒，预备运动比全班所有同学都多跑了两圈，路过理科（1）班的集合点，还撸着袖子要找程非池干架，结果刚跑出人群，就被密切关注着他的廖逸方抱着腰往回拖：“周同学，你省省力气，待会儿还要体测！”

对于荷尔蒙多到无处安放的高中生们来说，体育课是在学校里发泄精力最直接的途径，也是唯一不想逃的课。

然而叶钦不，他讨厌体育课，讨厌流汗，从前就讨厌，现在因为某个人更加讨厌。

体育老师还怕他不够闹心，大手一挥，招呼大家去操场东头集中，和理科（1）班一起进行体能测验。

女生仰卧起坐，男生引体向上，得知测验项目的同学们哀叫连连，纷纷以身体不适为借口遁逃。

理科（2）班转眼只剩下不到三分之二的人，体育老师骂他们烂泥扶不上墙，说他们智商没有（1）班高，身体素质也不如那帮学霸。

（2）班学生对这种程度的“人格侮辱”早就习以为常，一个个耸肩晃脑假装没听到。只有周封不同，表情凶狠暴戾，鼻孔呼呼往外喷气，虎视眈眈地盯着（1）班，要跟某程姓学霸一较高下。

叶钦站在队末位置，不经意间往对面瞟了几眼，看见程非池也站在队末。他个子太高，超出前面的同学足有半个头，想忽略都不行。

左、右两个单杠并排而立，同学们按顺序从矮到高挨个儿上。这种时候，班级荣誉感就悄无声息地冒出来了，各班为各班加油打气，哪怕挂在杠上一个都“引”不上去，也有一帮人握着拳头喊“来一个”。

到周封的时候，他冲着隔壁班方向，用大拇指腹狠狠刮了一下自己的鼻子，气势汹汹地跳上单杠。

做了不到三个，他就龇牙咧嘴地下来了。

体育老师在一旁叉着腰笑："有些同学啊，实力不咋地，底气倒是很足。不过有冲劲也是好的，总比坐在那儿装病的强。"

周封受到鼓励，尾巴翘到天上，大摇大摆地跑到女生那边找孙怡然，问她有没有看到他的精彩表现。

孙怡然无暇搭理他，哭红了的眼睛直勾勾地往（1）班那边看。周封顺着瞧过去，她还在看那个该死的学霸。

轮到叶钦上单杠的时候，隔壁班的程非池恰巧排到（1）班队首。敌人近在眼前，周封格外激动，带着一帮同学摇旗呐喊，盼着叶钦大显身手，给（2）班找回面子。

叶小少爷十指不沾阳春水，在家爬个阁楼都嫌费劲，哪里做得了这个？他咬牙勉强做了两个，就觉得肩酸背痛，胳膊更是被拉得要脱臼了似的，眼前的画面一阵阵发虚。

周封那个大傻子还在他耳边喊"钦哥加油""再来一个"，叶钦第三个引体向上做到一半，觉得胸肋部位疼得厉害，像是岔了气，紧接着胳膊一软，脱手掉了下来。

直到下周一的早读课上，周封还在为上周体育课的事大动肝火，说要组织人再整隔壁班某学霸一次。

"我去他的，会做几个引体向上了不起啊？看见周围女生多，嘚瑟给谁看呢？"周封拍桌子骂道，"还有，我们家阿钦掉下来就掉下来呗，用得着他装好人去接？简直太阴险了！"

叶钦被他吵得没法睡，爬起来抄起桌上的面包按进他嘴里："闭嘴吧你。"

周封憋屈极了，早读课下课后，跟着叶钦进男厕所，在便池边上不屈不挠地做他思想工作："阿钦你就不憋屈吗？那小子分明就是认出咱们了，故意给咱们下马威呢，要是不反击，他肯定更猖狂！”

叶钦一点也不想回想上周体育课的事，可周封非要在他跟前念叨，从单杠上掉下来被程非池接住的画面不停地在眼前轮播，臊得他心烦意乱想打人。

那家伙也是多管闲事，半米不到的高度，就算摔个屁墩儿又怎么样，用得着他管？

叶钦怕疼，当时是闭着眼掉下来的，已经准备好摔个四仰八叉、形象尽毁。结果四仰八叉圆满实现了，疼却一点没感觉到，他扭头一看，程非池正坐在地上面无表情地看着他，眼神也平静无波，跟那天在便利店如出一辙。

周封还在边上手舞足蹈，叶钦不相信程非池没认出自己，他甚至做好了被找麻烦的心理准备，然而程非池只冷冷看他一眼，胳膊一推让他站起来，便起身拍拍裤子上的灰，回到（1）班队伍里去。

叶钦的烦躁来得莫名其妙，他不爽于自己在程非池眼中就是一个陌生人，又对自己的过分在意感到慌张，陌生人有什么不好？难不成要拥个抱、认个亲，让大家都知道他们俩的关系？

想到这里，叶钦的恼羞成怒姗姗来迟，周封还在不遗余力地撺掇，他脑袋一热，松口答应了与他们同行。

周五没有晚自习，然而六中的老师习惯拖堂，赵跃和刘扬帆穿越半个首都来到六中时，理科（2）班刚刚宣布下课。

周封趴在窗前望，确定隔壁楼的理科（1）班还没下课，吹着口哨带兄弟们往学校后门去。

叶钦被周封拖着走，皱眉问：“去后门干什么？这会儿后门比前门人更多。”

六中走读生多，学校给辟的自行车停放地点就在后门，放学的时候这边人潮汹涌，比前门还热闹。叶钦料定了周封出的主意与偷鸡摸狗脱不了干系，人这么多，等着被围观举报不成？

周封拍拍胸脯，得意道："下午我跟赵跃发短信沟通过了，放心吧，万无一失。"

叶钦还是不怎么信，他有点后悔跟来了，觉得禁不住撺掇跟了来的自己像个傻瓜，扭脖子四处张望："你们到底打算干什么？别太过分了啊，小心引火上身。"

赵跃拍了一下他的肩膀，笑道："咱们阿钦一向天不怕地不怕，怎么这回虚了？"

叶钦琢磨着自己这状态确实叫作"心虚"，脸色一沉，不服气道："虚个头，你才虚。"

为证明自己一点都不虚，叶钦主动给兄弟们放哨。

"钦哥，帮我拿着这个。"行动前，周封递给他一把水果刀。

叶钦瞪大眼睛："你们不是要弄出人命吧？"

"哪儿能啊。"赵跃扬了扬手中足有八厘米长的粗铁钉，"扎他轮胎，让他哭着走回家，要是扎不开，再动刀子。"

叶钦松了口气，又觉得他们比小学生还幼稚，嫌弃道："快去快回，这儿冷死了。"

几个人分工明确，自觉万无一失，却忘了六中后门正对理科（1）班所在的教学楼。

程非池十五分钟前就把试卷写完了，坐在靠窗的位置，老师不让提前交卷，他便百无聊赖地扭头看窗外，这个角度视野极佳，把在停车处鬼鬼祟祟的几个人尽收眼底。

收卷放学后，他有意落在最后，不慌不忙地锁门、下楼，还特地从偏门绕着走，留给那帮人足够的作案时间。

抵达理科（1）班自行车停放点的时候，那三个人已经不在了，站岗放哨的那个不知是在发呆还是在打瞌睡，小身板被风吹得东倒西歪，就是不走。

程非池先去检查自己的自行车，前后胎都被扎瘪了，座椅大概因为太结实了拆不开，只被钝器划了几道，上面还洒了油漆之类的颜料，这车骑了好几年，平时也没怎么擦洗过，乍一看根本看不出来。

天色渐暗，程非池把车推到停车点出口处，放哨的感官有些迟钝，人到跟前了还在走神，一阵风吹来，他在原地蹦跶两下，缩在外套袖子里的手艰难地环抱住身体，使劲儿搓自己的胳膊取暖。

程非池把车停好，上前轻拍了一下他的肩膀。

“怎么才来？我快冻死……”叶钦哆哆嗦嗦地转身，看清站在面前的人，话说一半就收了声，收得太急，嗓子眼里蹦出一个清脆的响嗝。

程非池指了指旁边的车：“你扎的？”

叶钦捂着嘴巴，窘迫得恨不能找个地洞钻下去。他想说“不是”然后扭头就跑，又觉得自己这样特没骨气，回头他们几个又要笑他虚。

可是之前几次碰面都拉着距离，这回站在跟前面对面，叶钦才知道自己比程非池矮半个头还不止。为了保住气势，叶钦昂着头瞪他：“是啊，我扎的。”

程非池淡定如常，看了一会儿叶钦手上的水果刀：“用这个？”

开弓没有回头箭，既然已经担了，就没有退缩的道理。迎着程非池的审视，叶钦心一横，道：“是啊，怎么，没被扎够，还想再来两刀？”

不知是不是错觉，叶钦看到程非池笑了，抿成一线的嘴角扬起一个微不可察的弧度。

动作便发生在须臾间，等叶钦回过神来，拿着刀的手腕已经被程非池捏在手里，刀尖直指程非池的腹部，再往前几厘米就要扎进单薄的衣服里。

叶钦低头看反光发亮的刀锋，眼睛瞪得像两只铜铃，磕巴道：“你、你干什么？”

他的力气远不如程非池大，又怕手一哆嗦真扎进去，僵在那里一动都不敢动。

大抵是很享受将人控制在股掌之间的快感，程非池攥着那条比自己细一圈的手腕，攥得它不住发抖，半晌后，手上猛地使劲，刀“当啷”一声掉在地上。

叶钦面色惨白，任由程非池拖着走。

行至学校外围的人行道上，踩过几片银杏的落叶，叶钦才勉强找回自己的声音：“你、你带我去哪儿？”

程非池一只手拉着已经傻了的人，另一只手推着自行车，步调纹丝不乱，冷声道：“派出所。”

此刻叶钦的大脑有些迟钝，但也不至于问出“去派出所干什么啊”这样的蠢问题。

显然，程非池想让他接受法律的制裁。

说不慌是假的，证物自行车就在旁边，可谓是人赃并获。叶钦觉得自己跑不掉了，他不想被抓起来拷问，只得另寻他法：“你这车多少钱啊？我赔你。”

程非池闭口不答。

叶钦以为他嫌少，加码道：“我赔你双倍的钱，不，三倍，够你买三辆这样的自行车。”

程非池还是不说话。

叶钦有点急，横看竖看这破车也没什么特别的，嫌弃全世界的劲儿冒上来，又道：“你这车什么牌子的啊？我把我那辆 F 国进口的公路自行车送你，比你这个强多了。”

程非池不为所动，闷头走路。

口袋里手机振动起来，叶钦用空着的手掏出来接听，周封在那头扯着嗓子喊：“钦哥你去哪儿了？我们找一圈没看到你，那辆破自行车也不见了……”

叶钦不好意思说他正被破自行车的主人拖着走，偏过头小声道：“你们几个跑哪儿去了？”

周封啐道：“那破车不知道是什么做的，座椅结实得很，我们找扳手去了，顺便研究了一下监控的位置，你猜怎么着？那监控根本没开，只是个摆设，哈哈哈哈。”

叶钦无语，心想：我都被抓了，你个大傻子还笑得出来。

可他不好意思说，也没脸向他们求救，只得装作无事发生：“我等了半天没见着你们人，就先回去了，你们也回去吧。”

当下的窘境他一个字都没讲，可以说是十分讲哥们儿义气了。

挂电话的时候，叶钦瞧见程非池回头看了他一眼，这会儿天已经完全黑了，昏暗的路灯光让他看不清程非池是不是也在笑。

不管脸上笑没笑，这家伙准在心里嘲笑他就对了。

六中离最近的派出所不过两条街的距离，远远看到灯箱上的“公安”两个字，叶钦就开始发慌，脑子里掠过无数种逃脱法律制裁的方法，连赖在地上喊救命都想过了。

终究是败给面子，责任是他主动站出来担的，现在跑了像什么话？一个学校抬头不见低头见，要是传出去了，他以后在六中怎么混？

垂着脑袋慢吞吞地往前走，前面的程非池停下脚步，把车扶靠在墙边，估摸着是到地方了。叶钦做足了思想准备，沉下一口气，视死如归地抬起头，然后惊讶地发现眼前不是派出所，而是一个小而简陋的修车铺。

“老板，补胎。”程非池冲里面道。

修车铺门帘大开，头发半白的老头正在修理屋里一辆倒着放的自行车，闻言抬头道："我这儿忙，东西都在门口，你自己弄吧。"

程非池应了声"好"，便扛起自己的车，让它侧躺在地上，撸起袖子拆轮胎。

叶钦呆站在那里，走也不是留也不是。

他磨蹭着上前两步，扭了扭被捏红的手腕，又把出汗的手心在裤缝上蹭了蹭，居高临下地看着程非池蹲在那儿摆弄自行车，瞧不起一切的傲气又找回几分，扬着下巴道："这破车还修它干吗？买个新的呗。"

程非池没理他，先把前后两个轮子的气放了，撬出内胎，打满气，拿起来按在盆中的清水里。

叶钦没见过修自行车，看着程非池把内胎一截一截地在水里泡，好奇心发作："你在干什么啊？轮胎还要洗？"

这回程非池没有无视他，一边继续动作，一边满足他的求知欲："看哪里漏气。"

水里开始冒小泡泡，程非池找准位置，用手掐着做了个记号，接着便拿摩擦棒打磨。

叶钦又凑过去看，觉得这活儿也忒麻烦了，挺好看的一双手弄得脏兮兮的，哪壶不开提哪壶地问："你还会修车啊？"

他用的是"还"，仿佛默认程非池会很多技能，而且这话怎么听都像在攀谈，叶钦却浑然不觉，眨巴着眼睛等程非池回答。

程非池看了他一眼，拿起一块抹布扔过去："擦车。"

叶钦嫌那块抹布脏，手伸了几次都不忍心拿。他想出一个好办法，拈着抹布的一角，试探着跟程非池商量："我擦车，你就别……别带我去派出所了，怎么样？"

平时再怎么牛、再怎么天不怕地不怕，到底还是个没满十八岁的少年，派出所里头长什么样子都不知道，想到要被关进去，说不定还会戴上手铐，叶钦就怵得不行。

不过这份恐怖似乎没比被程非池盯着看好到哪里去。

程非池有一双琥珀色的瞳仁，没有表情的时候就从里头透出一股凛冽的冷气，叶钦被他看得发毛，刚想说“我擦还不行吗”，程非池忽然把视线转回轮胎上，道：“擦完再说。”

叶小少爷一身懒骨头，在家油瓶倒了都懒得伸手扶，自己的车最多也就用的时候拎出来拍拍灰，面对眼前车座椅上红、黄、蓝、紫的颜色，他蹲着抹了两下就嫌脏，看着斑驳的抹布恶心得想吐。

然而他又爱干净，擦一下就跑到水池边把抹布搓了又搓，如此反复几次，修车老头看不下去了，冲他道：“随便擦擦得了，水费上个月又涨啦。”

通常每年到了这种天气，叶钦不管是洗脸还是洗手都开始用温水了。他怕冷得厉害，碰了几下自来水，指尖都冻僵了，听到老头的话顿时不爽，没好气道：“多少钱？我给你。”说着抬下巴指在补胎的程非池，“他修车的钱，我一起结了。”

老头干完手头上的活儿，叼着一根烟，嘿嘿哈哈地笑，也不说多少钱。

叶钦被他笑得心烦，摸口袋掏出几张红票子拍桌上：“够不够？”

老头笑得更大声了，冲程非池道：“小程，你这朋友哪儿交的？出手这么阔气。”

一直专注修车的程非池出声道：“不是朋友。”

老头疑惑：“那是……”

程非池貌似心情尚可，语调微微上扬：“路上捡的。”

叶钦臊得脸颊发烫，搓着手上的脏抹布，咬牙不说话。没有朋友、没有家人护着的自己原来这么不堪一击，这让他既羞惭又莫名地觉得委屈。

这委屈在接到妈妈的电话时飙升到了顶峰，听到罗秋绫在那头问他怎么还没回来，叶钦张嘴就连打三个喷嚏，眼泪都挤出来了，忙转过去背对程非池，哑着嗓子说："在外面玩，等会儿就回去。"

"着凉啦？快找个暖和的地方待着，我让司机去接你。"罗秋绫担心道。

"不用，我自己打车回去。"叶钦吸吸鼻子，尽量让自己的声音听上去与平时无异，"爸呢，回家了吗？"

"没呢，你爸说今天有应酬，不回来吃。"

叶钦下意识地回头瞥了程非池一眼，后者正在往轮胎上抹胶水，专心致志，心无旁骛。

想到父亲说不定根本不是应酬，而是去看他流落在外的小三和儿子，叶钦对着电话愤愤道："让他应酬去吧，明天别回来，以后也别回来了。"

修完车，叶钦冷得手都不像是自己的了，缩头缩脑地跟在程非池后面，刚拐到路上，又狠狠打了两个喷嚏。

前面就是派出所，叶钦埋头苦思该如何跟警察叔叔交代犯罪经过，以最大限度获得减刑的机会，想得太投入，脑袋猛地撞上一堵人墙。

程非池稳稳当当地站着，从口袋里掏出一包面巾纸，叶钦愣在那儿不接，他只好指了指自己的脸："脏了。"

叶钦掏出手机一照，何止是脏了，嘴角、眼下，还有鼻子上都沾了斑驳的颜料，应该是刚才擦眼泪的时候不小心抹上去的。

他擦了半天才弄干净，擦完脸又擦手，周封不知从哪儿弄来的颜料，难擦得要命，还散发着一股刺鼻的怪味。

一整包纸不知不觉就见了底，最后一张被叶钦拿来擤鼻涕，鼻尖擦得通红，边擦边皱着眉表达对粗糙纸张的嫌弃。

他擦完从口袋里掏出一百块钱："喏，纸钱。"

恢复白净的叶钦摇身一变，又成了高傲狂妄的小少爷。

程非池没看他手上的钱，而是转身跨坐到自行车上。

叶钦有点蒙："不去派出所吗？"

程非池道："车修好了。"

叶钦愣了片刻，突然意识到什么，怒道："你耍我？"

程非池扭头，看着路边两个小学生模样的小孩不小心把零食包装扔到垃圾桶外面，又返回去捡起来扔进垃圾桶。叶钦不明所以，愣愣地跟着看。

等两个小孩走远了，程非池慢悠悠道："为自己做过的事负责，小学生都知道。"

自打那天从修车行回去，叶钦气得几天没能睡好觉，偏偏他又怕丢人，一肚子怨气无处诉说。

后来他仔仔细细回想一遍，学校后门停车处的监控是坏的，水果刀也落在"案发现场"没带走，把他带到派出所有什么用？

程非池分明就是为了吓唬他，故意编排的一场戏。

叶钦出离愤怒了，每天等着周封出主意找程非池的麻烦。他这边刚燃起热情，周封那边却熄火了，做了几次有始无终的计划之后，单方面宣告与理科（1）班的程非池停战。

"他一个有对象的人，怡然都快对他死心了，我还盯着他干吗？"周封的仇恨来去如风，豁达道，"他谈他的，我追我的，只要他不惹我，咱们就互不相干。"

这回轮到叶钦憋屈了，想到那天程非池把他哭唧唧的孬样看光了，他就眼皮直跳，生怕对方哪天一个不高兴把这事儿捅出去，让他在六中上下颜面无存。

转眼就到孙怡然的生日，放学后一帮人刷脸进了刘扬帆家的茶馆，找了最大的包厢坐下，瓜果、饮料流水一样地往屋里端。

孙怡然小姐妹多，光是隔壁几个班就来了十多个，众星拱月地捧着她，紧着她先选歌，让她做今晚的公主。

孙怡然还没能从情伤中走出来，点了一打悲伤情歌，边唱边抹眼泪，切蛋糕的时候还在吸鼻子，有人问她许了什么愿，她把手上的刀子一扔，号啕大哭："我哪里不好，他为什么不喜欢我啊？"

几个隔壁班的姑娘把她带到吧台边，又是哄又是劝，周封也跟着去耍宝逗趣活跃气氛。过了一会儿，不知听了谁的话，孙怡然终于破涕为笑，接过话筒，嘶吼着唱了一首《失恋无罪》。

叶钦一个人坐在角落的沙发上，蔫巴巴地歪着脑袋，有种自己已经融不进这群中二少年中的错觉。

周封给孙怡然捧完场，抱着几瓶饮料颠颠儿地跑到叶钦这儿，开了一瓶举到他跟前："来，咱哥儿俩走一个。"

叶钦推开他的胳膊，抬屁股往里挪了挪。

"阿钦怎么了？"赵跃走过来问。

叶钦看到他就没好气，馊主意都是他出的，报应却在自己身上，他跟个没事人一样，真欠抽。

"欽欽欽，大好的日子，开心一点嘛。"周封眉飞色舞道，"我刚听说一件有趣的事儿，想不想听？"

叶钦嫌他吵，巴不得他赶紧走："有话快说，有屁快放。"

周封心里藏不住事，趁那边的同学都在疯玩，没人注意这边的动静，把几个人圈在一块儿，头挨着头，神秘兮兮又兴奋异常地说："隔壁班那个学霸他……"

5点还差一刻钟，躺在床上的程非池睁开眼睛。

生物钟太准也不全然是好事，连着三周没有去便利店值夜班，周六其实可以多睡一会儿的。

洗漱完毕，把粥煮上，等锅开的间隙，程非池再次打开那本奥赛经典专题研究。他学奥数没报过班，上周跟着（1）班的数学老师蹭了两节课，发现自己的解题思路和老师的有很大差别，为了找到最快、最稳的解题方法，他把昨天用的草稿纸拿出来重新演算了一遍。

程欣起床时还不到6点，程非池已经背上包准备出门了，早餐放在餐桌上，用瓷碗盖着保温。

“妈，我今天晚点回，要去书店找份资料。”程非池边换鞋边说。

程欣走到门口：“家教不是9点开始吗，这么早出去？”

“有本书落在教室了，”程非池直起腰，抬手握门把手，“我去学校一趟，顺便温会儿书。”

程欣让他等一下，从里屋拿出一副手套递给他：“去学校要骑车吧？外面冷，把这个戴上。”

程非池的单车放在二楼到三楼拐角处的楼道里，老小区的安保形同虚设，停在楼下容易被偷。他一只手拎前杠，另一只手捧座椅，刚要把车扛起来，倚靠在门边目送他的程欣突然说：“今天有小朋友来家里上课。”

程非池愣了一下，道：“妈，你在家好好休息，不用接活儿，我做家教挣的钱够用。”

“一个人在家闲得慌，想找点事情做。”程欣捂着嘴咳嗽两声，轻描淡写地说，“只是刚好想起来，知会你一声，不是为了征询你的意见。”

程非池扛着单车下楼，出小区门向左拐，并没有往六中方向去。

最近他找了个在早餐店帮忙的工作，6点到8点，刚好错开上课时间，生意不多的话老板还会让他早点走。

周六早晨比工作日清闲，上菜收桌的时候，程非池还在思考周一到周四晚自习后的时间能不能再找份零工，12 点之前到家就行，可以骗母亲说在学校写作业。

他不想用“骗”这个字眼，却只能选择蒙骗。程欣一直不赞成他在外面打工挣钱，希望他专心念书，然而先前她住院半年，花去家里几乎全部的积蓄，房子都差点卖了。后来实在负担不起高额的住院费用，程欣选择出院回家静养，程非池为了照顾母亲主动休学一年，这期间家里完全没有收入。

有一次程欣半夜发高烧不省人事，程非池把母亲送到医院，因为卡上的钱不够刷，医院不给通融，母子俩在病房外面的长廊待了一夜。程欣挂着点滴，程非池就抬高胳膊举着盐水袋，长时间保持同一姿势造成血液不流通，一夜过后胳膊和手都肿了。

自此，他深刻明白了钱的重要性。旁人的冷眼他可以不在乎，他只是不想母亲再遭那份罪，更不想自己今后面对诱惑时，会轻易向别人卑躬屈膝。

早餐铺的工作对程非池来说相对轻松，两个小时后，他骑车往十几公里以外的花园小区疾行。家教按分钟收费，早点开始就能早点结束，他想在中午之前去书店把书买了，下午的课结束后去六中附近的商业街转转，那边夜间热闹，说不定会招晚上 9 点半之后的临时工。

上午他教的是一个初二的小姑娘，补数理化三门。小姑娘的父母大约是怕她被欺负，过二十分钟就要敲门进来一次，一会儿送茶水一会儿送点心。

几次之后，小姑娘扔了笔要反锁房门，程非池劝她道：“他们也是关心你。”

小姑娘气哼哼：“谁需要他们这样的关心啊！”

关了门，小姑娘放飞自我，趁程非池讲题肆无忌惮地盯着他看。

“程老师，你有没有女朋友啊？”小姑娘红着脸问。

程非池："没有。"

"那……那……"小姑娘等的就是这一刻，鼓起勇气道，"那程老师喜欢什么样的女孩子？"

程非池波澜不惊，眼皮都没抬一下，用铅笔又在习题册上圈了两处，推到小姑娘跟前："把这几道题做完再告诉你。"

下午他教的是一个初三的男生，叫魏嘉琪，就读六中初中部。

这家算是老主顾，程非池上学期就在这里做家教了，成功地帮助魏嘉琪在初二的期末考试中上升了十几个班级名次。

按理说这种情况雇主应该挺满意了，然而魏嘉琪的母亲听说程非池从名校师大附中转学到名不见经传的六中，当即便质疑他的能力，上课间隙三番五次地跑进来跟他谈家教费，说六中某某老师的课外辅导费也没比他高多少，言外之意就是想扣钱。

这次程非池带着刚拿到的物理竞赛一等奖证书，魏嘉琪妈妈看了才勉强收声，没再提降时薪的事。

为了表达诚意，程非池这天还多讲了半个小时。下课的时候，腼腆内向的魏嘉琪十分不好意思，在门口给他塞了一口袋糖，拜托他别生气。

到楼下，程非池深吸一口新鲜空气，然后慢慢呼出来，感觉一天的疲累都被释放，剥了颗糖塞嘴里，骑车往六中去。

这两份家教兴许都干不了多久，未雨绸缪总不会错。

六中附近商铺多，家家门口都贴着许多课外辅导和招聘信息，有些留的手机号，有些留的邮箱。眼看离天黑还有一段时间，程非池在附近的网吧押身份证买了张两个小时的临时卡，准备投投简历，顺便在网上查查奥赛书上那道题的其他解法。

他坐下刚开机，口袋里的老式直板手机振动起来，来电显示"张佩瑶"。

叶钦是在隔壁包厢来人的时候醒的。

休息日对他来说最无聊，中午吃完饭，周封他们几个就商量着去市中心新开的一家迪厅玩，叶钦不想去，在六中附近跟他们分道扬镳，又不想回家面对他虚伪的爹，干脆在附近网吧开了个双人包间，打了会儿游戏，刷了会儿校内论坛，然后躺在沙发椅上睡了半个下午。

这网吧隔音不怎么好，隔壁的客人把手机放在桌上，他这边都能感觉到振动，振一分钟停半分钟，扰得叶钦坐卧不安，抬起脚刚要踹墙板，那边终于接电话了。

“喂，什么事？”

低沉醇厚的男声，似曾相识。

叶钦不由自主地竖起耳朵，倾身往墙边靠。对方应该没料到会被偷听，直接开了免提，对话声透过薄薄的板传过来，每个字都听得一清二楚。

“我在外面，有什么事直接说吧。”

相比男声的冷漠，电话里女孩子的声音就温柔可爱多了。

“你别这样……就算不在一个学校，人家的心也还是在你那里啊。”

“我说了不计较，以后别再找我了。”

“你就是在生我的气。”

“没有。”

“那你为什么对我这么凶？去六中找你，你也不理我，你以前不是这样的……你是不是有别的相好了？”

“没有。”

“我去求我爸爸，让我也转到六中好不好？”

“不好。”

面对男生的绝情冷酷，女生终是忍不住，声音里隐隐带了哭腔：“你就是在生我的气，气我把那事传出去，害你被学校开除。”

叶钦听到这里，猛地打了个激灵。

隔壁是程非池没错了，电话里女生在说的或许就是他昨天从周封口中听到的那件事——程非池转学到六中来除了为奖学金，还有一层原因是丑事暴露，闹得师大附中尽人皆知，学校为了面子没有明说，实际上他是被开除的，听说还休学一年，最后实在无处可去才转到六中。

“没有。”即便听到这样残酷的过去，程非池的声音也没有一丝变化，“这事我早就忘了，你也忘了吧。”

接下来的对话基本上是女生哭哭啼啼忏悔，程非池偶尔应几声表示自己在听。

叶钦在哭声中脑补了一场女生追求程非池结果用错方法把人逼走的狗血大戏。昨天听说这个消息时他并没觉得有多劲爆，没谱没边的事，又没有人亲眼看见，忒没意思。现下亲耳听见，确认了真实性，叶钦这才有了点幸灾乐祸的愉悦感。

最近唯一能让他快活的事，就是看程非池倒霉、吃瘪。

叶钦心情舒畅，小声地哼歌，蹑手蹑脚地爬回去又刷了会儿网页，偶然在校内论坛刷到一条“操场偶遇帅哥，有人知道他叫什么名字吗”的帖子，抱着说不定能刷到自己的自信点进去，首楼赫然出现程非池的照片，貌似是在体育课偷拍的，勉强能看清五官，下面的回帖一溜“啊啊啊啊啊”的尖叫，五十楼左右有人解惑：高二（1）班程非池，这学期刚转来。

接着又有人匿名贴了其他照片，说他不仅长得帅，还是个学霸。帖子莫名其妙变成跪舔帖，继续往后翻，居然有人说：我宣布他是咱们六中校草了，没有人反对吧?

一堆回帖附和。

叶钦看得直翻白眼，拖到回复框飞快打出一行字：什么校草，穷鬼一个。

按“发送”的时候卡了一下，界面反复提示“请登录后发言”，他输入自己在网上的常用名“你钦哥不是铁哥”，密码试了五次都不对，烦躁得想砸键盘，又怕被隔壁的某人发现，憋着一肚子气关机穿鞋准备回家。

推开包厢门，脚被什么东西绊了一下，他险些摔个狗啃泥，手上的卡没抓稳，呈抛物线飞了出去。

低头一看，鞋带散了，幸好这片都是单间，走道里没什么人经过，叶钦黑着脸蹲下系鞋带。

没有人知道他喜欢穿一脚蹬的鞋不是因为方便，而是因为他不会系鞋带，怎么花式系都不好使，站起来走两步就松。这鞋是叶锦祥给他买的，要不是今天出门时罗秋绫给他拿出来放在门口，他压根儿就不会穿。

随便系了个死扣，叶钦就着弓腰的姿势往前挪，打算去捡落在前方饮水机旁的上网卡。

刚挪两步，他看见一只骨骼分明的手把地上的卡捡了起来。

这回叶钦反应足够迅捷，他转身开门便往沙发椅上扑，尽量把自己的身体藏到门后。

一只脚刚要把包厢门踢上，身后传来廖逸方嘹亮的声音：“程同学，你也来网吧找学习资料？”顿了不到半秒，他发现新大陆般惊喜道：“叶同学，你也在啊！”

事情发展的魔幻程度超过了叶钦的想象。

隔音不怎么好的网吧包厢里，廖逸方坐左手边，程非池坐右手边，叶钦被夹在中间，听两个人讨论他听不懂的数学题，脑袋里嗡嗡响，觉得自己像个误入学霸阵营的智障。

“叶同学，”廖逸方大约是怕他无聊，从书包里拿出一套化学“五三”，翻到第二单元基础复习卷，“这部分是你的薄弱项，在这儿做一下，正好让程同学深入浅出地给你讲讲题。”

叶钦连连摆手："不了不了，老师布置的作业我还没写完呢，我先回……"

廖逸方露出惊讶的表情："不会吧？老师布置的是课本上的习题啊。"随即从书包里拿出化学书，"我写在作业本上了，你用我的书吧，我圈了重点，写了简单的解题思路，方便你理解。"

面对这样嚼碎了送到嘴边的老母亲教育方式，叶钦说不出拒绝的话，慢吞吞地接过化学书，尽量降低自己的存在感，缩在中间稀里糊涂地写作业。

直到程非池的临时上网卡到时间，三人才收拾东西准备走。

傍晚来上网的人开始变多，廖逸方护崽般地张开胳膊带着两个同学出去，到门口严肃地提醒他们道："这里晚上有不少社会青年，查完资料以后千万不要逗留。"

叶钦嘴上应着，心里却想：只有你会来这里学习吧。刚才进到程非池的包厢，他电脑屏幕上停留的界面分明是邮箱，只是不知道在发什么邮件。

说不定在给叶锦祥发，叶锦祥喜欢摆上位者的架子，屁大的事也让员工给他发邮件汇报，连字号、格式都有明确规定，之前还突发奇地想让叶钦写一份学期总结发给他看。

到外面，廖逸方兴致勃勃地邀请大家共进晚餐，拍着脑袋说："哎呀，刚才聊了那么久，居然忘了介绍你们互相认识，咱们边吃边谈吧。"

叶钦不想跟程非池待在一起，忙道："认识认识，程非池嘛，隔壁班的学霸。"

"叶同学，认识程同学？我怎么不知道……"廖逸方疑惑。

程非池看着叶钦，一副愿闻其详的样子。

叶钦舌头打结："就就就班长你上次印的笔记啊，不是我去还的嘛，在窗户外面看到他了。"

“原来是这样。”廖逸方真诚道，“程同学不但成绩好，长得也很帅，见一面就能记住不稀奇……欸，上次体育课引体向上接住你的就是程同学吧？”

叶钦点头称“是”，心里虚得要命。他和程非池可不是什么一面之缘的关系。

“那程同学认识叶同学吗？我和他高一就在一个班，叶同学可是我们班的小……”

“小哥哥，他们都叫我哥来着。”叶钦打断廖逸方热情的介绍，此刻终于明白周封为什么要捂班长的嘴了，只要给他机会，他就能机关枪似的叭叭叭说个不停。

“哦？”程非池貌似很感兴趣，“这位叶同学我倒是没什么印象，不如在附近找个饭店边吃边聊吧。”

坐在六中附近的小餐馆里，叶钦烦躁得想抓头发。

程非池分明就是故意的，知道叶钦在网吧隔壁包厢听到他的秘密，在班长面前装作不认识，借以威胁施压，想让叶钦自觉闭嘴。

叶钦边想边摆弄手边的纸巾，把它们扯开撕成一条一条，有种把对面的人手撕了的快意。

学校附近的饭店价格实惠，廖逸方做主点了两菜一汤，坐下时见面对面坐着的两个人一句话都不说，暖场道：“都饿了吧？这家上菜有点慢，但是味道很好，我中午来不及回家的时候经常在这里点一个炒菜和一碗饭，吃饱了下午学习都有劲了。”

叶钦抬眼环视四周，几张油漆斑驳的木桌子，墙上架着一台屏幕布满坏点的电视机，怎么看怎么寒酸，也不知道店里做出来的东西能不能吃。

他不动声色地把胳膊抬高远离油腻腻的桌面，转过头来，发现自己跟前的盘子里多了几块糖。

“先吃这个垫垫吧。”程非池道。

这个牌子的糖叶钦吃过，牛奶味是他的最爱，这会儿也确实有点饿，见廖逸方不客气地剥开吃了，他也悄悄拿起一颗，迅速剥开糖纸塞进嘴里。

因为饿了，吃饭的时候席间格外安静。这家饭店食材新鲜，用料也足，意外地打破了叶钦对平民快餐的偏见，再加上中午没怎么吃东西，他就着一盘酸酸甜甜的番茄炒鸡蛋，一口气干掉两碗白米饭。

结账时，叶钦习惯性地掏钱包请客，廖逸方坚决不同意，说：“叶同学，你这样就不对了，咱们以后有的是机会一起吃饭，都是你请客的话，我们心里怎么过意得去。”

程非池不说话，默认赞同廖逸方的观点。叶钦无语，心想：拜托了，以后别让我再碰到你们。然后他噘着嘴老大不情愿地同意三人分摊饭钱。

廖逸方的自行车就停在附近，他跨坐在车上挥手跟两人告别：“今天太开心了，以后咱们常联系，一起学习，共同进步。”

廖逸方正能量得让叶钦莫名有些惭愧。

送走班长，叶钦转身往自己停车的方向去，一脚踹飞一颗小石子，看见程非池在他前头不远处，跟他往同一方向前行。

“喂。”

程非池停下脚步，扭头看他。

叶钦喊完才开始组织语言，犹豫道：“那个……我说刚才那个……”

程非池从外套口袋里掏出剩下的几颗糖，举到他面前：“只剩这些了。”

刚才吃了人家五颗糖的叶钦“唰”地红了脸，有种被当成小孩的羞耻感：“……我不是要这个，我是说刚才在网吧，我就在你隔壁。”

他盼着程非池主动承诺不会把之前的糗事说出去，谁知这家伙镇定自若，站在那儿等他继续说，完全没有主动接话的意思。

叶钦又羞又急，实在没办法，干脆直切主题：“我听到你打电话了，也听说了你的秘密，只要你不把我们的事说出去，我也不会把你的事说出去的。”

程非池愣了一下，继而笑了。

这是叶钦头一回看他笑。先前几次都是似笑非笑，模模糊糊得不明显，这次他是实打实地笑了。只见他嘴角上扬，薄唇弯起一个清晰的弧度，眼睛稍稍眯起，仿佛听到什么有趣的笑话。

叶钦刚想问他“笑什么笑”，程非池顺着吸气微抬下巴，脸上的笑容丝毫没有收敛：“什么秘密？”

叶钦瞪大眼睛，不敢相信这人的心理素质这么好，如此可怕的秘密都不怕自己说出去。

或者说他脸皮厚更为贴切。

脸皮很薄的叶钦自觉被嘲笑，面红耳赤几欲暴走。他再也说不下去，踢起一块小石子打到程非池脚侧，一甩头，气冲冲地跑了，没系好的鞋带随着脚步左飘右荡。

又是一周过去，六中一切如常，叶钦也没从廖逸方那边听说关于程非池除了学习以外的消息。

正当叶钦放松戒备，以为程非池默默接受了交换条件，今后不必再怕他的时候，家里东窗事发。

他逃了两节晚自习，一口气跑回家，推开门，母亲罗秋绫正坐在沙发上哭。

“你把孩子叫回来干什么？！”父亲叶锦祥的第一反应是觉得丢脸，大步走过去把门关上，命令叶钦道，“你先上楼，我和你妈妈有事要谈。”

叶钦是接到家里阿姨的电话之后赶回来的。前阵子他交代过阿姨有特殊情况一定要通知他，防的是叶锦祥干出把外人往家里带之类的事，没想到这么快就发挥了作用。

罗秋绫不想让儿子看到自己伤心无助的样子，抹掉眼泪挤出笑容，假装若无其事地把他往楼上推："怎么回来了？今天不上晚自习？先上去写作业吧，妈妈让阿姨给你热汤……"

看着妈妈强颜欢笑，叶钦的心揪着疼，怒气直冲头顶，反手就把边柜上放着的瓷花瓶往地上推，"咣当"一声巨响，花瓶摔得粉碎。

叶锦祥吓了一跳，指着他吼道："干什么？想打我？造反了你。"叶锦祥转而又指着罗秋绫："这就是你教出来的好儿子？你看他还有没有一点叶氏继承人的样子！"

一旦怒火被点燃，叶锦祥所谓的涵养就灰飞烟灭，轻而易举地露出藏在虚伪皮囊下粗鲁的一面。虽然不愿承认，但是叶钦潜意识里明白，自己身上的乖戾和暴躁八成就遗传自叶锦祥。

罗秋绫吓坏了，眼泪都忘了擦，拼命把叶钦往楼上推："钦钦，乖，你先上去，妈妈马上过来。"

叶钦手握楼梯扶手，岿然不动，一双黝黑的眼睛死死地盯着叶锦祥，像只不惜挑战权威的小豹子，逼迫父亲主动交代犯罪经过。

叶锦祥在客厅里来回走了两圈，大抵是犯了错误实在没底气，再次开口时语气软化不少。

"事情不是你想的那样，我也不知道那个女人的东西为什么会出现在我身上。"他信誓旦旦地对罗秋绫道，"你知道的，外头想往我跟前凑的人太多了，但是我可以保证，我从来没有多看任何人一眼。"

叶钦自是不信叶锦祥的话，可也不敢将真实情况告诉妈妈。

次日，家中恢复平静，罗秋绫一边浇花，一边无可奈何地将那天的经过讲给儿子听。过程没有任何曲折离奇之处，就像罗秋绫自己说的，大约是女人敏感的天性使然，她早就察觉到一些蛛丝马迹。

“不过昨天你也听到了，只是妈妈太敏感，捕风捉影罢了。你爸爸工作忙，应酬多，经常跟不同的人打交道，这种误会在所难免。你还小，听妈妈的话，不要再追究了。”

罗秋绫说这话时声音温柔，脸上带着笑，可叶钦没在她眼中寻到笑意。

晚上，叶钦翻来覆去睡不着，满脑子净是叶锦祥那辆黑色的商务车大剌剌地驶进玉林小区，停在3号楼下的画面，紧接着眼前浮现叶锦祥狰狞的面孔：“这就是你教出来的好儿子？你看他还有没有一点叶氏继承人的样子！”

叶钦睁大眼睛看天花板，瞪到眼眶发酸都不肯闭上。

是啊，他又不止我一个儿子，当然不在乎妈妈，不在乎这个家。

叶钦忽而又想起程非池俯视他时冷漠的双眸。私家侦探那边反馈来的信息说叶锦祥在去年年末才与程欣母子重新取得联系，几次去玉林小区都是趁程非池不在时偷偷过去，程非池在学校留的家庭信息也写着父亲亡故，由此看来他对此事全然无知，甚至有可能还不知道自己的生父依然在世。

可是……

叶钦咬紧牙关，控制不住地把程非池和叶锦祥联系在一起。

那人迟早要认祖归宗，说不定还会代替自己继承叶氏的产业。他并不在乎什么继承人的身份，可叶氏本该姓罗，这一切都属于母亲罗秋绫，叶锦祥凭什么？程非池又凭什么？

眼前画面一晃，叶钦看到冷峻的琥珀色的瞳孔微微张开，程非池的脸上露出一个称得上讥诮的笑容。

他其实一直在心里嘲笑我吧，笑我不自量力，笑我上蹿下跳却还是被他压得动弹不能，像个跳梁小丑般滑稽。

叶钦狠狠合上双眼，浓密的眼睫毛在黑暗中不住颤抖。

这边的叶钦攥着拳头，昏昏沉沉刚睡过去，那边扰得他无法安眠的程非池已经起床了。穿衣、洗漱、做早餐，程非池扛着单车走出楼道时，浅浅的一轮弯月还悬在天边。

昨天早点铺老板让他今天早些去店里，说有位熟客临时下单一批馒头准备供奉到红叶山上的寺庙，店里还要招待客人，可能会忙不过来。

程非池从小在家里帮妈妈干活儿，揉面、做馒头这些算是轻车熟路，天亮之前就帮着把一百个馒头搞定了。老板高兴，准他早点走，还给他塞了一车篮的包子豆浆，让他带去学校跟同学分着吃。

拎着食物走进教室，前排跟他一样早到的同学眼尖道："哇，今天这么多，有没有我的份啊？"

"有啊。"

程非池走到座位前，把书包放下往桌肚里塞，推了几下进不去，狐疑地伸手试探，摸出一个精致的粉红色纸袋。

前排的同学过来讨包子吃，看着纸袋里拿出来的牛奶、三明治，还有一盒包装精美的进口奶糖，眼睛都直了："学霸可以啊，送情书的姑娘一天比一天多，现在连送早餐的都有了。"

程非池转来六中两个多月，班上同学对他了解不深，只知道他成绩好，还是"学霸""学霸"地叫。

他翻开纸袋最底下的卡片，只见上面写着歪七扭八的一行字：愉快的一天从早餐开始。落款是两个字母：YQ。

程非池在脑海中把有可能性的人统统过了一遍，其中并没有名字首字母是"YQ"的。等了一天也没有人来认领，他猜"YQ"可能送错人了。

然而第二天早上，粉色的纸袋再次出现在他桌肚里，比他来得早的几个同学都说没看到是谁放的，这回的卡片留言是：昨天的三明治好吃吗？今天换一种新口味。落款还是“YQ”。

就这么过到周四，程非池还是没能知道是谁送的，倒是送早餐的先憋不住，把落款改了。

自暴身份，还欲语还休地不暴露彻底，署名以亲昵得有些暧昧的“Yours lovely（你可爱的）”开头，后面引人遐思般地只留了一个汉字，写得十分潦草。

程非池看了一会儿，像是“铁”字，结合之前的“YQ”，他把范围扩大到整个六中，但凡有印象的都没放过，再稍稍加以变通，这回终于有了结果。

翌日上午，叶钦打着哈欠、踩着铃声走进教室，一眼就看到自己桌上放着的粉嫩纸袋，走近一看，还挺眼熟，似乎是他让周封帮忙挑的那一款。

一张卡片压在纸袋下方，自己的狗爬字下面多了一行清逸隽秀的钢笔字：叶同学，二（1）班第四组倒数第二排靠窗是我的位置。

落款格式工整严谨——

Yours sincerely（谨上），

池。

Chapter.03

计划

晨读课上，叶钦唾骂同桌周封：“我就说你这烂招不行。”

周封挠头：“不应该啊，怡然收到早餐的时候可高兴了。”

叶钦拿手机百度，指给周封看：“这个 yours s...ly 什么的，一般在正式的商业信函中使用，你还让我用 lovely……可爱个头啊，丢死人了。”

周封把卡片抽过来一看：“他绝对是故意的，早餐明显是送给他的，他居然说你弄错人了！”

叶钦翻白眼：“废话，不然也不会用落款嘲讽我了。”

周封：“那咱们接下来该怎么办啊？”

叶钦不知道，他看到那粉红色的纸袋就闹心，伸手拍拍斜前方在背单词的廖逸方：“班长，吃早饭。”

廖逸方转过来，推推眼镜：“我吃过了，把它给需要的同学吧。”随后满脸感动地说，“我就知道叶同学没有变，你还是我们可爱的小太阳。”

叶钦现在听不得“可爱”这个词，觉得是对他的侮辱，咬牙切齿地挤出一个假笑：“现在不是小太阳了，是雷暴雨。”

下午真的下雨了，体育课改为自习课。

班主任老孙在讲台上坐着，周封抱着手机躲在高高摞起的书后面，拉了个名叫“钦哥向前冲”的 QQ 群。

周封：进群先改名啊，你们这帮傻瓜两小时换一个网名，鬼知道谁是谁。

帆：改了。

叶钦：……

周封：改全名！别一个字一个字往外蹦，阿钦忌讳！

赵跃：怎么了？出师不利？

周封：那学霸把早餐退回来了，还留了句阴阳怪气的话，把阿钦气坏了。

刘扬帆：上回我就说这招不行，你们非要试。

在叶钦下定决心整治程非池的当天，四个人就坐在一起开了个短会，讨论重点在如何整、怎样整才能让他吃到教训。

起初几人对叶钦突如其来的仇恨感到奇怪，真正的原因叶钦当然不能说，只好把自行车那事稍加改编，将自己美化成一个讲义气的英雄，突出了程非池的阴险狡诈，引起周封的强烈共鸣："真嚣张，我就说不能放过这个人，不让他受点教训，他以后还会在咱们六中为非作歹！"

众人讨论半天，也没得出一个行之有效的完美计划。他们连把程非池在师大附中的丑闻写大字报贴学校橱窗里的损招都想到了，赵跃当即便说不行，既然六中肯收他，就代表校方对这件事并不在意，权衡之下，肯定觉得升学率比流言蜚语重要。

"不如这样吧，"一直闷不吭声听他们讨论的刘扬帆突然出声，"他不是总爱独来独往吗？找个人去接近他，假意和他做朋友，然后再把他踹了，这种心灵上的打击比外界的打击要有力多了吧？"

周封激情鼓掌，夸他真不愧是在大家族里钩心斗角长大的，太会玩了。

众人找到新思路，又为实施计划的人选犯了愁。

"首先，这个人得是咱们自己人。"周封摸着下巴道。

刘扬帆歪着嘴笑：“还得长得漂亮可爱，一脸单纯样儿。”

随后，众人的目光一致聚集在叶钦身上。

别的不说，至少“字如其人”这四个字在叶钦这里被推翻得彻底。他长相肖母，眼大肤白，四肢纤细，小时候又娇气爱哭，经常被人当成女孩子，还留下过在幼儿园扮演白雪公主的黑历史。懂事之后，为了将这段往事尘封，叶钦学着高年级的男生大摇大摆走路，扯着粗嗓门说话，谁说他漂亮、可爱他就跟谁急，才慢慢变成现在这个把谁都不放在眼里的嚣张少爷。

叶钦被他们看得发毛，瞪大眼睛凶巴巴道：“看我干吗？”

赵跃说：“找别人无论如何都存在风险，咱们自己有人，何苦去外面找呢？”

叶钦翻了个白眼。

周封一琢磨，也觉得赵跃说得有道理：“我觉得可以啊，咱们阿钦长这么好看，那回在便利店，学霸不就被他的外表骗了，还找他做证吗？”

叶钦现在满脑子想着整程非池，也跟着思考了一下，黑着脸说：“那就更不行了啊，我跟他梁子结得深，他哪能轻易上钩啊。”

刘扬帆老神在在：“这你就不懂了，越是这种敌对关系，越是能激起男人的兴趣和征服欲。”

叶钦浑身鸡皮疙瘩都冒出来了：“征服个屁！”

赵跃安抚他：“换个角度来想，是你征服这个冰块人，挑战全校女生都做不成的事，多有成就感啊。”

总之，人选就这么定下了，紧接着周封就给出了送爱心早餐的馊主意，如今这个计划以失败告终，拉群的目的就是商讨新方案。

周封：阿帆，那你说怎么办，你兄弟朋友多，最有经验。

刘扬帆：这会儿不是下雨了吗?

周封：是啊，你让阿钦去送伞?

叶钦：滚蛋啊，我可不送。

早餐都是用钱遣隔壁班的同学送的，让他亲自去送，还不如让他一头撞死算了。

赵跃：你们俩能不能不要这么死脑筋？阿钦今天开车了吧，顺道送他回家啊。

叶钦欣然采纳了这个建议，横竖已经让程非池知道是他了，是时候露个脸表示表示了。

他把这次行动当作战场上的初次正面交锋，周封也跟着紧张兮兮，从书包里掏出发胶，对着叶钦的头发一通乱喷："阿钦加油啊，咱们输人不输阵……"

叶钦啐道："输你个头，哥哥我一出手就得赢到底。"

下午最后一节课，他跟孙怡然借来镜子和梳子，把头发都梳到脑后，又顶着冷空气把校服拉链扯开，潇洒地敞着怀，哆哆嗦嗦地出了校门。

理科（1）班放学最晚，学生从后门鱼贯而出的时候，雨还没停。程非池个子高，叶钦一眼就看到他推着车走出来，在人群中缓慢骑行。

银色轿跑停在自行车聚集的六中后门，不仅格格不入，还占去一半本就不宽敞的道路。几个女生好奇地往车窗里瞧，被猝然响起的喇叭声吓得尖叫着后退，叶钦降下车窗，扬着下巴用眼神斥退她们，仿佛在说"走开走开别挡着我看人"。

程非池骑车经过时，跑车缓缓起步，不紧不慢地跟在他身侧。或许因为天上下着雨，骑车的人着急回去，叶钦跟了半天，眼看就要拐进主干道，程非池连脑袋都没扭过来看一下。

"喂。"叶钦忍不住出声喊他，"上车，我送你回去。"

程非池抹了一把脸上的雨水："不用了，谢谢。"说完便直起身来蹬车，闪电般飙了出去。

叶钦怀疑他根本就没看清自己英俊的脸和帅气的开车姿势，追上去提高嗓门儿道："雨这么大，我送你呗，你的破……你的自行车可以放后备厢。"

程非池这回干脆没搭理，踩着他的破车毫不犹豫地拐上主路。

平时要是有人这么不识好歹，叶钦早就油门一踩自己走了。然而刘扬帆刚刚才提点过他，这种事关键就是要让对方感受到诚意，而诚意就是细微之处见真章，无论男女，都拒绝不了这样的坚持和恒心。

叶钦憋着一口气，不甘心地跟上。

这个时间段路况不好，程非池不知是不是故意的，从六中到玉林小区大路直通，他偏要拣小路走。叶钦开着车七拐八拐追得艰难，在驶入某条不熟悉的小路时，意外看到前方拉着警戒线，边上只留下供两人通过的小道。

交警冲他挥手，示意他停车，见他面嫩还查了他的驾照，拿照片上刘海盖住额头的清秀少年跟驾驶座上梳着大背头的暴躁司机对比半天，严肃地教育道："拐弯过来的路口就有'前方施工机动车绕行'的标志，开车一定要注意安全，年纪轻轻的别不惜命。"

刚才光顾着追人，他根本没看见什么标志。人呢？早就看不见影子了。

又被程非池摆了一道，叶钦气不打一处来。

斗志与日俱增，办法却一天比一天少，程非池仿佛对他产生抗体，软硬不吃，早餐袋换成蓝色也还是被原样退回。有次叶钦看到卡片上多出来点什么，仔细一看，程非池居然帮他改了个错别字。

叶钦把那张卡撕得稀烂，撕完还不解恨，从赵跃手里夺过打火机，一片一片地烧，一不小心烧到手，又不好意思喊疼，憋得眼眶都红了，把打火机从窗户掷出去老远。

他从小顺风顺水，要什么有什么，何曾受过这等窝囊气？

这边叶钦被气得泪汪汪，那边周封打探消息回来，先干掉一罐可乐，随后伸展胳膊瘫倒在沙发上，得意扬扬地宣布道："我可算知道学霸吃哪一套了。"

秋日的午后，映在水泥地面上的树影缩短，细小的灰尘在洒满阳光的空气里飘浮。

临近下午一点，程非池放下书本前往食堂。他习惯错峰就餐，这个点不仅人少不用排队，菜钱有时候也会临时下调，省下的钱可以给妈妈买些补品，秋天最宜进补，她是爱操心的性格，最近因为带学生消瘦不少。

在食堂一楼常坐的位置，程非池遇上边吃饭边看书的魏嘉琪。魏嘉琪所在的初中部距离这边有一段距离，临近月考，学习时间紧张，他性格腼腆内向，学习上遇到困难第一个还是会想到自己的家教老师，也就是程非池。

魏嘉琪不是天资聪慧的类型，一道题经常要反复讲好几遍才能完全参透，但刻苦好学，把考上好大学当作唯一的出路。程非池对他三番五次的打扰也没有不耐烦，趁中午吃饭时间讲两道题而已，耽误不了多长时间。

讲完题把人送走，程非池才自己打饭吃。眼看还有 20 分钟食堂就关门了，他加快速度囫囵往嘴里扒饭。

今天的饭有点干，程非池仰头把一碗汤喝下肚，发现对面多了一个人。

此时的叶钦是羞耻的。

周封说这几天中午都有人看见程非池在食堂和一个小男生"幽会"，那小男生娇滴滴的，又瘦又矮，一阵风就能把他刮倒似的。可程非池对他好得很，帮他打饭，给他讲题，脸上还带着笑，温柔得不得了，一堆女生看得眼红，恨不能跟那小男生互换身份。

“怡然还亲眼看见他给那小男生拧瓶盖呢。”周封嘲讽道，“哼，穷鬼一个，也就那群女生瞎，捧他当什么校草。”

周封办事毛毛躁躁的不靠谱，他的话只能信五六分，可是现在除了信他，貌似没有其他办法。

叶钦垂眼打量自己，藕粉色毛衣，浅蓝牛仔裤，白色松糕鞋，要多粉嫩有多粉嫩。柔顺的刘海有些遮挡视线，他抬手轻拂两下，露出一片覆着薄汗的白皙额头。

刘扬帆的话犹在耳边：“啧，之前咱们都搞错方向了，男人嘛，都喜欢逞英雄，喜欢被人依赖的感觉，你就表现得柔弱一点，装得像个残废那就更好了。”

叶钦隐隐觉得这个理论哪里不太对，可惜极度缺乏经验，把这套逻辑放在自己身上推理一遍，觉得似乎没什么毛病。

于是他打扮成这样来到食堂，把手上的饮料放在餐桌上，推过去：“喝点水，别噎着。”

连说话都没敢大声。

叶钦平时的气势如虹完全仰仗于刻意拔高音量，吊着干巴巴的嗓子，自然会显得很凶。这会儿稍微压低、细细糯糯的嗓音把他自己都吓得一激灵。

程非池果然吃这套，没再无视他，看了一眼那瓶饮料，说：“我不渴，你喝吧。”

叶钦又忸忸怩怩地把水拿回来，抱在怀里正过来倒过去折腾一番，再次放回桌上，慢吞吞地推到对面的人跟前。

在程非池的注视下，叶钦垂下了头。

他软着嗓子说：“我拧不开，你……帮我呗。”

程非池帮他拧开瓶盖后，端起餐盘径自往水池边去。

冲洗餐盘的时候，叶钦跟上来："谢谢你啊，这个给你。"

一瓶可乐，500 毫升的，他自己的是冰糖雪梨汁。

"不客气。"程非池把餐盘的水沥干，堆在回收处，转身就走。

叶钦继续道："你不喜欢可乐？那……那我这个梨汁给你。"

叶钦嘴上这么说着，抱着梨汁瓶的胳膊却一点没松，像个护食的小动物，很不情愿跟他换的样子。

程非池心觉好笑，说："不用了，我不渴。"

食堂到教学楼三分钟路程，叶钦硬是拖着他走了十分钟。

"那你饿不饿啊？我看你吃得不多。

"你吃过小卖部的牛奶棒棒糖吗？

"要不要一起去上个厕所啊？

"你们下午第一节课是物理课？我们是化学。

"这饮料好沉啊，你帮我拎一下呗。"

之前廖逸方偶然提到叶钦，说他是他们班的小太阳，程非池本来不信，这会儿再看，这外号确有几分贴切。

到楼梯口，饮料还是没能送出去，叶钦所有的示好都被程非池冷漠官方的回答挡了回去。

叶钦周身黑云密布，嘴噘得能挂油瓶，伸胳膊拦住上楼的程非池，昂着脑袋宣布："那个早餐，不是给别人的，是给你的。"

程非池停住脚步："哦？"

叶钦到底是第一次干这事，哪怕只是演个不走心的戏，也羞得手足无措，脸红得仿佛要滴血。

等对方主动是不可能的了，叶钦鼓起勇气："我今天也骑自行车来的，放学等等我呗。"

“有事？”程非池公事公办地问。

叶钦不相信他一点儿察觉不到自己的意思，奈何自己是主动的一方，闭了闭眼睛，艰难道：“我、我想跟你一起写作业。”

晚自习前有一个多小时的休息时间，平时叶钦都会趁这段时间跑回家吃晚饭，速度快点的话还来得及打一局游戏。今天他早早给罗秋绫打电话说晚上不回家吃饭，罗秋绫问他在哪里吃，他含糊地回答：“跟同学一起。”

夜里秋风萧瑟，叶钦出教室前把校服披在外面，走道上遇到孙怡然，她指着他笑个不停：“阿钦，你这么穿让我好慌，总觉得咱们班来了个跟我争当班花的小可爱。”

叶钦被人笑了一天，已经免疫了，跨坐在自己的单车上等人时，隔壁班认识他的同学打趣他：“钦哥穿这么酷，这是要泡哪个妞啊？”

叶钦听着舒坦，面上故弄玄虚，守口如瓶什么都不说。

等了二十分钟，也没见程非池下来，叶钦有点急，跑回楼上找人。

程非池压根儿没出教室，他每天都会带饭来学校，午晚两餐，一顿在食堂吃，一顿吃带的饭。近几天要辅导魏嘉琪功课，他就把食堂那顿挪到中午，晚上接杯热水倒在饭盒里，又是热乎乎的一餐。

叶钦气冲冲地走进理科（1）班教室的时候，程非池正往饭里倒热水，他愣愣地盯着，自己原来要说什么都忘了，有些惊讶又有些嫌弃地说：“你就吃这个啊？”

“嗯。”程非池拿勺子把水泡饭拌了拌，坐下开始吃。

这会儿其他同学都去吃饭了，教室里只有他们两个人，叶钦打了个电话，然后抬腿跨坐到前座的椅子上，捧着脑袋看他吃。

饭盒里菜色普通到有些寒酸，大白菜全是菜帮，胡萝卜炒土豆里勉强能看到点儿肉，比学校食堂还差。叶钦看不下去：“这都什么呀，别吃了，我叫了外卖，十分钟到。”

说完叶钦就拈起放在一边的饭盒盖，要给他盖上。

程非池抬手挡开：“你吃你的，我吃我的。”

叶钦理直气壮道：“那怎么行？我点了两份呢。”

程非池没理会，叶钦坐着无聊，放下饭盒盖，开始对他这盒饭评头论足：“这什么肉啊？鸡肉吗？鸡胸肉还是鸡大腿……晚上还有三节课呢，就吃这个怎么撑得住……油的味道好奇怪啊，不同的菜堆一块儿也不怕串味，这是人吃的吗？”

程非池咽下一口饭，终于舍得抬头看叶钦，没什么表情地说：“看不惯的话请移步回自己班，我这儿还得继续吃。”

这是生气了，叶钦想，生气好，刘扬帆说生气总好过毫无反应。

叶钦继续托着下巴，边等饭边看程非池吃，间或插句嘴逗他说话：“真这么好吃吗？你妈做的啊？”

程非池到底没跟他计较，淡淡地“嗯”了一声。叶钦听到这个回答却高兴不起来，程非池的妈妈就是叶锦祥养在外面的女人，曾经把自己的妈妈弄哭过，这笔账他铭记在心，总有一天得让她还回来。

五分钟后外卖到了，叶钦还气着，啃个排骨制造出一串咂巴咂巴的动静，生怕对面的人不知道有多好吃。程非池吃完了准备去洗饭盒，叶钦又可怜巴巴地拉住他：“我吃不完了……你帮我吃呗。”

程非池觉得头有点疼，问：“你到底想干什么？”

叶钦终于等到这句话，嘴里咬着的排骨吧嗒掉在地上，眉飞色舞道：“跟你交朋友啊。”

9点半下晚自习，程非池被骑着自行车的叶钦追了一路。

经过在修理的那条路时，叶钦的状态简直可以用得意忘形来形容，他边踩车边说：“上回我在这儿被交警拦了，这回他可拦不了我。”

说着他还回头给站岗的交警做了个鬼脸，硬气得完全不像拧不开瓶盖的人。

幸好没送到家门口，远远看见玉林小区的门牌，叶钦便自觉止步，挥挥手走了。

程非池扛着自行车走进黑压压的楼道，二楼的李爷爷打开门，一束光照在楼梯上。

“小池回来啦。”

“欸，爷爷您进去吧，外面冷，我看得见路。”

李爷爷笑得慈祥：“没事，我正好有话跟你说。”

回到家里，程非池还在思考李爷爷刚才说的话。他说最近有个年轻人在这附近徘徊，问路的时候还指着3号楼问这里有没有一个姓程的女人。

李爷爷机敏、谨慎，当时装糊涂说不知道，他猜那年轻人可能还会来，提醒程非池和家里的母亲注意安全。

程非池首先想到的便是那个男人，或许是他派来的手下也说不定。

去年夏天，那男人第一次上门被他赶出去后，就经常趁他不在家的时候过来，若不是确定那男人不会伤害母亲，程非池宁愿继续休学在家，也不让那男人跨进门一步。

可是近来程欣对那男人的态度出现明显的软化迹象。

这个家里一直都只有他们母子俩，再难的日子都熬过来了，程非池记得程欣年轻时便清高孤傲，曾拖着病体说过不需要任何人的施舍，从前哪怕不慎让那男人进了门，也不会接受他送来的任何东西。

程非池看了一眼书桌上摆着的精致手表，藏在心底的不安又跑出来兴风作浪，搅得他心神不宁。

他把那手表连包装带盒子扔进垃圾桶的时候，程欣劝他：“这东西平时也用不上，留着就留着吧。”

程非池听母亲的话，把盒子从垃圾桶里捡回来，放在桌上，走到房间门口，忽然又转身折返：“下次，我是不是该叫他‘爸爸’了？”

带有质问意味的话让程欣有一瞬的慌乱，只短短一瞬便恢复如常，快到程非池以为自己眼花看错。

她像从前教导程非池要独立、要有责任心时一样，面目平淡地说：“妈妈不会害你，等你再长大一点就明白了。”

或许年少总是轻狂傲慢，程非池觉得自己懂得够多了。周围这个年纪的人大多还在父母怀里撒娇耍闹，他已经参透这个社会的生存法则，冷静透彻地将自己未来要走的路安排妥当，并每天督促自己严格执行，不允许出现丝毫偏差。

然而世事无常，总会有不可控的因素阻碍他前行的路。比如师大附中闹得沸沸扬扬的谣言，比如天天在他跟前活蹦乱跳的某个人。

叶钦说到做到，把“主动”二字发挥到了极致，但凡程非池人在学校，他都能见缝插针地在周围徘徊不休，仿佛在程非池身上安了追踪器。

起先程非池以为他是三分钟热度，贴几天冷屁股就会觉得没劲了，一晃大半个月过去，他还不知疲倦。

11 月将要过去的时候，程非池在六中附近的商业街上找到一个 9 点半到 12 点的传菜岗位，他跟老师打了申请，说家里母亲需要照顾，每天早退一刻钟，到地方刚好可以开始工作。

因此叶钦连续好几个晚上没在后门等到程非池。

叶钦有点急躁，粉毛衣他穿了，残废他也装了，程非池还是不冷不热，对他最大的反应就是扯着嘴角笑一下，像个看猴戏好不容易被逗乐的观众。

叶钦感觉受到莫大的侮辱，在靶子上写下“程非池”三个字，回到墙那头冷眼掷镖，嗖嗖嗖三根过去，一根扎一个字刚刚好。

“你们说，这家伙就没有别的什么可攻陷的弱点？”周封急钦哥之所急，若有所思道，“除了穷，好像就没有了吧？”

叶钦心想：当然有啊，他还是个私生子呢。

“除了穷没有其他弱点？”赵跃讥诮道，“穷就是他最大的弱点。”

含着金汤匙长大的叶钦深以为然。没有钱可怎么过啊？在学校吃着开水泡饭，下课之后到处打工？

对了，打工。

叶钦偶然间寻到新的突破点，重整旗鼓，花两天时间摸清了程非池晚自习早退后的去向，晚上踩着单车摸到大排档，坐在离程非池最近的座位上抱着 PSV 打游戏。

叶钦偶尔还会甩个两百块钱给老板，“买”传菜小弟半个小时，让他陪自己聊聊天，顺便让他把作业拿出来给自己抄一抄。

关于“你到底想干什么”这个问题，程非池已经懒得再开口问了。叶钦还试图用双倍薪水让他离职，程非池听到这样的话就皱眉不语，抗拒都写在脸上。

叶钦想了想，觉得这么干确实有点伤人面子，就把这事搁下了没再提。

习惯是个能不声不响渗透人的身体，还让人毫无所觉的可怕东西。

没几天，程非池就习惯了端菜出来时在靠厨房最近的桌子上看到缩成一团的叶钦。

这个天气还没开始供暖，他又爱臭美，穿得十分清凉，九分裤勉强遮住小腿，裤管空荡荡，细瘦的两根脚脖子露在外面，随着微翘的脚尖画着圈摇晃。有时候一条腿盘在椅子上，一只手奋笔疾书抄作业，另一只手按着冻红了的踝骨使劲揉，嘴里呼呼哈哈地吹热气。

程非池看着都觉得冷，想让他回家。

用嘴巴说他肯定是不听的，程非池便稍稍动了一下脑筋，某天故意把选择题全部填错，让叶钦也跟着抄错。

次日，叶钦被几门课的老师斥责公然挑衅，拎出教室罚站一下午，英勇事迹传遍整个高中部，也传到程非池的耳朵里。

只要他不傻，晚上就不会再来了，程非池想。

然而晚上不到10点，程非池端着两盘刚炒好的菜走出来，就看见穿着鹅黄色连帽卫衣的叶钦趴在离厨房最近的餐桌上，一脸苦大仇深地写着什么。

今晚的叶小少爷照例消费两百大洋，"买"下传菜小弟半个小时。

"三千字检查，好难写啊，我才写了八百字。"他往手心里呵了两口热气，把写满一页狗爬字的纸推到程非池面前，耷拉着脑袋，愁眉苦脸道，"你帮我写一点呗，三百字就行，剩下的我自己写。"

程非池不说话，叶钦以为他不肯帮，嘟着嘴让步道："那两百字，两百字总行吧？"

说着，叶钦竖起两根纤长的手指，小心翼翼地比了个"2"。

程非池看了一会儿，问："什么检查？"

叶钦以为有戏，咧开嘴笑："学习态度不认真，抄错作业应付老师……不过，你可别这么写啊，中心思想是'我知道错了，以后会好好学习'。"

"抄错作业？"

"对啊，就昨天的作业嘛。"叶钦满不在乎道，"我把选择题答案抄错了，可能是因为这里光线太暗了……没事没事，我明天带盏台灯来。"

看叶钦这模样，根本没意识到自己被耍了。

程非池不知道他是在装还是真傻。如果是真的，他家里一定把他保护得很好。

经过多方协作努力，叶钦总算在零点之前把三千字检查写完。

程非池骑在前面，时不时回头看一眼。叶钦跟了他几个晚上，每天凌晨才睡下，困得魂不附体，套着兜帽的脑袋一点一点的，自行车在路上东倒西歪，亏得半夜没什么人，不然八成要出事故。

到路口等红灯，程非池单脚撑地停在他旁边：“你回家吧，别跟着我了。”

叶钦慢吞吞地用左手揉右手，困迟钝了似的：“……啊？”

程非池把自己的手套摘了，递给他：“这个给你戴，回去吧。”

手套沾了体温还是暖的。叶钦接过来就有点舍不得撒手，天知道他写了一晚上检查，手快被冻断了。

他直勾勾地看了半天，就是不往手上套。程非池以为他娇气病发作，道：“好歹能挡挡风。”

叶钦抬起头，神色迷茫地看着他：“戴上这个就得回去吗？可是……我得送你啊。”

困得话都说不清楚了，跟他讲道理显然是没用的，程非池无可奈何，只好随他去。

叶钦戴上手套，骑车都有劲了，顶着风边蹬车边“一二三，一二三”地给自己打气。把程非池送到小区门口，叶钦用戴着手套的手使劲儿挥，扬声喊“明天见”。

明天周六，大排档那边轮休，程非池想让他别去了，又觉得多此一举，他找不到人自然会走的，总该让他知道自己的态度。

周六早上，程非池在半路上接到雇主父亲的电话，说临时有事全家要出门一趟，让他今天不用去了。

程非池问他明天是否有时间，他按照小姑娘各门课程上的弱项给安排好了每周的补课内容，漏一个星期的课可能会对进度有影响。电话那头的中年男人含糊其词，隐隐还能听到小姑娘吊着嗓子嚷嚷“我不去，我就要程老师”之类的话，还有她的母亲絮絮叨叨的劝慰。

程非池心知这家要黄了，把车停在路边，编辑一条带有自己银行卡号的短信给小姑娘的父亲发过去，礼貌地请他结一下上个月的费用。

发完短信，举目望着面前人来人往的马路，程非池突然产生一种不知该去哪里的迷茫。

从懂事时起，他的人生就像一台运转的马达，转速越来越快，日夜不停，偶尔卡壳一下，反倒让他不知所措，不知该如何消化在空闲中飞速流逝的时间。

他决定先去图书馆借两本与奥赛相关的书，回去的路上顺便到菜市场买菜。找到事情做，程非池心里才觉得踏实，边爬楼边琢磨该把鱼红烧还是清蒸，或者煲汤也行，小孩子都爱喝。

程欣教的是小学语文，擅长带低年级的孩子，以前她的身体尚不错的时候，家里经常闹腾得跟幼儿园没什么两样。有时候小孩会留下吃饭，但凡程非池周六、周日在家，都会格外注意饮食安排。

时间刚过 10 点，小孩已经到了。程非池进家先敲房门跟程欣说午饭由他来准备，然后拎着菜进了厨房。

程欣坐在阳台上给小朋友讲故事，温柔的声音透过门板传进来，讲的似乎是《小红帽与大灰狼》。

这种每个小孩都耳熟能详的故事，程非池小时候都是偷偷摸摸看的。程欣很会讲故事，能把一个平淡无奇的故事讲得声情并茂、引人入胜，却偏偏不讲给自己的儿子听，只告诉他“这些都是假的，大人编出来哄小孩用的，你只要好好学习就够了，别给妈妈丢脸”。

程欣面上淡泊名利，从不屑对儿子耳提面命，只有身在其中的程非池知道，她对自己的约束和控制都展露在无形中，凛冽的一个眼神、举重若轻的一句话，就足以让程非池感受到压力，从而自主自发地学会自律，懂得要强。

他知道别人家的父母并不都是这样，可他宁愿相信这是母亲爱他的独特方式。

至少，母亲对待其他孩子跟对待自己是不一样的。医生说良好的心情有助于病情的恢复，他也愿意通过自己的努力换取母亲的展颜一笑。

削好两个苹果，程非池打开上层橱柜拿玻璃碗，家里不常用这东西，他还用水多冲了两遍，转回来发现，案板上的苹果少了一个。

偷苹果的人胆子大得很，靠在冰箱边上就吃了起来，一口咬下去，发出果肉分离的清脆声响。

从程非池进门起，叶钦就躲在厨房门后偷窥，这家伙不知在想什么，入神得很，半天都没发现自己的存在。

“你怎么在这里？”程非池愣了半天才问。

叶钦还没见过他受到惊吓的模样，觉得新奇极了，指指天花板：“我也不知道，一眨眼，就从天上掉下来了。”

程非池居然真的顺着他指的方向抬头看，反应过来后露出一丝与平时形象不符的窘迫，低头轻咳一声，道：“屋里的小孩是你什么人？”

谎言一下子被拆穿，叶钦觉得无趣，又咬了一口苹果，含含混混地说：“我妹。”

其实是周封的妹妹，之前无心之下听说小姑娘最近在玉林小区一个老教师家补课，他随便问了一嘴，得知补课老师名叫程欣，简直是踏破铁鞋无觅处，得来全不费工夫。

于是叶钦强行认周家 8 岁的小妹周绛为义妹，并主动包揽义妹上补习班的来回接送事宜。谁知他拎着孩子进屋一看，程非池不在家，旁敲侧击地一问，上门给人做家教去了。

真是穷酸落魄的一家人。叶钦这么想着，被暖气熏得犯困，靠在沙发上睡了一觉，一觉醒来，程非池就回来了。

"她是你妹妹？"程非池半信半疑地问。

"不然呢？"叶钦疯狂地给自己洗脑，说得自己都快信了，"亲妹妹，你没看我俩长得一模一样吗？"

中午四个人坐在一张桌子上吃饭，程非池来回看了三遍，也没发现这两人哪里像。小姑娘倒是挺像叶钦的狐朋狗友之一，体育课上在他跟前耀武扬威的那个姓周的同学。

程欣温和地笑着："饭菜都是小池做的，兴许不合你们兄妹俩的口味。"

"哪里哪里，好吃得很。"叶钦头次上门，十分给程非池面子，不仅没有嫌东嫌西，还盛了一大碗鱼汤端给周绛："快喝，喝完再给你盛。"

周绛被"亲哥"逼着喝了三碗汤，下午净往卫生间跑。叶钦倒是舒坦自在，趁程非池收拾洗碗，在不大的房子里到处参观，不一会儿就跑来叩厨房的门："我可以进你房间吗？"

程非池以为叶钦又想偷抄作业，收拾完回房，看见叶钦四仰八叉地躺在他的床上，兜帽蒙着脑袋睡觉，一截白肚皮露在外面，随着呼吸一起一伏。

程非池刚走到书桌边坐下，他就醒了，在床上一通乱扭，瓮声瓮气地说："不好意思啊……能不能借你的床用一下？"

程非池心想：我没同意你不是也用了吗？

想到他昨晚困得睁不开眼的可怜样，还有在寒风中边哆嗦边挥手跟自己说的那句"明天见"，程非池到底把话吞回肚里没说。

醒来的叶钦强打精神，坐着打量不大的房间，有一搭没一搭地跟程非池说话："你房间怎么这么小啊……有游戏机吗？篮球呢？乐高？遥控汽车总有吧……只有这堆证书奖杯？不是吧，你好无趣啊……"

叶钦走到玻璃橱柜前，伸手摸了摸里面一尘不染的金属奖杯，冷硬的触感让他立刻蜷起手指，越发确定这不是自己能懂的世界，扭头问在书桌旁整理书本的程非池："得过这么多奖，就没有拿奖时的照片吗？"

程非池怔了一下，摇头道："没有。"

"拍不起？"叶钦冲口而出。

程非池不太想回答这个问题，敷衍应了一声就别开目光，继续整理书本。

叶钦不禁皱眉。他今天过来本是想看看叶锦祥藏了这么多年的小三是个多厉害的女人，谁知这女人的言谈举止跟她的外貌一样平平无奇，甚至和善到有些懦弱。他没有恃强凌弱的爱好，要不是有把罗秋绫弄哭的事情在先，他根本无法对她产生厌恶感。

按理说傍上叶锦祥那样的人，这母子俩的生活不该这样拮据，可事实摆在眼前，这里触目所及的每个物件都在无言地诉说这个家庭的窘迫。刚才程非池打开衣柜挂外套，叶钦眼尖地看到里面挂着的衣服都是款式陈旧的黑灰色，加上校服也不过五六件，对比自己衣柜里各式各样的牛仔、夹克、棒球衫、风衣，还有最近刚添置的各色羽绒服，他的衣服竟连自己的十分之一都不到。

叶锦祥那老头子这么小气，还是说这母子俩假清高，不肯接受他的帮助?

叶钦越想越心烦，一屁股坐回床上，从口袋里掏出他新换的手机："站着别动，我给你拍一张。"

程非池跟不上他思维的转换速度，抬头刚想阻止，"咔嚓"一声，十八岁少年沐浴在午后阳光下的英俊脸庞在屏幕上定格。

这年的冬至，首都下了第一场雪。

晚上大排档格外忙碌，无论是刚下班风尘仆仆的青年，还是满脸疲倦出来觅食的中年人，都选择点一份热腾腾的饺子，三五好友聚在一起，以庆祝传统节日为借口喝酒热闹。

后厨所有人忙得脚不沾地，叶钦花钱也买不着传菜小弟的时间，一个人在外面坐着无聊，跑到厨房门口探头探脑。

“有没有什么驱寒暖肺的活儿给我干干啊？”他伸长脖子问。

程非池无暇管他，料定了小少爷吃不了苦，尝到一点苦头便会知难而退。

让他没想到的是，他传了多长时间的菜，叶钦就洗了多长时间的碗。一个个干净的碗碟按大小整齐地堆在边上，越是到要收尾的时候，叶钦越是认真，洗得额头冒汗也只顾得上抬胳膊擦一下，泡沫沾在脸上都不知道。

“我马上好了啊，你等等我。”叶钦抽空对程非池说，手上的动作一刻没停。

最后老板给兼职洗碗工结了两百块钱，叶钦笑得嘴巴快咧到耳朵根，全然忘了自己在这里花过多少冤枉钱，用在水里泡得泛白的一双手把那两张红票子数了又数、摸了又摸，扬扬得意地说要买双新手套——羊毛的。

一到外面他就蔫了，天寒地冻，呵气成冰，雪下了一天还没完，洋洋洒洒地从破了个黑洞似的天上往下落。一个大喷嚏打得叶钦脑仁都跟着疼，缩手缩脚去推自行车时，程非池踩着雪走到他面前。

“又忘了戴手套？”

叶钦缩缩脖子，不想让他看出自己的心虚，小小地“嗯”了一声。

程非池从外套口袋里拿出手套，叶钦美滋滋地伸手准备让他给自己戴上时，面前比自己高半个头的人手一抬，用手套内侧的绒面布给他擦脸上蹭到的油渍。

叶钦下意识地闭了一下眼睛，睁开时，程非池已经深一脚浅一脚地走到屋檐下自己的车跟前，徒手拍了拍车座上的积雪，艰难地往路上推。

叶钦磨磨蹭蹭地把手套戴上，总觉得这气氛安静得微妙，适合说点什么，也适合讨要点什么。

“喂，”他在程非池身后唤道，“你知道今天是什么日子吗？”

程非池没回头：“冬至。”

“还有……”

“不知道。”

叶钦察觉到程非池在抗拒回头，他不服输的劲儿上来，偏偏要这家伙给他回头。

“是我认识你的第四十五天。”叶钦扬声道，“也是我的生日。”

程非池身形一顿，定住脚步。

没来由地，叶钦的心跳有些快。他吞了口唾沫，北风盖住他声音里的微颤：“你没什么要对我说的吗？”

他意识不到自己拖长语调说话时的声音有多么绵软，好像在撒娇，又好像所有暖融融的阳光都聚集在他身上，让周围彻骨的严寒都变得没那么难以忍受。

程非池转过身来，脚踩在雪地里发出嘎吱嘎吱的干涩声响。

叶钦站在路灯下，一点点光就将他的眼睛照得清澈透亮，里面蕴藏着名为“期待”的东西。

程非池看着他，缓缓呼出一口气，妥协般地说：“生日快乐。”

话音刚落，远处六中的钟楼敲响了钟声。

叶钦跟着钟声数了十二下，有些遗憾地说：“啊……过去了，我还没许愿呢。”

程非池转回去继续推车，小道上的积雪堆到脚踝的高度，所经之路留下一串脚印和一条弯弯曲曲的车辙。叶钦低头顺着他留下的脚印一步一步地踩，觉得走这里比走其他地方都要安全。

马路上因为车来车往，雪还没有积起来。程非池跨上车刚骑出去三五米，听见背后叶钦的嘀咕声："咦，怎么骑不动啊？"

程非池回头检查，前车胎软塌塌地摊在地上，像是被什么利器扎破了。

叶钦的脸一下子垮了："不是吧？刚过完生日就倒霉。"

程非池检查完毕站起来，一手推起一辆车往前走。叶钦东张西望，看路边有没有可以落脚的地方，自顾自地盘算："这个点可以开钟点房欸，还能洗个热水澡……不然去网吧包个夜？我得给我妈打电话说一声。"

掏出手机他又想起什么，对程非池道："你也跟你妈妈说一声呗。"

程非池空不出手，也没回应他的话。叶钦率先拨通电话，说话的语气不自觉带了些委屈："妈，我今天晚上可能回不去了……车坏了，爆胎了……这个点好难打车啊，我就在外面凑合一晚了……没事啊，有同学陪我一起……不是周封，隔壁班的，你不认识……没骗你呀，真的是隔壁班的……"

叶钦的声音越来越低，哼哼唧唧的似乎不太高兴，过了一会儿，加快脚步走到程非池跟前，把手机递给他："我妈，让你听电话。"

程非池见他耳垂都红了，大概知道发生了什么事，把其中一辆自行车交给叶钦，接过电话："喂，阿姨好。"

电话那头叶钦的母亲柔声细语，关切地问他们遇上什么麻烦了，需不需要帮忙。寥寥几句谈话，程非池主动交代自己是二（1）班的学生，正和叶钦在前往修车铺的路上，叶钦妈妈大约是听他说话稳重、靠谱，叮嘱他们注意安全，便挂断了。

叶钦把手机收回口袋，犹豫地问："咱们去修车？"

程非池"嗯"了一声。

叶钦面露失望，像没能在外面留宿的贪玩小孩，噘着嘴不说话。

修车铺还是六中附近那个，远看黑灯瞎火，不像有人在，程非池走到门口，握着门闩用力一推，门就开了。

不等叶钦出声，他先把食指放到唇边做了个“嘘”的手势，压低声音道：“老板就睡在里屋，我们修完就走。”

叶钦头一回这么潜入别人的地盘，又慌又怕地拽住程非池的衣服：“这算不算私闯民宅啊？”

程非池心想：你拿刀扎我轮胎的时候不是胆子挺大的吗？

程非池故意吓唬他道：“算，小点声，不能让老板发现。”

于是叶钦捂着嘴巴大气也不敢出，另一只手做贼似的用手机上的手电筒给程非池照明，直到瞧见程非池上扬的嘴角，才察觉自己又被耍了。

程非池埋头磨轮胎皮，说：“老板人很好，之前车坏在路上，我都到他这里来修，次数多了他就告诉我外面的铁门闩不上，晚上有急事可以直接推门进来。”

怪不得上次感觉老板跟他很熟的样子，叶钦一面环视四周一面想，反正这些东西也不值钱，没什么可偷的。

屋里很静，耳边除了打磨轮胎的唰唰声，还有两人互相交错的呼吸声。叶钦不由自主地把呼吸频率和程非池的对上，觉得程非池的呼吸平稳绵长，像乌龟在睡觉。

他被自己的天马行空的比喻逗乐，一时没压住笑声，程非池抬眼看他，叶钦忙收敛笑容，扯话题道：“你不是刚转来六中吗，就跟这儿的老板这么熟了？”

“从师大附中到我家也会经过这条路。”程非池手上的动作略微停顿，“你不是知道吗？”

叶钦心里一突，以为调查他的事被发现了，转念一想又觉得不可能，自己明明很小心谨慎了，于是淡定道：“我当然知道你以前是师大附中的，谁不知道啊。”

说完还有点不放心，他试探着问：“那你以前……有没有见过我？”

程非池垂着眼睛，平淡地陈述道：“没有，便利店是第一次。”

叶钦自己挖坑给自己跳，摔得头晕目眩，回想起之前不怎么愉快的几次交锋，尴尬得抬不起头：“之前……是我朋友看你不爽，我就、就随手帮了个忙，没别的意思……”

程非池当然知道他不是故意找自己麻烦，顶多算不懂事，为虎作伥罢了。虽然程非池至今还对他接近自己的动机存疑，但想来也不会是什么骇人听闻的理由，大概是听过关于自己的流言，觉得有趣、好玩，新鲜感还没过去。

“那现在呢？”程非池半真半假地问，“有别的意思？”

黑暗安静的环境中感官被无限放大，程非池嗓音低沉，压着的时候仿佛在耳边说悄悄话。叶钦的脸噌地红了，好在屋里暗没人看见，他的心又开始乱跳，快一阵、慢一阵地在耳膜上打鼓，弄得他连自己的声音都听不清晰。

“是啊，有别的意思。”叶钦尽量让自己理直气壮，学他说话，“你不是知道吗？”

手机灯光只有范围狭窄的一束，照在程非池熟练动作的手上，在五官立体的在脸上投射出参差不齐的阴影。叶钦鬼鬼祟祟地把手机一点一点往上抬，企图看清楚他的表情。

就在看见他因为眨眼而簌簌颤动的浓密睫毛时，程非池别开头躲了一下，不知从哪儿摸出一个便笺本，扔到叶钦怀里：“帮我写张字条，告诉老板我来修过车。”

叶钦找了张小凳子，蹲在那儿一笔一画地写，写完拿给程非池：“程老师，您看看有没有错别字。”

叶钦小脸昂得高高的，显然还记着程非池改他卡片上错别字的仇。

程非池不由自主地笑了一下，低头扫了一遍，用笔在上面打了个钩，左上角画了一个竖杠两个圈，一百分。

修完车走在路上，叶钦后知后觉地歪着脑袋琢磨：“不对啊，咱们各科卷面分是一百五十分，你给我一百分……刚过及格线？”

程非池道：“嗯，如果是昨天，就给你一百五十分。”

扭头看钟楼，时针即将指向 1 点，叶钦条件反射地打了个哈欠，喃喃道：“过生日真好。”

程非池见他困得睁不开眼，小身板在寒风里直哆嗦，难得强硬地让他先回家：“刚才在电话里我答应你妈要负责你的安全，赶紧回去，我也得走了。”

叶钦的家就在六中附近，磨蹭到小区门口，还记得把手套摘给程非池，有气无力地说：“我到了，你戴吧，明天我就去买……买羊毛手套。”

目送着摇头晃脑的叶钦推着车刷了门禁卡进去，程非池掉转车头刚要走，身后的人突然想起什么，扯着嗓子道：“程老师，我在你作业本里留了东西，别忘了看啊。”

程非池没把叶钦的话放在心上。

临近会考，就算他有十足的把握，也该养精蓄锐，好好准备。

叶钦或许也在备考，连着几天没出现，也没在考场周围出现，仿佛人间蒸发。

早餐倒是照常送来，有次程非池到校早把人抓个正着，那个低年级小学弟说他只是拿了钱帮忙办事而已，卡片都是一早就准备好的，一天塞一张。

倒是很像叶钦的行事作风，能偷懒就偷懒，想一出是一出。

那天之所以会洗碗，大概是小少爷突发奇想体验民间生活。想让他通过这次社会实践体会到赚钱的不易和生活的艰辛，用天方夜谭来形容也不为过。

会考最后一门结束时，正好是12月的最后一天。

程非池早早出了考场，回到家里整理书本，无意中在堆在桌角的一堆草稿本当中翻到叶钦留下的狗爬字：158××××××××，打电话给我哦!

后面还画了个胖乎乎的爱心。

明天开始便是三天元旦假期，除了第一天上午，其余时间程非池都给自己安排了满满当当的工作。

今晚就有了正大光明的晚睡理由，程非池拿出之前没看完的侦探小说，倚靠在床上翻阅。

床头闹钟的时针慢慢走向零点，他把目光转回书上，往后翻一页，看了开头两段，又回头重新看了一遍。

再翻一遍，他还是没法集中精神，干脆合上书关灯躺下，放松放松从考试开始就绷紧的神经。

他擅长图像记忆，刚才匆匆瞥过的那串数字在眼前挥之不去。

离零点还有不到两分钟的时间，他从枕头底下摸出平时只用于电话沟通的老式直板手机，点开短信界面。

叶钦久违地出现在刘扬帆家的茶馆里，跟朋友们一起玩了整晚。

“你自己算算，多长时间没过来玩了？”赵跃吐出一口烟说。

叶钦许久没来这种场合，陡然出席不太适应，皱着眉头往边上挪：“上个星期感冒了，摊在家里没动。”

周封道：“这个我可以做证，阿钦每个冬天都要感冒几次，动辄发个小烧，请假那是家常便饭。”

刘扬帆晃着玻璃杯笑道：“还以为你请假去找那个学霸了呢，赵跃跟我打赌说你撑不过这个月，可别让我失望啊。”

说到这个话题，叶钦就恹恹的，提不起劲，伸手指了指桌上的饮料：“给我也来一杯。”

赵跃边倒饮料边说：“呦，这是又遇上困难了？趁哥儿几个都在，说出来大家帮着分析分析。”

“分析什么呀？”孙怡然从玩桌游的人堆里走出来，寻了离叶钦最近的位置坐下，好奇地问，“阿钦在追哪个姑娘吗？”

赵跃哧哧地笑：“是啊，追姑娘呢，怡然赶紧用切身经验给他支着儿。”

叶钦脸色更难看了，孙怡然当了真，按着叶钦的肩膀道：“是谁？谁把我娇俏可人的小钦钦拐跑了？居然没向我打报告？还有没有王法了？”

叶钦被她晃得头晕，举手信誓旦旦地说没有什么姑娘，周封和刘扬帆帮着证明，孙怡然才将信将疑地放过他。

趁他们几个去打桌球，以身体不适为由留在原地的叶钦问孙怡然：“话说，你先前追那个程……就是那个学霸的时候，给他留电话了吗？”

孙怡然嗑着瓜子说：“留了啊。”

叶钦迫不及待地问：“他给你打了？”

孙怡然已经从失恋的阴影中走出来，回答得十分干脆：“没有啊。”

叶钦没来由地松了口气，仿佛自己的面子终于得以保住。

“你问这干什么？”孙怡然灵机一动，“我知道了，你喜欢的姑娘喜欢他？”

叶钦翻了个白眼，那是周封好吗？

他回过头来想想觉得自己也没好哪儿去，巴巴儿地缠了程非池这么久，电话也不要脸地留了，那家伙至今还从未给过回应，更别提主动了。亏他憋了这么多天，每天都在等一个电话。

他连接到电话的反应都想好了——首先得让它响足五下，不能让对方发现他正在等这个电话，接起来的时候还要打个哈欠，假装刚才在睡觉，被电话吵醒非常不高兴，这样对方就会愧疚，会答应他提出的稍微过分点儿的要求。

比如上次在大排档，他不过洗了几个碗，程非池就心软对他说“生日快乐”，程非池根本不知道那天其实不是自己的生日。

叶钦为此沾沾自喜，心想示弱这招果然好用，并为以什么样的姿势接电话做下了精确到秒的详细计划，如今万事俱备，却没料到那家伙压根儿没给他打电话。

太丢脸了，叶钦愤愤地想，我知道你号码也绝不会打给你，看谁憋得过谁！

理想是美好的，现实却是骨感的，越想越生气的叶钦控制不住自己的手，他掏出口袋里的手机，嗒嗒嗒地按了烂熟于心的一个号码，刚接通就扯着嗓子吼：“喂，你谁啊？！”

打电话的问接电话的是谁，能干出这种事的唯有犯迷糊的叶小少爷了。

电话那头安静片刻，冷冷地答道：“程非池。”

这三个字仿佛有什么魔力，弄得叶钦更气了。他趴在沙发上，下巴陷入柔软的抱枕里，眯着眼睛问：“你在哪里啊？”

声音说软就软，让对面的人发不出一丁点儿脾气，无奈地回答：“家里。”

“你……你为什么不、不……”叶钦磕巴半天，勉强把一句话捋清楚，“为什么不……不找我玩啊？”

听了这番孩子气的话，程非池的冷漠没绷住，低低笑了一声，这小家伙三更半夜打电话居然就为了质问程非池为什么不跟他玩。

被吵醒的烦躁感悄然散去，程非池耐着性子回问他：“你呢，在玩什么？”

叶钦侧歪脖子，换了个不需要费力支撑脑袋的姿势，眼睛仍旧没睁开：“我在跨……跨年啊，打牌、嗑瓜子、打桌球……还有、还有什么来着？可没意思了。”

程非池平时的娱乐活动仅限于在学校操场运动和回家看书，叶钦说的这些全都触及了他的知识盲区，他想了想，问："那怎样才有意思？"

叶钦半梦半醒，脱口而出道："跟你一起玩啊。"

电话那头没说话，也没挂断，叶钦大约真把这场对话当成在做梦，咂咂嘴接着说："我还有好多事情没有做呢，送花、去高级餐厅吃饭、一起看电影、一起去游乐园、一起吃冰激凌、一起打雪仗、一起过生日、吃完饭一起洗碗……哦，这个就当实现了吧，还有一起跨年……跨年……今天就是跨年啊，你就不能早点给我打电话吗？"

叶钦边说边掰着指头数，说着说着就替现实中的叶钦委屈，连电话是自己打的都忘干净了，简直蛮不讲理。

对面的程非池听完他絮絮叨叨、没头没尾的一堆抱怨，并没有反驳，只是耐心地呼出一口气，半晌后才说："我刚才给你发短信了。"

叶钦在南国茶馆休息室里醒来，从一堆祝福短信中翻到来自程非池号码的"新年快乐"四个字时，整个人都是蒙的。

梦境、现实傻傻分不清楚，他拽着周封问："昨天我有没有对着电话说胡话？"

周封打了一晚上牌，比他还蒙："有吧？哭着喊着求他跟你做好朋友？"

刘扬帆拎着饮料走过来："那是你，抱着怡然的腿不撒手，可别吓唬阿钦。"

叶钦紧张地吞了口唾沫，期待他给出不同的答案："那我说了什么？"

刘扬帆笑得邪门："你自己问问他不就知道了？"

因为这事，叶钦三天假期都没过踏实。他以为自己嘴巴"秃噜瓢"把自己的计划统统给程非池讲了，程非池那么聪明，一听就能知道他有阴谋。

叶钦怀着沉痛的心情给程非池回了条新年快乐的短信，颤颤巍巍地在最后加了个“心”。

等了十来分钟也没收到回信，叶钦身体后仰，重重地倒回床上。

——这下全完蛋了。

假期后的第一天是六中冬季运动会开幕式。各班学生在操场上排队，高二理科（1）班和理科（2）班的方阵紧挨在一块儿，叶钦矮着身子躲在人群里，连脑袋都不敢抬。

班长廖逸方站在队首，捧着小本子道：“下午的高中部男子跳远，咱们班的陈浩宇同学因病无法参加，有没有男生站出来顶替他的位置，为班级争光？”

各班的参赛名单会考前就报上去了，叶钦打定主意把三天运动会当假期后的休息日，所以，一个项目都没报，倒是周封为了在孙怡然面前表现报了个五千米长跑，叶钦当时还预测他五百米没到就得趴跑道上哭爹喊娘。

班长动员了两遍，没人举手，长跑运动员周封碰了碰叶钦：“欸，要不要报个跳远玩玩？”

叶钦魂不守舍，就怕一抬头跟隔壁班的某人碰个正着，缩头缩脑地说：“不报不报。”

“跳一个呗，几分钟的事儿，初中那会儿你不是还拿过第一名？”

叶钦无奈：“那次众望所归的前三名，一个迟到、一个生病、一个发挥失常，轮到你你也得拿第一。”

“那也是本事啊。”周封继续撺掇着，凑近他耳边压低声音说，“我刚才在长跑参赛者名单上看到隔壁班那个学霸了，长跑跟跳远同时进行，咱哥俩儿一边一个，吸引女生的注意力，我倒是看看谁还有心思看他……”

叶钦大惊失色：“他报了长跑？”

按照纪律规定，未参赛的同学不得随便离场。二（2）班的位置就在跑道边上，叶钦掐指一算，五千米，十二圈半，程非池不可能看不见他。

想象力一旦开启就刹不住车。

他想起刘扬帆经常挂在嘴边的一句话——“男人最痛恨被欺骗”，程非池一怒之下从跑道上冲下来揪住他打一顿也说不定，毕竟那家伙一口气能做三十个引体向上，整个高中部无敌手，裁判老师都不见得能拉住他。

叶钦还记得那晚在便利店他看着自己时凌厉如刀锋的眼神，新仇、旧恨加起来，他得把自己剁了才能解恨吧？

前面的廖逸方还在激情陈词，希望有同学主动站出来捍卫班级集体荣誉，听见人群里有动静，伸长脖子往队伍里瞧，欣喜道：“周封同学，看你跃跃欲试的样子，是想举手报名吗？不要怕，无论最后名次如何，二（2）班全体同学都会为你感到骄傲。”

被点名的周封忙道：“我报了长跑，没法跳远啊。”

廖逸方翻小本子核实了一下名单，面露遗憾。

就在这时，叶钦举起手：“报告班长，我想参加跳远。”

程非池在跑道边做热身。

他平日里的时间安排得很紧凑，精力对他来说尤为宝贵，所以他并不想参加特别耗费体力的项目，只报了一百米短跑。

至于为什么又增加一项长跑，或许班长报错了，或许被人改了，无论是什么原因，已经无从考证，而且在板上钉钉的当下都不重要了。

有人递水给他：“喝水啊学霸，待会儿可别一圈不到就累趴下。”

程非池认得这个人，便利店买烟的人之一，体育课公然挑衅过他，貌似跟叶钦的关系不错。

他没接那瓶水，起跑前往二（2）班的位置扫了一眼，没看到叶钦，兴许去参加其他项目了吧。

程非池转念一想，又觉得不可能，叶钦那么娇气，骑个自行车都费劲，怎么会主动报名参加运动会?

此时操场的西南角，娇气的叶钦没来由地打了个喷嚏。

为方便活动，他把外套脱了，单穿一件粉色毛衣。送他到比赛现场的廖逸方赞许道："叶同学果然适合鲜亮的颜色，不愧是我们（2）班的门面。"

叶钦这阵子穿惯了红黄粉紫的衣服扮嫩，今天出门前想都没想就穿了这件粉色内搭，这会儿低头看看，十分嫌弃地要把它脱掉，直接穿秋衣上场。

廖逸方忙阻拦："天气冷，叶同学还是穿着吧，要是冻感冒了，全班同学都会为你伤心的。"

不知道的还以为他要上的是什么有去无回的战场。

这时候喇叭里喊到叶钦的号牌，他随便甩了甩四肢，到沙坑前排队准备。

叶钦朋友多，却鲜少有人知道他小时候体弱多病，经历一次肺炎之后就三天两头往医院跑。那会儿叶锦祥不知听了哪位专家传授的经验，把他送到校体队练了大半年，尽管那段时间叶钦每天都哭天喊地不想去学校，可到底是把身体素质练好不少，还意外收获了一项跳远技能。

仗着这点运动底子，叶钦鼓起劲努力跳了几轮，最终拿到总成绩第二的好名次，第一名是校体队的运动健将。

廖逸方捧着小本本计算班级目前拿到的总分，激动之情溢于言表："叶同学，你不仅是小太阳，还是我们班的秘密武器！"

叶钦也有点飘，但飘得没有周封那么直接，潇洒地往后捋了一把头发，谦虚道："一般一般，咱们学校重文轻武，他们就知道埋头学习，不然也轮不到我。”

“说起来，（1）班的程同学你还记得吗？他可是个文武全才。”廖逸方往跑道方向瞭望，“这会儿应该在参加男子五千米长跑，我们一起去……”

听到“程同学”三个字，叶钦顿时就㞞了，没等班长说完，借口补充能量溜之大吉。

在小卖部磨蹭了十来分钟，估算着男子长跑怎么也该结束了，叶钦才叼着棒棒糖往操场方向晃荡。

前面大喇叭在喊“男子一百米短跑决赛各就各位”，满操场的少男少女又蹦又跳，呐喊、助威声不断，脚下的橡胶跑道都被震得发颤。

短跑比赛这种考验运动员爆发力的运动最是热闹激烈，叶钦不想这么早回班级队伍，拎着饮料也过去凑热闹。远远看着一排男生从那头飞速奔跑而来，在短短几秒间拉开距离，他被呐喊声带动感染，跟着周围的女生一起伸长脖子看谁排在第一。

……有点眼熟。

叶钦琢磨着，六中自己认识的人当中貌似没有跑步很厉害的啊，校体队的那几个都没有这么高……长跑完了又来短跑，他是怪物吗？

边上的女生响应本次运动会“以集体荣誉为重”的号召，扯着嗓子喊“二（1）班加油”，意识到事态不妙的叶钦脚底抹油似的再次遁走。这次运气不好，左脚绊了右脚一个猛扑，叶钦在草坪上摔了个狗啃泥，嘴里的棒棒糖差点飞出去。

叶钦头晕眼花，想起刚才为了跳远换上了班长帮他借来的运动鞋，他把鞋带三下五除二乱系一气，能坚持到这会儿才散开已经是奇迹了。

身后欢呼声沸腾，应该是已经决出胜负。叶钦咬牙忍着疼爬起来，刚往前走两步，眼皮一抬，面前出现一双穿着运动裤仍然能看出很长的腿。

他顺着腿往上看，是一个喘着粗气却丝毫不显狼狈的人。

程非池参加完长跑马不停蹄地又来短跑，抬手擦了一把额头上的汗，勉强喘匀气，问他："跑什么？"

叶钦腿一软，险些坐回地上。

当他抱着在劫难逃的想法在脑海中搜索"以什么样的姿势挨揍不那么疼"时，程非池向他伸出手，他以为程非池要揍他了，条件反射地往后退。

"躲什么？"程非池一派坦然，拿过他手中的饮料，拧开盖子，"喝吧。"

叶钦愣在那儿不敢动，程非池等了一会儿见他不接，嘴角慢慢上翘，晃了晃手中的饮料瓶："给我的？"

校运动会的头天晚上，为庆祝班级今天硕果累累，暂居总分第一的位置，班长廖逸方终于给力一回，借着新年伊始的由头向班主任打申请，然后拿出班费，带着二（2）班全体同学在学校门口的家常菜馆开了个有三张大圆桌的包厢。

全班五十二个人到齐，摩肩接踵地挤着坐。上菜之前，先在班长的组织下进行一场声势浩大的表彰会，今天在运动会上表现突出的同学挨个儿被点名上台接受表扬，其中重点提到叶钦同学临危受命的英雄事迹。

兴许是气氛太好，点燃了大家的中二之魂，全班同学集体起立为他鼓掌，平时最爱跟班长对着干的周封附和着喊："班长英明，钦哥威武！"

搞得叶钦害臊不已，觉得自己参加运动会的动机不单纯，受不起这样的吹捧。

当然还有别的原因让他心虚。众人坐下开始吃饭，叶钦碰了一下旁边的周封："欸，长跑你拿了第几名啊？"

周封嘴里塞着鸡腿，不好意思地笑道："嘿嘿，没跑完。"

叶钦翻白眼："那你还好意思接受表扬？"

周封厚脸皮道："班长要表扬我，我有什么办法？"

叶钦前阵子忙着和程非池拉近关系，没顾上别的，这会儿敏感地发觉这两人的关系似乎有所缓和，一问才得知周封在会考前接受了廖逸方的帮助，还去过他家补习功课。

"至少他帮我过了这次会考，不然我爸又要揍我了。"周封鼓着腮帮子评价道，"其实班长这人也还不错吧，就是傻乎乎的。"

叶钦心说：你更傻。但他嘴上还是若无其事地继续跟周封打探消息："那谁拿了第一？我说长跑。"

"不知道，可能是隔壁班的学霸吧，第一圈他就把我甩出老远，哼。"

"你跟他说话了？"

周封抹了一把油腻腻的嘴："说到这个就生气，比赛之前我给他递水，他居然不要！"

叶钦一时没转过来弯，眨眨眼睛："为什么啊？"

"对啊，为什么啊？"周封率先反应过来，一拍桌子，笃定道，"肯定是留着肚子，等哪个姑娘给他送水呢！"

宴席过半，桌上来了盆叶钦不爱吃的鱼，他放下筷子，走到外面上洗手间，顺便给妈妈打电话。

"喂，妈……吃上了吃上了……就鸡鸭鱼肉啊什么的，不辣，吃得惯……参加了个跳远，瞎跳跳，拿了个第二……没事，我哪有那么娇气啊……"

或许是上了年纪的关系，罗秋绫最近一唠叨起来就没完没了。叶钦把手机夹在颈窝，边说边洗手，转身后偶然撞上一个高大的身影，惊得他倒抽一口气。

看清眼前的人，叶钦稍稍偏过头，含混地对电话道："没事，碰到个同学……就上次帮我修车的那个……嗯啊，知道了知道了，先挂了啊。”

把手机塞回口袋里，叶钦莫名想到周封说的“送水姑娘”，先不太自在地清了清嗓子，然后在脑海中搜索合适的开场白：“你们班也在这儿聚餐？”

叶钦边说边用眼角的余光偷瞄程非池。从今天在操场偶然遇到的反应来看，他应该并没有对自己起疑。

程非池“嗯”了一声，目光随后在他身上逡巡，念道：“二（2）班先进模范标兵？”

叶钦顺着程非池的目光低头，糟糕，刚才接受表彰时廖逸方给他戴在身上的绶带忘了摘。

他尴尬地背过去把绶带从身上摘下来，抬胳膊时还被毛衣卡了一下，程非池伸手帮他摘，靠近他后颈时，说：“挺适合你的，小太阳。”

突然被叫外号的叶钦瞪大眼睛，肉眼可见地红了脸。他手里揪着团成一团的绶带，心里把廖逸方骂了一万遍，梗着脖子强行解释道：“班长给戴的……他们都有。”

“他们”指的是班上其他运动员。

经过这么一段没头没脑的对话，今天之前两周没见的两人很快恢复熟络，先前尴尬的气氛也迅速消弭。

叶钦总算能确定程非池对自己的阴谋没有察觉，心态放轻松后颐指气使的毛病就重新出现了，质问程非池为什么不回复他发的短信。

“你给我发过短信？”

程非池掏出自己的手机，翻开短信箱上下察看，并没有叶钦口中的新年祝福短信。

叶钦凑过来看，撇嘴道：“你这什么破手机啊？短信都收不到，现在都用智能手机了，谁还用这个……”嫌弃完了眼睛一亮，突发奇想道，“我给你买个新的吧？跟我这个同款，黑色的好不好？”

这段时间，程非池领教过多次叶钦的用钱解决一切的行为习惯，闻言只轻飘飘地看了他一眼。

程非池没什么表情的时候，眼神中莫名地带着沉甸甸的压迫感。叶钦最怕被他这样看着，自己先打退堂鼓，唯有嘴上还倔着：“算了算了，不要拉倒，我给别人买。”

（1）班只有参加运动会的几个同学聚餐，饭桌在走道尽头。两人走到（2）班的包厢门口，程非池站定，目送叶钦进去。

几步路的工夫，叶钦流于表面的一点倔劲也消失得无影无踪，蔫巴巴地用脚尖踢了一下程非池的脚侧：“那我给你买双鞋总行吧？就当还你上次帮我修车的情……看你这双鞋，都破成什么样了，穿这个怎么跑第一啊？”

程非池低头看，白天没留意，刚刷过的白色运动鞋被尘土糊得面目全非，右脚的网面部分还很夸张地开了个洞。

“不用，家里有鞋。”程非池顿了顿，问道，“你怎么知道我拿了第一？”

叶钦当然不会说他刚才在桌上特地向周封打听过，眼神四处乱瞟，顾左右而言他：“你不拿第一，谁能拿第一啊？”

运动会过后，这学期只剩下不到半个月的时间。

叶钦被无形的紧迫感重重包围，不想成为笑柄，在四人小群里越发活跃。

叶钦：他又不回复我短信了，怎么办？

刘扬帆：……

赵跃：……

叶钦：点什么点啊，还不快给我想办法！

刘扬帆：上回周封不是说他已经沦陷了吗?

叶钦：?

周封：啊，就是沦陷了啊，还主动给你拧瓶盖。

叶钦：拧瓶盖算个头啊!

赵跃：哈哈哈哈……

叶钦：笑什么?

赵跃：阿钦太不容易了，只敢在咱们跟前说粗话。

叶钦：……

刘扬帆：我觉得铺垫得差不多了，现在就差一个契机。

叶钦：什么契机?

刘扬帆：只可意会不可言传。

叶钦：周封快快快把他踢出去。

赵跃：哈哈哈哈，依我看还是别绕弯子了，跟他打直球吧。

叶钦：……

经验永远不嫌多，至于用不用、怎么用，就是自己的事了。跟程非池相处的是叶钦，他认为不能拿来主义，必须将学到的东西融会贯通，找出一个预期效果最好的方法，天时、地利、人和，缺一不可，争取一击必中。

然而理论和现实存在差距，想得容易，实现起来却没那么游刃有余。

这周六，叶钦又带着周家妹妹上辅导班。里面的女程老师给小朋友讲故事，外面的男程老师被大朋友叶钦缠着，摊开一本化学“五三”，要他给自己讲题。

“你做家教时薪多少？我给你双倍。”

“无功不受禄。”程非池道。

想要功劳还不容易？叶钦又拿出一本物理“五三”：“那把物理也捎

带上。”

课业在他这里都成了讨价还价的筹码，程非池哭笑不得：“这不是几门功课的问题，好老师多的是，没必要找我。”

“我找的就是你。”叶钦坚定不移，“我就要你嘛程老师……”

最后三个字拖长音调，在程非池耳朵里转了几个弯，导致他手上的苹果险些脱手掉地上。

程非池随便拿了个苹果给叶钦：“先把这个皮削了，我看看你的资质。”

叶钦知道他在找借口拖延，但还是拿起水果刀认真地削皮，姿势别扭，削得坑坑洼洼不说，还不慎削到了手。

程非池拿着药箱进房间，看见叶钦扭着脖子偷偷抹眼泪，顿时又好气又好笑，初见这小家伙的时候完全没看出来他娇气成这样。

伤口在指腹，创面不大，只淌了几滴血。程非池托着叶钦的手给他擦酒精消毒，裹上创可贴，叶钦嘴巴噘得老高，咕哝道：“你们家的刀怎么这么快啊……”

程非池捏了捏他的手指：“你皮肤嫩，像我皮糙肉厚的就切不破。”

这话叶钦听着受用，就不怎么顾得上疼了，又开始讨价还价：“你看我都光荣负伤了，你就当我老师呗？”

能把毫无关系的两件事情联系在一起的也只有叶钦了，程非池看见他还红着的眼眶，拒绝的话到嘴边又咽了回去，无奈地把桌上的习题册扯到跟前：“哪道题不会？”

虽然有了“名师”加持，叶钦的心思却没有真正放到学习上。

会考刚过，一场运动会又放飞了少年们的天性，再加上这段时间节日云集，班上的同学都蠢蠢欲动，尤其是女生，一到课间时间就三五成群地聚在一起捣鼓手工。

有一回叶钦凑上去看，瞧见女生们有的织手套，有的织围巾，花花绿绿什么颜色都有。

“这东西能戴吗？还不如花钱买。”叶钦掂着孙怡然织的围巾一角皱眉道。

“怎么不能戴？”孙怡然一把拽回来，“亲手织的才有意义，买的哪里比得上。”

周封颠颠儿地凑过来，期待道：“这给谁织的啊？”

孙怡然瞟他一眼：“反正不是给你。”

周封有气无力地趴了一节自习课，叶钦也没什么精神，托着腮若有所思。

廖逸方发习题册发到两人跟前，担忧道：“学习上遇到什么困难了吗？俗话说‘众人拾柴火焰高’，说出来我们一起想想办法。”

周封哀号一声：“感情上遇到困难，班长也能帮忙吗？”

廖逸方思考片刻，推推眼镜道：“虽然学校不提倡早恋，但是所谓的‘早恋’其实是青少年对男女关系的探索，从某种意义上来说也算是一种学习，不如你说说看，我试着帮你分析分析。”

周封问他怎么才能让自己喜欢的人也喜欢自己，廖逸方仔细想了想，说：“学习上要因材施教，交友也是同样的道理，投其所好，方为上策。”

周封觉得他说了句废话，乱打比方道：“比如我送你一套‘五三’？”

廖逸方愣了一下，然后腼腆地笑了：“‘五三’我自己买了，现在比较想要《王后雄学案教材完全解读》。”

脑子里只有学习的人的意见只能听着玩玩，周封问完就忘，叶钦却记在心上。结合孙怡然说的“有意义”，他在学校门口的文具店里买了一沓叠星星的长条纸。

织围巾什么的他也想过，否决的原因一是觉得太“娘”，二是觉得程非池用不着，上回程非池给自己上药，那手掌热得跟暖水袋似的，一年四季手脚冰凉的叶钦都不舍得撒手。

说到用不用得着，叶钦就想起程非池家里死气沉沉的压抑氛围，还想起程非池房间里除了书就是证书、奖杯，连个相框摆件什么的都没有。刚好去文具店的时候他看见收银台上摆着一罐做好的星星，五颜六色漂亮得很，听店主说还是夜光的，摆那儿可不让程非池家里蓬荜生辉？叶钦未加思索，当即就决定是它了。

于是接下来的几天，整天想着逃学、逃课的叶钦同学突然变安分了，每堂课都规规矩矩地坐在下面听，只有附近的一圈同学知道他躲在书后面捣鼓什么。

叠星星的过程起初举步维艰，叶钦最近接触的唯一与动手有关的只有乐高，折纸什么的他小学之后就没碰过了。后来孙怡然看不下去过来帮忙，教他叠完还得用指甲把五条边按下去，这样星星才能变得饱满好看。

叶钦不留指甲，就拿尺子按，慢慢也能做出像模像样的星星了。

叶钦兴致勃勃地叠了一笔袋的星星，孙怡然又跑来提醒他：“你在里面写字了没？”

叶钦发蒙：“写什么字？”

“把祝福或者愿望写在包起来的那一面啊，这样就能好梦成真。”

叶钦一边气愤地问她为什么不早说，一边把做好的星星都拆了。

写什么又让他犯了难。本来准备写“希望妈妈身体健康、天天开心”，转念一想，这是送给程非池的东西，他咬着笔纠结了一节课，终于艰难地做下决定。

上课时周封凑过来看他写了一会儿，忧心忡忡地问他：“阿钦，你不会来真的吧？”

叶钦写得专注：“什么真的？”

“真想跟他做朋友啊？”

叶钦当场跳脚：“我要是演得不够像，他怎么可能上当？”

立刻写了一张“程非池你个大傻子”叠成星星扔在玻璃瓶里，信心十足道：“等我成功了，就让他把这星星拆了看，谁当真谁是傻子！”

学期期末最后一天，大家到校主要为了拿期末考试成绩单。

学校大约怕学生太无聊，临时组织了一场关于合理安排假期时间的讲座，还有一学期就要升入高三的高二准考生们全都进了大礼堂，放眼望去都是黑黢黢的头顶。

叶钦包里揣着东西，怕碰碎了，紧张兮兮地抱在怀里，伸长脖子往理科（1）班张望，一眼就看见坐着都比别人高的程非池，正侧着头跟旁边的同学说话。

叶钦没来由地有点不高兴，掏出手机发短信：喂……

礼堂里信号不好，讲座开始十来分钟，程非池才回复：?

叶钦最讨厌别人给他回复标点符号，他以为那个“喂”字已经很直白地告诉程非池自己心情不好了，这家伙居然还这么敷衍他。

生气归生气，短信还是要发的：我在你后面。

叶钦等了半天，坐在前面几排的程非池也没有扭头看他一眼，不一会儿收到回复，就四个字：好好听讲。

叶钦气得吐血，把书包往地上重重一扔。

扔完了立刻后悔，他忙弯下腰检查里面的玻璃罐子碎了没。

讲座结束后每个班留几名学生打扫场地，廖逸方拉着周封，周封拉着叶钦，组成二（2）班勤劳小分队。

叶钦边捡地上的垃圾，边偷摸往前头瞟。要不是看见程非池没走，他才懒得留下做好人好事。

快放假了，大家打扫卫生都兴致高昂，偌大的场馆里欢声笑语不断。叶钦眼睁睁地看着一群女生把程非池围在中间，人群中传出的笑声简直要将房顶掀翻。

理科班男多女少，那边的动静就显得格外吸引人，周封想去凑热闹，叶钦问他：“不去找怡然吗？”

“怡然给她爸送围巾去了。”周封不再为没收到围巾难过，反过来问叶钦，“你的星星送出去了吗？”

叶钦不说话。

他突然有点不想送了。

整个场馆里只有廖逸方在正儿八经地打扫，累得汗流浃背，摘下眼镜擦汗。

“欸，别动别动，别戴回去！”周封发现新大陆般地喊，“阿钦，你快来看，班长原来长这样！”

没了厚重黑框眼镜的廖逸方露出清秀的眉眼，黝黑的大眼睛嵌在白嫩的小脸上，瞳孔含水拢雾般朦胧，看起来无辜又可怜。

周封扳着他的手腕不让他动，仔仔细细地看他的脸，遗憾地说：“早把眼镜摘了啊，说不定哥哥还能对你好一点。”

叶钦无语，这厮就喜欢在好看的人跟前自称“哥哥”，上初中的时候就让自己叫他哥哥，被揍得满地找牙，后来又试图让孙怡然叫他哥哥，也没能成功。

廖逸方大概头一次碰到这种事，加上在象牙塔里泡出来的性格天真纯良，对人从不设防，在周封的威逼利诱下很没骨气地叫了声“哥哥”。

周封跟被雷打了似的戳在那儿半天没动弹，缓过神来就围着廖逸方得寸进尺地让他再叫几声听听。

二（2）班三人折腾到最后才走，叶钦不想听周封在耳边一惊一乍地聒噪，踩着自行车先行一步，从后门小路出去，刚拐弯，看见程非池站在路边的银杏树下。

一声“哥哥”差点脱口而出，反应过来的叶钦恨不得扇自己几个大嘴巴。他暗暗在心里给周封记上一笔，然后不慌不忙地刹车停步。

骑在车上更没程非池个子高，叶钦一副“我气还没消”的样子，昂着头说：“你等我啊？”

程非池没承认也没否认，说了句无关的话：“我今天没骑车。”

两人并排走在人行道上，叶钦以要推车为由，把自己的书包扔给程非池，程非池胸前背后各背一个，步伐依旧轻松稳健。

叶钦注意到他书包拉链上挂着的一个用气球拧成的小动物，状似不经意地问：“这猫你做的？”

“嗯。”程非池道，“这是狗。”

“哦。”叶钦扭头张望学校的钟楼，继续随意地问，“你还会做这个啊？”

“嗯，之前在商场打工，给小朋友做过。”

叶钦嗤之以鼻，心想也就那些幼稚的小姑娘喜欢这些花哨东西。走过一个红绿灯，叶钦眼睛又忍不住往那只小动物身上瞟：“除了猫，你还会做别的吗？”

经过这段时间的相处，程非池已然习惯了他的口是心非，关于是猫还是狗的话题也不与他争辩，胳膊拐到背后从书包侧口袋里掏出一个瘪气球，放到嘴边吹几下，封口，在手上飞快地翻转拧动，十几秒钟的工夫，一朵五瓣花出现在手中。

“给我的？”

叶钦嘴上试探着询问，手已经伸过去接了。

程非池又拿一黄一红两只气球拧了个双色棒棒糖。叶钦把它放在车篮里，眼角眉梢渐渐染上笑意，兴奋地追问程非池还会做什么。

气球是在大礼堂后台找到的，给班上的女同学拧着玩已经用掉一大半，剩下的就那么几个，拧完一个爱心后，就只剩下最后一只气球了。

叶钦手上、车上挂满各式各样的气球玩偶，还不满意，说想要别的。

看着叶钦亮晶晶的眼睛，程非池意外地心情不错，耐着性子问他："还想要什么？"

叶钦冥思苦想许久，等过了下一个红绿灯，行至人烟稀少处，用手指杵了杵程非池的书包。

程非池不明所以，往背后看："也要这样的小猫？"

叶钦摇头，小声说了一句什么。

程非池没听清，还真给他拧了只猫。

叶钦把跟他衣服颜色一样的猫摔在程非池身上，恼羞成怒道："我说要跟你做朋友，行还是不行给句话吧！"

Chapter.04

得逞

寒假第一天，首都又下了场雪。

叶钦用羽绒被把自己从头到脚裹了个严实，罗秋绫第三次上楼敲门喊他吃饭，鼓起的被子蠕动几下，叶钦探出头冲门口道：“我不饿，等会儿再吃。”

他说完又把脑袋缩回去。

房间里暖气开得很足，他也不冷，可就是不愿意出来。确切地说，昨天从学校回到家，他就躲起来不肯见人了，罗秋绫问他发生了什么事，他就在被子里摇头说“没事没事别管我”，听声音精气神倒是挺足，不像生病。罗秋绫没办法，只好随他去，隔一段时间敲门问他要不要吃东西。

叶钦是真的不想吃东西，气都气饱了。

十几个小时前，他怀揣百分之二百的信心逼程非池给出答案，结果惨遭拒绝。

……也不算拒绝。程非池没有正面回应，朝着前方路口说“你到家了”，仿佛自动过滤了他的话。

……还不如直接拒绝！叶钦的脸到现在还在发烫，心想那么羞耻的话他这辈子也就说这么一次，可说出去的话泼出去的水，这必将是此生黑历史当中浓墨重彩的一笔。

手机在床头持续地响了一遍又一遍，叶钦烦不胜烦，伸出手摸到手机收进被窝里：“干吗？”

电话里人声嘈杂，周封扯着嗓子喊：“阿钦，我在时代广场，你快来快来！”

叶钦皱眉：“去干什么？！”

“那个学霸在这儿打工啊！你说世界小不小？我在家闲着没事出来转转，一扭头就看到他了，就在一楼的 KFC，二号收银台，给客人点单呢！”

叶钦：“……不去。”

“为什么不啊？”不明真相的周封哪壶不开提哪壶，“你那星星已经送给他啦？”

叶钦咬牙切齿地挂了电话，掀开被子时正好看见摆在床头的放满星星的玻璃罐，他抡起胳膊把手机扔出去，手机撞到墙面弹回来，重重地摔在地板上。

整整三天，叶钦都没跟外界联系，手机直接关机扔在抽屉里，家里电脑不碰，网吧也不去了，光吃饭、睡觉、上厕所，回归原始生活。

到第四天，周封、刘扬帆、赵跃三个人一起找上门来，叶钦披着长毛毯，全身上下只露出两只眼睛，带他们进自己房间，让他们随便坐，要喝东西自己去冰箱拿。

周封担忧不已：“我的钦，你这是怎么了？自闭了吗？”

赵跃把床头的玻璃罐拿在手上把玩，安慰他道：“那啥，失败了也别灰心，想整他咱们有的是办法。”

叶钦起初只是觉得没脸见人，大放厥词说这个学期搞定程非池的是他，输得一败涂地的也是他，发泄完之后他就只想把自己藏起来，东山再起之前绝不露脸。

后来躲着躲着他就觉得这日子安逸，不用绞尽脑汁，也不用胆战心惊，不如多躲一会儿，休息够了再说。

他缩在毛毯里瓮声瓮气地说：“你们别动他，放着我来。”

刘扬帆嘿嘿哈哈地笑：“咱们阿钦还没放弃呢。”说着从飘窗上拿起一个气球拧的玩偶，“这什么东西？狗吗？你从哪儿捡的这个？”

叶钦突然有了反应，一个箭步上前，夺过他手中不知是猫还是狗的玩偶，凶巴巴道：“别碰我的东西。”

他们四个成天玩在一起，秉承着“我的就是你的”的原则，相交甚笃，叶钦今天这护食的态度着实令人讶异。周封打了半天圆场收效甚微，几个人不欢而散，叶钦抱着那只气快漏光的小猫在床边坐了半晌。

他不知道自己是怎么了，虽然平时就易躁易怒，但像最近这样自己都琢磨不透自己的情况从未出现过，简直像得了什么病，做什么都提不起精神，茶不思饭不想的，连睡觉都嫌费劲。

罗秋绫以为他在学校里遇到不开心的事，就去找他们班主任谈了谈，挂了电话之后来到他的房间，坐在床边欲言又止地问：“钦钦，你实话跟妈妈说，你是不是喜欢上哪个女孩子了？”

叶钦从床上一骨碌坐起：“谁说的？”

“你是我的儿子，你的心思我能看不出来？”罗秋绫在孙老师那儿打听不出什么，只知道他成绩没有起色，刚才说的多半是猜测，“你知道的，妈妈不会干涉你太多，让我知道是哪家的孩子就好，你太单纯了，妈妈怕你被骗。”

叶钦撇撇嘴，对她话里的“单纯”无法认同，谁骗谁还未可知呢。

说起来罗秋绫和叶锦祥的结合便是自由恋爱的结果。罗秋绫那时候是家境优渥的女大学生，叶锦祥只是个跑业务的穷小子，年纪还比她大好几岁，所以叶钦私底下总称父亲为“老头子”，这里头存着他对父亲配不上母亲的怨念。

这场婚姻门不当户不对，据叶钦这些年的观察，罗秋绫也并未在婚姻中获得她想象中的浪漫爱情。叶钦私心里认为用上当受骗来形容也不为过，所以他也弄不准母亲问他这个究竟是出于关心还是想棒打鸳鸯。

他转念一想，又觉得没必要心虚，本来就没有什么鸳鸯啊。

“没有的事。”叶钦故作坦然地回答，“什么哪家女孩子啊？”

罗秋绫温和地问了一会儿，什么都没问出来，也不勉强他，换了话题说今年的家庭旅行安排在M岛，他这几天随时可以让阿姨帮着整理行李。

自从外公去世后，家里每年春节几乎都在国外过。叶锦祥父母早逝，跟罗秋绫结婚后几乎都在岳父家过年，这个习惯一直保留到叶钦的外公去世，罗秋绫怕触景伤情，每年春节前都会把出国度假事宜安排妥当。

今年也不例外，因着叶钦畏寒，入冬以来时常感冒发烧，罗秋绫把度假地点定在南半球的热带岛屿。这些事往年都是由她拿主意，叶家父子服从安排即可，然而这次，有人提出了反对意见。

晚饭时间，难得在家的叶锦祥先是对满桌的清淡菜色表示不满，说自己累了一天，回来就吃这些，叶家是佛堂还是寺庙。

罗秋绫解释说：“钦钦这几天身体不好，怕他吃油腻的，胃受不住。”

过后她又告诉他度假地点定在印度洋的M岛，那边温度适宜，适合叶钦调养身体。

“南半球这么远，来回就要花上两天时间，我还要不要工作了？”叶锦祥哼了一声，“都是让你给惯的，好好一个男孩子比女孩还娇气。”

叶钦有自知之明，却容不得叶锦祥说，更容不得他这样说妈妈，当即便摔碗说：“您贵人事多，留在这儿继续忙吧，我和妈妈两个人去。”

差点又引起一场家庭大战。叶锦祥有气没处撒，拿来叶钦的成绩单，从语文到物理挨个儿数落一顿，说就没见过像叶钦这样每门都差得这么平均的，简直给他丢人，跟他年轻的时候一点儿都不像。

叶钦看在母亲的面子上听了他一顿训话，没再回嘴，最后丢下一句

“那你去找跟你像的儿子吧”，头也不回地转身上楼。

回到房间拿起那瓶五颜六色的星星，他举过头顶就要往地上摔。

他终究还是忍住了。等心情平复，叶钦拿出手机，充电，开机后点开短信界面。

程非池在寒假的第七天再次收到叶钦的短信，没头没脑地问他有没有注册微信。

这个软件他听说过，最近身边的人都在用，类似于 QQ 的一个聊天软件。他不知道叶钦想干什么，放假前最后一天他的表现应该很明显了，叶钦再迟钝也没道理察觉不出。

接受叶钦的接近，于他来说是一种正常的人际交往，只要聊得来或者性格投契，他都不介意和对方打交道。

叶钦是富家少爷，两人的家庭背景相距甚远，能玩在一起，多半是因为在对方身上发现了与自己不同的特质，说白了就是新鲜感。而新鲜感的背后隐藏着巨大的矛盾与分歧，程非池比谁都清楚，这种矛盾在今后会越来越多，这样的友谊大多昙花一现，难以长久。

至于叶钦能坚持到现在，完全在程非池的意料之外，他愿意和叶钦做朋友。但理智告诉他，如果叶钦还是这样冥顽不灵，宁可连朋友都别做。

收到短信时程非池在忙，没顾得上回复，并忽略了，心头没来由地一阵轻松。

等到晚上他收工摸到手机，屏幕上又多了三条新的短信——

那你能接彩信吗?

哦，你的手机是黑白的。

有张照片想给你看。

叶钦经常给他发短信，语气要么得意扬扬，要么怒气冲冲，从字里行间就能想象到他发短信时的表情，这样心平气和倒是很少见。程非池想了想，挑了一条回答：没有。

叶钦破天荒地没有抱怨，换了个话题，说他从明天开始要跟家人出国度假，年后回来，程非池回到家才看见这条短信。此时已经过了 11 点，窗外夜深人静，他看完便放下手机，出于不便打扰的想法没再回复。

除夕那天是阳历 2 月 9 日，程非池起了个大早，去市场把年夜饭需要的食材买了。按照往年的惯例，从中午开始，市场里的摊贩们便会陆续收摊，各自回家过年。

路上遇到也来买菜的冯阿姨，非要往程非池手上塞几斤刚切的五花肉，说是包饺子剁肉馅剩下的，让他拿回去做菜用。

“你妈妈好好的一个北方人却生了一张南方嘴，吃不惯水饺，这些肉做顿百叶结烧肉正好。”

程非池推辞不过，收了下来，并跟冯阿姨约好初二去她家拜年。

拎着菜回去的路上，程非池在脑海中把需要拜年的几家按主次罗列，程欣深居简出，这些人情世故早几年前就交由他打理了。排在大年初一上午的那家让程非池有些拿不定主意，毕竟是长辈，也是在他的认知里除了妈妈以外最后的亲人。

他打算回家同妈妈商量后再决定，推开门，看见程欣在厨房里擀饺子皮。

“不是说不做水饺吗？”程非池问。

兴许是快过年的关系，程欣脸上的笑容比平时多了几分：“我不吃，你们总要吃的。”

她用的是“你们”，程非池悬着的心顿时落地，了却一桩心事似的，洗洗手，和母亲一起包饺子准备迎接客人。

客人除夕夜没来，程非池也没多想，外面天寒地冻，他们家屋子小，晚上吃完饭赶回去或者留宿都不太方便。大年初一清早，他又早起收拾屋子，被程欣以“初一不宜翻箱倒柜”为由拦住，支他出去给街坊邻居拜年。

他们孤儿寡母住在这里十余年，没少得邻居们的照顾。程非池挨家敲开门，邻居们无一不是眉开眼笑、喜气洋洋，都说一眨眼孩子居然这么大了，然后塞了他一口袋的瓜子、糖果。

到李爷爷家的时候更是受到热情款待，收获一个旺旺大礼包，程非池推辞不要，李爷爷就说：“拿着吃，我家孙子跟你一样大，我知道你们小朋友最爱吃这个。”

程非池满载而归，回去的路上忽然想起嘴里总是叼着棒棒糖的某个小朋友。叶钦最爱吃这些乱七八糟的零食，要是他在，路上就能解决掉一半。

从昨天晚上到现在都没看过手机，程非池猜测着，不知道小朋友有没有给他发春节祝福短信。

楼下有几个小孩在放小卖部里买的那种摔到地上就响的小鞭炮，吆喝着比谁摔得响，笑闹声透过楼道的窗户传入耳中，程非池的心情也跟着松快。走到家门口，他看见贴着大红对联的门，听着里面传出的说话声，前所未有地觉得过年这么好。

然而他的好心情只维持到推开门的一瞬间。

玄关多了一双皮鞋，只有一双，不是他预想中的两双。

程欣是家里的独生女，除了父母双亲便没有在世的直系亲属，而这商务皮鞋做工考究，板型硬挺，怎么看都不像老人会穿的款式。

“小池回来了。”

程非池听见母亲这么说着，厨房门从里面打开，煮饭的热气从门缝里蒸腾而出，视线一时有些模糊。

男人走到程非池面前的时候，轮廓由模糊到清晰，脸上带着堪称慈父般的笑容，弯腰接他手里的东西，说着跟看着他长大的街坊邻居们差不多的话：“都长这么高了。”

程非池往后闪身，躲开男人伸过来的手。

他的视线越过男人的肩膀，问后面的程欣：“妈，他是谁？”

男人的表情有片刻的僵硬，到底是久居高位的人，很快便调整如常，温和道：“你叫我叔叔就好。”

程非池没叫，越过男人走进里屋。程欣上前接过他手里的东西：“怎么去了这么久？饺子都快凉了。”

那中年男人跟在他后面进屋，程非池没回母亲的话，听到脚步声忽然扭头：“这是我家，你进来干什么？”

程欣大概也没想到儿子的反应会这么强烈，打圆场道：“叔叔是咱们家的客人。”

程非池放下东西，反身就要去开门。

程欣拉住他：“干什么去？”

“出去透透气。”程非池道。

程欣道：“外面冷得很，出去干什么？准备吃饭了。”

那男人大约也想跟他亲近，从上到下看了他一遍，赞赏道：“这身衣服是我照着你妈给的尺寸买的，看起来正合适。”

程非池蓦地一怔，低头看自己身上的羽绒服。衣服是程欣前几天给他的，理由是已经有很多年没有给他买过新衣服了，商场年底打折很划算。程非池自然不会辜负妈妈的心意，仔细收了起来，大年初一才拿出来穿。

没想到竟然是这个男人买的。

“不知道你喜欢什么颜色，就买了不会出错的灰色，你要是不喜欢，吃过饭我再带你去买套新的。”

男人显然不善于放低姿态讨好人，征询意见的话说得慢条斯理、高高在上，可听在程非池的耳朵里如同施舍。

当程非池抬手开始扯衣服上的拉链时，程欣才再次开口：“别着急脱衣裳，暖气刚开，还没热起来……”

程非池还是将那件穿在身上还不到两小时的羽绒服脱了，眼看着那男人逐渐阴沉的脸色，甩手把衣服扔在玄关的斗柜上：“他不走，我走。”

大年初一，街上几乎所有的商店都关门停业，程非池身着一件单衣走进快餐店时，前天刚跟他交班的女同事正在收拾餐桌，看见他惊呼道：“大帅哥，你不冷吗？”

程非池答非所问地说了句“新年好”，便往员工休息室方向走去。

女同事端着餐盘追上他：“你怎么来了？找店长？他不在。”

程非池停住脚步：“那他什么时候来店里？”

“不知道啊，可能明天都不会过来。”

程非池思考了一下，又问：“这两天的班都排满了吗？”

女同事听他这么说，眼睛发亮：“你想换班？之前不是说初三之前没空吗？”

程非池抿抿唇：“突然又有空了。”

“你等着啊，我去给店长打个电话！”女同事放下东西就往休息室跑，不到三分钟折返，苦着脸说，“店长让你给他打电话，他以为我逼你换班……”

程非池从口袋里摸出手机，按了几下才想起昨晚上就没电了。女同事拿了充电器出来给他用，充了不到五分钟，老式直板机就能开机了，他给店长打电话，说这两天空闲，想跟吴蕊换个班。

吴蕊就是女同事，和他一样经常在这里做兼职。

“不是说要在家陪妈妈吗？这么着急回来工作？”店长在电话里问。

“家里有人在。”程非池说，“我没事做，就过来了。”

调完班，吴蕊换掉工作服，迅速化了个淡妆，到外面隔着玻璃门给程非池一个飞吻：“谢谢你啊大帅哥，以后想换班随时找我！”

快餐店兼职人员多，程非池刚到这里不久，大家都“帅哥”“帅哥”地叫他，他听不太习惯，不过总比“学霸”好点。

手机电充到一半，一条短信延迟进来，来自一串地区不明的陌生号码，就四个字：新年快乐。

过一会儿又来一条：破手机又没收到？

程非池扬起嘴角笑了一下，沉闷许久的表情终于有了点色彩。他也回复一句“新年快乐”，便换工作服上工去了。

年初一店里用餐的客人不少，尤其从中午开始，人多到座位都紧张，许多客人迫不得已选择外带，程非池从收拾餐桌的岗位转移到配餐打包的岗位上，帮点餐的同事分担压力。

等到店里人流量变小，已是下午 4 点多。

他边吃饭边看手机，陌生号码四个小时前发来短信：你吃饭没有啊？

程非池回复：在吃……

那头回复很快：这么晚啊，我都吃过午饭了。

程非池还没来得及回复，那头又发来一条：等一下，你不会还不知道我是谁吧？

程非池单手打了几个字，临发送时又删掉，改成三个字：不知道。

“去你的！”

远在大洋彼岸的叶钦摔了手机，过一会儿又自己跑到阳台上捡起来，顺势摊在吊椅上，脚点着地一边摇晃一边发短信：我是叶钦，这是我在国外的临时号码。

程非池：嗯。

一如既往地冷淡。

叶钦撇撇嘴，突然想到什么，眼中闪过一抹狡黠，抱着手机飞快地打字：你知道国际短信一条多少钱吗?

程非池：不知道。

叶钦拍腿大笑：十块钱，哈哈哈哈……

发完这条短信之后足足等了十分钟，那头都没再回复。叶钦有点后悔了，以为程非池舍不得钱，噼里啪啦又发了几条，说他其实也不知道多少钱一条，十块钱是胡说的，肯定没这么多，最多也就一块钱吧。

程非池还是不回复，叶钦郁闷地放下手机，往下面的沙滩望。那边有人在举办烧烤 Party，许多气球扎成一道巨型拱门，上面用不同颜色的气球拼成“Happy Birthday（生日快乐）”两个单词。

这让他想起丢在家里的气球小猫。出国前，那猫已经漏光了气，变成一只软趴趴的瘪猫，叶钦想给它拍张照片发给程非池，拍完才想起程非池的破手机收不了照片。

他也不知道自己为什么要发给程非池看，他的情绪来去如风，很少有稳定的时候，当时大约是不太高兴的，因为叶锦祥的态度，埋在心底的不甘又跑出来兴风作浪。

不过，他也由此给自己找到了继续整程非池的理由。已经付出了这么多努力，现在放弃，让他如何能甘心？罗秋绫性子软，能忍气吞声、粉饰太平，可他不能，这事儿只要没盖棺论定，他就绝不能认输。

叶钦给自己做完思想工作，顺便加个油打个气，又拿起手机，在海风送到耳边的欢声笑语中打字：你什么时候过生日啊?

程非池午晚连班，再次轮到他休息，已经是大年初二凌晨。

手机上有程欣打来的一个电话，还有一条短信，问他晚上回不回家。

程欣平时只会问他什么时候回家，今天这么问，说明家里可能有人留宿。

所幸夜晚快过去了，程非池换下工作服，在店面角落里找了个地方趴着睡了会儿，天亮后给程欣回了个电话，说自己在同学家，昨天睡着了没听见手机响。

程欣的声音淡淡的，听不出喜怒："回来吧，大过年的待在别人家像什么话？"

程非池直截了当地问："那人走了吗？"

电话里沉默片刻，程欣说："他想给你过生日。"

程非池愣住。

从他记事起，就没有过过所谓的生日。看着他长大的冯阿姨跟他说过，程欣生他的那年天气特别冷，过了春节还在下雪，雪下了一整夜，她就疼了一整夜，卫生所里没有暖气，只支了个炭盆，她攥着床头的铁栏杆硬撑，流下来的汗将床单浸得透湿，后来要不是刚出生的程非池号哭不止，医生都发现不了她产后大出血，躺在床上不省人事。

人是救过来了，可是留下了严重的后遗症，以至于程欣这些年缠绵病榻，几乎没法像正常人一样生活。所以程非池认为自己的生日不只是母亲的受难日，还是灾厄的开端，没人提起反而让他觉得轻松。

他不想过生日，只想快点长大。

他想成为一个有能力扭转命运的人，却不屑于走所谓的捷径，所以那个男人的出现让他极度反感。他无法理解母亲的妥协退让，又觉得自己没有资格干涉，为了表达抗拒，他只好一改往日的冷静沉着，甚至变得有些咄咄逼人。

"不用了，我不过生日。"程非池说，"等他走了我再回去。"

挂了电话，程非池长舒一口气，手机突然接连振动，十来条短信一齐涌入，在屏幕上滚动往上刷了一长排。

这种情况从前也有过，信号问题造成的短信延迟。其中有一条来自张佩瑶，问他年过得怎么样，还有明天能不能见一面，被程非池拒绝了。

剩下的未读短信都是叶钦发来的，从第一条问他什么时候生日，到后面得不到回复的怒气冲天，只用了三条短信的时间。

倒数第二条，程非池隔着屏幕都能联想到叶钦气得通红的脸：你是不是从石头缝里蹦出来的啊？

紧接着最后一条短信又蔫了：好吧好吧，我是从石头缝里蹦出来的行了吧……不肯说算了，开学我去问你们班主任！

叶钦像个撒泼耍赖不成就哭唧唧去找老师的小学生。

程非池忍不住笑了，抬头看时钟，估摸着这个点他也该起了，回复道：后天。

在接下来的两天，程非池都没有回家。

流落在外的感觉并不算很糟糕，打工的地方到处都有人互相照应，初三下午店长结束假期到店，听其他人说了程非池这两天无家可归的凄惨故事，主动把自己平时用来休息的小隔间打开给他睡。房间紧邻后厨，吵是吵了点，但总比睡在外面强。

初四早上醒来，程非池先拿手机看时间，顺便翻了翻收件箱，没有新的短信。

叶钦走之前说过会在开学前回来，这会儿离开学还有近一个礼拜，估计是在国外玩得开心，顾不上发短信寻乐子了。

上午程欣打来电话，再一次问他回不回家过生日，得到否定的答案后，罕见地劝了几句："他明天就走，你不用管我，回来吃顿饭吧。"

程非池觉得有些好笑，她是他唯一的母亲，他不管她管谁？更何况就算他真能没心没肺地将母亲忽略，也过不去自己心里那一关。

那是十多年岁月在他心里积淀而成的一堵坚固石墙，不是区区几件衣服、一块手表，或者几句关怀就能轻易摧毁的。

今天店里比大年初一还忙，休息时间程非池匆忙吃饭，随便翻了一下手机，看到叶钦发来的短信，问他在哪儿。程非池应付地回复一句“在家”，就放下手机继续干活儿。

傍晚，刚回来上班的吴蕊跑来跟在打包的程非池说：“你的手机响个不停，屏幕上一堆短信，我不是故意偷看的啊，要怪就怪你的古董机字太大，我瞟一眼就看见了。”

程非池问她什么短信，她很夸张地比了个长度：“一溜儿的‘我快冻死了’，没有署名，看号码不是本地的，像在搞诈骗。”

程非池笑了一声，叶钦那外国号码确实挺像最近社会新闻上常播的诈骗电话。

不过他不是在南半球度假吗？怎么会冷呢？

快餐店一旦忙起来，什么分班休息制度都是可以被忽略的，所有的伙计忙到来不及吃晚饭，扯句闲话的工夫都腾不出来。

等到真正能停下来松口气，外面天已经黑透了。

忽略那堆“我快冻死了”的短信一路往上滑，程非池眼尖地发现最上面有一条不一样的：我在你家楼下，你快来接我。

程非池蹬着自行车回到玉林小区的时候，门口的保安亭都熄灯了。骑在老小区坑洼的水泥窄道上，耳畔唯有风声呼啸，程非池忽然觉得自己有点傻，叶钦分明是闲着无聊在逗他玩，怎么可能真在楼下等他呢？

自嘲的笑在他脸上停留不过三秒，就收敛殆尽。

他越是靠近3号楼，楼洞里蜷缩着的身影就越是清晰。

“嘎吱”一声刹车响，那黑影哆哆嗦嗦地动了，接着站了起来，先是探头探脑地张望，确定停在那儿的是程非池后，冲出来扬声骂道：

“你这个骗子，居然骗我说你在家！”声音都是哑的，毫无气势可言。

路边有一盏灯，程非池借着灯光看见叶钦冻红的脸和发白的嘴唇，还有脚上穿着的“人”字拖。

叶钦顺着他的视线往下看，尴尬道：“上飞机的时候太着急，没来得及换……”想到自己本来在享受阳光、沙滩，舒舒服服的，被程非池发来的“后天”两个字惊得魂飞魄散，他就怒从心头起，“你过生日干吗不早说啊？那破岛上没有直达的飞机，我坐船去他们首都，到那边已经买不到票了，没办法又买了第二天的票多待了一夜，飞机还晚点，今天差点就赶不回来了。”

嘴巴一张开就“嘚吧啵”说个没完，说着说着音量渐小，叶钦没什么底气似的，拽着衣服下摆往下扯，挡下半身完全不搭调的沙滩裤，苦着脸边吸溜鼻子边控诉：“还被你骗，要不是看在你过生日的分儿上，我可就真生气了啊。”

他只字未提在寒风中等了几个小时的事。

程非池逆光站着，叶钦看不清他的表情，见他不说话，本就弱得只剩一点小火苗的气势又压下去几分，咕哝着说：“你干吗去了？大过年的还出去打工啊，是有多缺钱……”

话音未落，一件衣服从天而降，程非池把塞在车篮里的工作服裹到叶钦身上，把自行车往楼洞里一扔，拉着他的胳膊就走。

工作服不怎么厚实，还带着股油腻的怪味，叶钦嫌弃得直皱眉，胡乱扭着胳膊，用手背去蹭程非池露在外面的半截小臂。

程非池反手抓住他乱动的手，被冰得一个激灵，偏头问他：“就不知道给我打个电话？”

叶钦接触到热源，跟上程非池的脚步，心满意足地往前靠了靠，理直气壮又委屈巴巴地说：“我国外卡打不通国内的电话啊……”

叶钦把他来时多么匆忙，忙到除了手机、护照，其他什么都没带的过程，添油加醋地给程非池讲了一遍。

程非池问："那你怎么过来的？"

叶钦道："到机场有司机来接，我妈叫的。"

"为什么不回家？"

叶钦眨眨眼睛，反应极快地说："我没带家里钥匙，进不去，阿姨放假回家了。"

有理有据，逻辑自洽，程非池没再追问，拉着他往小区外面走。

叶钦扭头往后看："咱们不去你家吗……你也没带钥匙？"

程非池脚步顿了一下，问道："你敲门了吗？"

"敲了啊，"叶钦说，"你家没人，不然我也不会在外面蹲着了。"

程非池也回头看了一眼3号楼方向，厨房和客厅都没有亮灯。

他看完什么也没说，默认了"没带钥匙"的说法，带着叶钦走进玉林小区附近的连锁酒店。

进门前，叶钦猫着腰往程非池身后躲："你……带我来开房啊？"

从传统意义上讲，"开房"指的是入住宾馆、酒店等供人休息的地方，然而在这里，叶钦显而易见地在这个词里添加了某种被扭曲的含义。

"你不是冷吗？"程非池拽着他不松手，面无表情地问，"不是没地方可去吗？"

叶钦㞞嗒嗒地跟着他办理入住手续，乘电梯上楼，心里自我安慰着：我也是个男的，我慌个头啊。

刷卡进门，空调刚吹出点暖气，叶钦就脱了身上的工作服，领导视察似的在不大的标间里四处转悠："这窗户打不开？窗帘这么脏……床也太小了吧？床单洗没洗过？能睡人吗？"评价完又跑到卫生间门口，扒着门框问在用热水壶接水的程非池，"咱们去市中心的希尔顿呗，钱你先垫着，回头我还你。"

程非池接完水，径直越过叶钦到外面，边弯腰找插座边说：“我身上的钱不够。”

叶钦在他背后做了个鬼脸，把嫌弃的话憋回肚里，赤着脚跑到空调出风口下面取暖。

水烧开后，程非池仔细烫过杯子，先接了一杯水给叶钦。

“我要喝苏打水，”叶钦皱眉道，“这儿有客房服务吗？我给前台打电话。”

程非池还是把杯子塞他手里：“没让你喝，拿着暖手。”

等程非池下楼买了苏打水上来，叶钦后知后觉自己有点过分。程非池明显心情不好，他还一个劲儿地给程非池找不痛快，也不怕被丢出去吹冷风。

接过拧松瓶盖的苏打水，叶钦喝了一大口，问程非池：“你过生日还出去打工啊？”

程非池“嗯”了一声，似乎不想就这个话题展开讨论。

两人并排坐在一张床上，叶钦往他跟前挪了挪：“咱们去买个蛋糕好不好？记我账上。”

程非池低声说：“不用。”

“那怎么行呢？”叶钦从床上跳下来，“我大老远飞回来，就是为了给你过生日，没有蛋糕算什么生日啊？”

程非池抬头，视线向上看了他一眼，很快又垂下眼帘：“你过生日的时候，不是也没吃上蛋糕吗？”

叶钦愣了半天才反应过来，说的是冬至在大排档过的那个生日。他当然不能告诉程非池那天根本不是他的生日，心虚地压低声音：“那……那不是特殊情况嘛。”

他这模样不知哪里戳了程非池的笑点，程非池忽然低笑一声，拍拍床："躺下盖上被子吧，膝盖都冻红了。"

见程非池还会笑，叶钦悬着的一颗心落了地。他蹲下身，用宽大的外套包住自己蜷着的腿，给程非池演示刚才在楼下的姿势："我是这么蹲着的，一点儿没冻着腿，就是脚趾头有点冷。"

程非池拿他没办法，伸手把他拎起来，顺便把被子给他裹上。

叶钦自觉缩成一团，只露个脑袋在外面，比蹲在地上还像个球。笑容在程非池脸上不受控制地扩大，他偏头清了清嗓子，问叶钦："饿吗？想吃点什么？"

他们终究还是吃上了香甜的蛋糕。

叶钦从手机通信录里翻出一个号码，用程非池的手机打给相熟的蛋糕店，不到一小时，6 英寸的小蛋糕就送来了。

叶钦一只手拆蜡烛的透明包装，另一只手拿着手机讲电话："和同学啊……你不认识……成绩好着呢，理科（1）班的学霸来着，不信你去问我妈……行了行了，我知道了明天就回家。"

叶钦挂了电话过了好几分钟脸还是臭的。叶锦祥听到"理科（1）班"这四个字居然一点都不慌张，果然老脸皮厚，说不定早就做好了应对的准备。

程非池看着他手上雕成 1 和 8 两个数字形状的蜡烛，问他："国外卡不是打不了电话吗？"

叶钦不耐道："那是我爸，他有可以打通的卡。"

他说完才意识到自己的话中包含敏感词，见程非池没什么特别反应，心里不禁蠢蠢欲动，插完蜡烛状似不经意地问："你家人……我说你妈、你爸之类的，平时不给你庆祝生日吗？"

程非池抿了抿唇，半晌后开口时，声音冷了下来："我没有爸爸。"

因为不慎踩雷，叶钦一整晚都不敢轻举妄动，第二天起得格外早。

但还是没有程非池早，叶钦在用酒店里硬得能把人牙龈戳破的牙刷刷牙时，程非池已经拎着早餐回来了。

他从一堆包子里把已经烘热了的三明治拿出来递给叶钦："吃完我帮你打车回家。"

叶钦有点后悔昨天在电话里跟叶锦祥说今天回家了，信口胡诌道："阿姨可能下午才到呢，我现在回去又得蹲大门。"

程非池拿手机看了一下时间："我帮你把退房时间延长到下午两点，你走的时候自己退房。"

他说完拿起工作服，随便叠起来夹在腋下，抬脚就要走。

"欸，"叶钦咬着三明治站起来拦他，"你去哪儿？"

"打工。"

叶钦急了："不行，你不能走。"

程非池站在门口，偏头看他："还有什么事？"

叶钦通过刚才的一番对话，探测出程非池并没有因为昨天的事生气，底气立刻足了不少，手往自己腿上一指："我没有裤子和鞋，出去会被冻死的。"

半个小时后，叶钦腰上系着程非池的工作服，在某服装店男装区挑挑拣拣，这条嫌样式土，那条嫌线头多，半天都没选出一条满意的裤子。

程非池赶着去上工，牛仔裤、休闲裤、运动裤各拿一条，推叶钦去试衣间试。

叶钦进去半天，里头窸窸窣窣响个没停，门帘掀开的时候只伸出一颗脑袋，苦着脸说："好丑啊，咱们能不能换一家啊？"

他从来没穿过这么便宜的裤子，只觉得板型不正，布料磨皮肤，哪儿哪儿都不得劲。

“不能。”程非池毫不留情地拒绝，并递给他一双从货架上随便拿的白色休闲鞋。

又磨蹭几分钟，叶钦忸忸怩怩地出来了，没走两步先绊了一跤，倾身向前，被程非池眼疾手快地接个正着。

程非池低头看脚下松散的鞋带：“不合脚？”

叶钦从他怀里爬起来，扶着他的胳膊站稳，五官皱成一团，声音都带了哭腔：“我不会系鞋带啊……”

穿上新裤、新鞋的叶钦果不其然还是食言了。

他没有回家，跟着程非池到打工的快餐店，在离暖气最近的地方坐了一天。

到下午，吴蕊看不下去，跑到后厨问在配菜的程非池：“早上带来的那个是你弟弟？他还没走哦，到目前为止，共计喝了八杯咱们店里的免费热水。”

程非池无奈地叹了口气，以“送弟弟回家”为由，跟吴蕊调了个班。

下班后他先给冯阿姨打了个电话，为初二没能上门拜年道歉。冯阿姨自是不怪他，并且好像知道他不回家的原因，帮程欣说了几句话：“你也不要怪你妈妈，这些年她不容易，当初那么多人不介意她带着孩子，追求她，想娶她，其中不乏一些家庭条件不错的，为了你，她都没同意。”末了感叹一句，“只是没想到这么多年了，她还是没放下。”

程非池不懂最后一句话的意思，他眼里的程欣素来孤傲冷漠，从未表现出对某样东西的执着，有什么是她放不下的？

收拾完走出来，程非池神色有些恍惚，叶钦蹦跳着迎上来，手在他眼前挥了挥，把他的魂唤回来。

“晚上我们吃什么呀？”叶钦兴致勃勃地说，“听说你们这儿楼上有家甜品店味道不错，吃过饭能去尝尝吗？”

打听得门儿清，看来叶钦一整个白天也没闲着。

他喜欢吃甜食程非池是知道的，毕竟昨天的蛋糕几乎都进了他一个人的肚子。

叶钦算盘打得好，然而计划赶不上变化，两人出去转了一圈才想到今天是情人节，所有稍微有点情调的饭店全部客满，连快餐店去晚了都找不到座位。

叶钦垮着脸跟在程非池身后，抱怨说还不如在他打工的那家店吃饭呢，好歹有暖气可以吹。

程非池被小少爷跟了一整天，经历了各种稀奇古怪的先斩后奏和没头没脑的迂回折腾，到这会儿竟是一点儿脾气都没有了，把他安置在供客人休息的长椅上，只身去寻吃的。

他们所在的地方是时代广场旁边的一条步行街，此刻华灯初上，霓虹闪烁，整条街上热闹非凡，到处都是甜蜜相偎的情侣以及卖花的小孩。

程非池回来的时候，叶钦刚被一个小姑娘缠上。小姑娘牙尖嘴利，举着一把单朵包装的花，央着叶钦买："哥哥、哥哥，您就买两朵吧，祝您一生一世一双人。"

身无分文的叶钦摇头摆手道："我单身，双不起、双不起。"

小姑娘不依不饶地把花往前推："那您就买一朵吧，祝您的良人早日出现。"

叶钦平时大方惯了，拒绝是他最不擅长的事情之一，远远看见程非池过来，抓住救星似的喊："快来帮我买一朵，回头给你钱！"

程非池连气都叹不出来了，掏钱付账，把那朵花随手往裤兜里一插。

晚餐吃的是甜甜圈，幕天席地边走边吃，叶小少爷不仅没嫌弃，下了出租车还在意犹未尽地舔手指。

“很好吃？”程非池问他。

叶钦点头如捣蒜：“你不是也吃了一个吗？”

程非池不觉得那些抹了五颜六色的果酱的面包圈有什么好吃的，不顶饱不说，还腻得人嗓子发干。

他心里虽这么想，但也不会当着叶钦的面说难吃扫叶钦的兴。走到路边无人处，他让叶钦停着别动，蹲下来帮叶钦系散开的鞋带。

新鞋的鞋带容易散，加上叶钦活蹦乱跳、不安分，这已经是今天第三次了。第一次在服装店试衣间门口，第二次在打工的快餐店里，吴蕊还大惊小怪，说“你对你弟弟真好”。

程非池当时觉得没什么，所以并未反驳，现下却突然意识到哪里有异样。

两边都系了稳固的双重活结，叶钦在他系的过程中还不安分，脚趾动来动去，把柔软的鞋面顶起来一块又瘪回去。

之后，安静延续了很长一段时间。

走过天桥，穿过马路，到小区门口，叶钦指了指程非池的口袋，小声问是不是该把花儿给他时，程非池才恍然揣摩出结果，这寂静空气里飘浮着浓浓的黏腻触感和似有若无的缱绻气息，这世界上所有的感情都一样，一个巴掌拍不响。

叶钦等不住，自己动手巧取豪夺把程非池口袋里的花儿抽出来，仿佛这东西本来就该属于他，然后让程非池在门口等他一会儿，扭头飞奔进夜色中。

程非池觉得自己该走了，可是脚底像被粘在地上动不了。

也许是因为还没道别，他想，出于礼貌，也应该等叶钦回来之后说句“再见”再走。

叶钦出来的时候，双手抱着一个巴掌大的玻璃瓶。

“生日礼物。”他不由分说地塞到程非池怀里，往手心呵了一口热气，边搓边说，“虽然迟到了，但是你一定不会介意的哦？”

程非池捧着玻璃罐的姿势有些无措，条件反射地点了一下头。

叶钦咧开嘴笑，露出两颗尖尖的虎牙，接着打了个哈欠，眼角的睫毛被困出来的眼泪沾湿成一簇，懒洋洋地挥手道：“我先进去了，你快回家吧，我妈要跟我视频，今天就不送你咯。”

程非池是走路回去的。

从六中到家的这条路他经常走，夜路尤其走得多，只有这次觉得跟平时不一样。

可能是因为手里这罐星星会发光。

程非池低头看，荧荧的光映在皮肤上，在晦暗的掌心里连成斑驳陆离的一片，如同遥远的星河云海，让他想起叶钦说“生日快乐”时亮得像能融化冰雪的一双眼睛。

还让他想起昨天，那是他记事以来过的第一个生日。

手上的这罐星星，是他这辈子收到的第一份生日礼物。

春节过后天气迅速回温，每天清晨推开窗，都能感觉到今天吸入胸腔的空气比昨天更暖。

离开学只剩不到三天，学生们有的赶作业，有的抓紧一切时间玩，叶钦则是边抄作业边玩。

赵跃叫上一众好友进行开学前最后的狂欢。叶钦和刘扬帆在年前闹了点别扭，这在他们多年的跌打碰撞中算不上什么大事，两人刚见面就心照不宣地“冰释前嫌”，头挨着头在轰鸣的音乐声中一起抄作业。

叶钦抄的是周封的作业，虽然他自己成绩也一般，却看得出周封每道题的解题过程都完整清晰，跟答案也都对得上。叶钦越抄越觉得奇怪，扬手把一支笔扔在周封脑袋上，打断他的鬼哭狼嚎，问周封抄的谁的作业。

“班长的呗。”周封握着话筒说，“前两天我在他家补课来着，趁他不注意带回家抄了一晚上。”

叶钦低头继续抄，边改掉几个正确答案伪造这作业是自己做的假象，边在心里唾骂周封这厮辜负班长的信任，简直不是人。

他浑然忘了自己借交友和补课抄过多少次程非池的作业。

刘扬帆那边没叶钦这么顺利，他念的是国际高中，课程与六中有很大出入，寒假作业以论文和实践报告居多，赵跃的作业基本上没有抄的价值，他抓耳挠腮地说他们这帮人当中缺一个全面发展的真学霸，能写英语论文的那种。

叶钦莫名地想到程非池，他英语成绩也好得出奇，听说还参加过学校组织的英语辩论会。

刚把藏了许久的礼物送出去，觉得两人的关系有了质的飞跃的叶钦，理所当然地给程非池发了条短信，邀他来茶馆一起玩。

反正总要相熟的，先叫过来人家认识一下，省得以后碰面尴尬。

一直到天黑，程非池都没回复，叶钦当他还记着上回赖他偷手表那事，心想：你不都找我把仇报回来了吗？干吗这么小心眼？

叶钦又发了条短信：别不理我呀，大不了我们俩重新开个包间，不跟他们玩咯！

程非池还是没回复。

叶钦虽不高兴，但还是以“他要打工很忙的”为借口按捺住自己短信连环轰炸的念头，劝服自己体贴、懂事一点。

等到开学第一天，叶钦发短信说要程非池还钱，那头都毫无反应，他才意识到不对劲。

开学典礼两人隔得远，没机会说上话，课间亲自去理科（1）班找，那边的老师又铆足了劲儿拖堂，叶钦只能在窗外远远地看着，偷摸给窗口的同学递字条让帮忙传给后排的程非池。

等啊等，等到晚自习前的大课间，依旧没有等到任何形式的回复，叶钦再去理科（1）班，也没逮到人，不知程非池去哪儿吃饭了。

叶钦不信邪，晚自习第一节课上，趁廖逸方去办公室送东西，让他帮忙把老师发下来的批改过的数学小测试卷捎给程非池，在得分处用铅笔写了一行小字——“下课我去找你啊，程老师”。结果这边铃声刚响起，那边小测试卷裹着一张纸又给送回来了，纸上是程非池的笔迹，密密麻麻都是关于错题的解题步骤。

为了不跟他打照面，程非池把每道大题的不同解法都细心列了出来，还根据错误原因在一旁做了批注，职责以外的事一个字都没提，作为家教老师可以说是十分严谨负责的。

下了晚自习，叶钦强压怒火在自行车停车处等程非池，打算当面问他什么意思，谁知又是一场空等，程非池今天没骑车，直接从正门走了。

叶钦想不通，上次见面时还好好的，叶钦收了玫瑰花，他收了星星，这才几天，就翻脸不认人了？

如果是因为在酒店房间里不慎提到他父亲的事生气，程非池这反射弧也太长了吧？

死皮赖脸不是叶钦的特长，主动到这个地步已经濒临他的极限。

他端着最后一点少爷架子咬牙忍了几天，新学期第二周，学校按照惯例邀请一些有名望的企业家和知名校友为学生们做演讲，全体学生分批在大礼堂集合。高二理科（1）班和（2）班分在一批，整队的时候两个班距离不到五米。

叶钦心想：这回看你往哪儿跑！

谁知进场之后一个不留神，叶钦在前面几排就找不见程非池的影子了，他们班上的同学说他有事提前退席了。

碍于这是在公共场合，叶钦忍住没有摔手机，攥拳的手指关节都泛起青白。

事已至此，再看不出来程非池在故意躲着他，那就是真的傻了。

初春时节，万物退去冬日的灰败萧索，没有学生追逐喧闹的操场，比考场还要安静。

程非池走出大礼堂，穿过跑道和草坪，回到教室，随便翻开桌上的一本书。

他提前退席的理由是为3月的物理竞赛、初赛做准备，真正的理由只有他自己知道——因为台上某个即将发言的人。

他不想见到那个人，却控制不住去推测那个人出现在这里的原因。

如果程非池没记错的话，那人的事业中心在S市，并不常驻首都。春节期间程欣说他已经回去了，现在他出现在六中的大礼堂里，应该确实是受邀来做演讲的。

至于他演讲完会去哪儿就不得而知了。程非池心中的不安愈演愈烈，他无法说服自己不把那男人的出现和自己家里联系起来。

继提前退席之后，程非池又向班主任请假，说不放心家里的母亲。

班主任沈老师假条批得有些犹豫："实在有困难可以跟老师说，城镇户口申请助学贷款是难了点，但也不是完全没可能。"

程非池知道老师担心他在校外打工再被举报，解释说："您放心，这回真的是回家。"

到玉林小区门口，程非池看着一辆黑色商务车从道闸勉强抬起一半的大门里驶出，车身不慎跟闸杆支架来了个亲密碰撞。

司机当即就下来跟保安亭里的大叔理论，后座是个中年男人，车门被闸杆挡住推不开，他就打开车窗探头出来给司机撑腰，问保安大叔知不知道他这车多少钱，能买多少个破道闸。

保安大叔在这里干了十来年，什么样碰瓷、找事儿的没见过，当即便以牙还牙道：“知道咱们这儿道闸破就别往这里头开啊，上头有监控，您的宝贝车硬往外挤，镜头都记录得一清二楚呢，不然咱们报个警理论理论？”

后座指手画脚的男人气势登时就弱了几分，仗势欺人的司机也说不出话了。程非池见保安大叔吃不了亏，便忽略了这个小插曲，踩着自行车从旁边人行道骑进小区。

程欣对他突然回来有些惊讶：“不是说今天有讲座吗？怎么这么早回来？”

程非池一眼就看见餐桌上放着两杯喝了一半的茶，还冒着丝丝热气，直截了当地问：“谁来过？”

程欣也不回避，说：“一个朋友。”

程非池问不出“哪个朋友”，这个家还是程欣做主，他也没立场干涉母亲的私生活。

程欣这阵子又开始吃药，此时精神恹恹，看上去有些累了。程非池扶她回房休息，无意间瞥见主卧书桌上摊开放着一本书，书里夹着一张照片。

照片上是三个穿着学士服的人，背景是首都师范大学的招牌，显然拍摄于大学毕业季。中间留着披肩长发的女孩是程欣，她的两边各站着一个男生，三人笑着朝镜头比“耶”，任谁都看得出他们相当要好。

程非池依稀记得小时候见过这张照片，这些年几乎没再瞧见程欣拿出来看过。当时程非池的注意力全放在左边个子高一点的男生身上，程欣身体朝向他，和他挨得很近，这会儿有空留意了一下右边那个，竟也觉得有些眼熟。

还没等他琢磨过来，兜里的手机突然铃声大作，霎时打断他的思考。

掏出来一看，是叶钦打来的，程非池犹豫许久，最终还是没接。

刷完杯子叶钦又发来短信，这回没有收敛脾气，用下最后通牒的口吻放狠话道：你再不理我，我就再也不理你了！

程非池放下手机，看着床头摆着的玻璃罐，在原地站了半晌。

他承认这几天在有意躲避叶钦。

先前不躲不闪甚至给出回应，是因为他将叶钦划在同学的范围内，对两人的关系定义明确，也有足够的把握不会出错、跑偏。

从出生到现在，他的人生用循规蹈矩来形容也不为过，所以对偏离轨道的事情天然敏感，趋利避害的本能让他一旦察觉到危险逼近，就自动支起一张无形的网，将自己与危险源隔离开，阻止其靠近和发展。

他比谁都明白安逸享受是滋长贪婪的温床，越是香甜诱人的东西，越是不能放任自己沉溺。

争分夺秒的现实也由不得他踌躇不前。

普通高中从高二下学期开始就进入高考倒计时，这个时期的学生们大多处在对未来要走的路没有实际概念的迷茫中，大多情况下由家中父母协助做决定。

理科（1）班作为六中的尖子生班，有几个同学早早地争取到名校的保送资格，家境不错的则开始为出国做准备，各种雅思、托福、SAT（指“美国高考”）辅导班的宣传资料在班级里互相传阅。

程非池看到过几次，并没有放在心上，他正在备战即将到来的全国高中物理竞赛。这场比赛是临时决定参加的，他曾经休学一年，还中途转过学，保送资格没那么容易争取，他在网上查过，许多大学热门专业的门槛对竞赛获奖者会相对放低，多一份筹码就多一份把握，考考总没坏处。

为了物理竞赛，他辞掉晚上大排档的工作，还拿出上半年打工的钱报了个班。数学竞赛在下半年，中间正好给他空出了同时备战两场比赛的时间。

这天下晚自习回到家，他在房间里准备明天竞赛辅导需要的资料时，程欣忽然敲响他的房门，给了他一张国际高中的临时出入证。

“明天上午 9 点，六中门口集合。”

程非池说明天有课，程欣瞥了一眼他桌上的竞赛书，说：“缺一堂也没关系，那边的交流会更重要。”

程欣不仅是他的母亲，还是一个有经验的教师，她的话程非池自然愿意听。

然而第二天到了学校，程非池才知道这次国际高中之行是关于出国留学的招生直面会，在场所有学生的会考成绩和平时表现都已经汇总上报。

程非池当即便打家里电话问程欣怎么回事，程欣只说让他去看看，其他的等回来再说。

他带着满腹疑问登上大巴车，车上几乎满座。在和理科（2）班班长廖逸方打过招呼后，他抬眼便看见坐在后排靠窗位置的叶钦。

程非池还没上车的时候，叶钦就看见他了。叶钦第一反应是惊讶，这家伙家里不是穷得叮当响吗，居然留得起学?

叶钦转念一想，说不定看学校统一组织的活动不要钱，不申请白不申请，他们长这么大，国都没出过的穷鬼，也就只能去国际高中长长见识了。

叶钦用居高临下的姿态在心里将程非池从里到外寒碜一遍后，把视线从他身上移开，支着下巴望向窗外，耳朵却竖得高高的，听他和廖逸方的对话。

“程同学，你怎么来了？之前都没听你说起过。”

“嗯，临时决定的。”

“你打算面试哪所学校？说不定我们能做个伴。”

“还没想好。”

“欸，别往后走啦，叶同学身边不就有空位吗？”

叶钦猛一个激灵，扭头看着程非池。程非池也在看他，紧接着率先掉转视线，边往后走边对廖逸方说：“不了，后面有我们班同学。”

9点整，老师上车点名，车子关门、发动，晃晃悠悠地驶上马路。

前排和班长坐在一块儿的周封将此行当作春游，拎着塑料袋四处分零食，分到叶钦这儿，劝他道：“出来玩嘛，就开开心心的，快瞧瞧窗外这大好春光，还有这一口袋的蛋糕、薯片、牛奶，啊，生活多么美好，何苦再想那些不开心的事……欸欸欸，我哪里说得不对你先别哭啊。”

相比从前，叶钦最近脆弱得简直有点反常。昨天晚上他们几个去海底捞找人，看见叶钦一人占一桌，对面摆着个叮当猫玩偶，一边往锅里倒辣油一边抹眼泪。

虽然叶钦一口咬定是因为辣，并以平时破个皮、挨个冻也会掉几滴眼泪为证据，说这是一种本能反应，可周封还是觉得哪里古怪。

事后刘扬帆在私底下开玩笑说：“阿钦这模样，我还以为他反过来被学霸整了呢。”

此刻周封用眼角的余光瞄一眼走到最后空位上坐下的程非池，好像有点明白了。

“谁哭了？”叶钦把周封递过来的面纸甩到地上，瞪着发红的眼睛搡了他一把，“吃你的去吧，别管我！”

到地方下车，叶钦一马当先走在前头，步子迈得极快，后面的都追不上。

廖逸方跑得气喘吁吁："大部队在往东边走呢叶同学，咱们还是跟他们一起……"

"你们去吧，不要管我。"叶钦头也不回地说。

"我跟你一块儿，"周封追上来，把巨沉的零食袋塞到廖逸方怀里，拿了两三包吃的夹在臂弯里，"班长你去忙你的吧，你是来看学校的，我们是来玩儿的。"

周封平时不着调，这话却说得实在。叶钦是被他爹逼着来的，心思压根儿没放在什么留学上。周封家里还是希望他在国内念书，他戎马一生的爷爷还说如果考不上好大学就送他去部队，出国想都别想，跑这儿来单纯是为了玩，顺便见见朋友。

一个电话把赵跃叫来了，刘扬帆在参加什么周末实践活动，溜不出来。三个人找了块草坪坐下，一人拆一包薯片吃，边聊天边欣赏国际高中来来往往的美女。

叶钦这会儿已经把眼泪憋回去了。他本来就没想哭，完全是被气的。

没错，就是被气的，程非池收了他的生日礼物就翻脸，一声不吭地跟他断绝往来，人前一副不认识他的样子，可不就是想气死他吗？

叶钦愤愤地咬薯片，在心里把程非池千刀万剐了一遍。

"阿钦，真不去看看学校？在家待着不痛快，换个环境说不定就好了呢？"赵跃道。

叶钦心不在焉："我爸想我出去，我妈舍不得，我也舍不得我妈。"

还有一句话他藏在心里没说——要是我不在的话，我妈被人欺负怎么办？

"父母在不远游。"周封突然说出一句与他自身气质相距甚远的感叹，"古人诚不我欺。"

赵跃踹了他一脚："就你们家那情况，你小子巴不得出国跑得远远的吧。"

周封嘿嘿直笑："知我者，莫若你们几个臭小子也。"

几包零食很快被分食完毕，赵跃和周封一起去买，叶钦躺在草地上继续发呆。

天空一碧如洗，叶钦脑袋里却乱七八糟，望着望着就开始胡思乱想，程非池不是很孝顺吗？家务活儿都是他干，他妈妈看起来身体不太好，他出国了，他妈妈怎么办？

对了，不是还有叶锦祥吗？说不定出国的机会也是叶锦祥提供的，为了自己亲儿子的未来，当爹的自然得出力。

叶钦更憋屈了。

中午刘扬帆和三人集合，两个本校生带着两个外校生去食堂就餐，国际高中食堂的饭菜都是搭配好的套餐，只有中餐、西餐的区别，胜在味道不错，就餐环境也干净。

周封边吃边感叹还是这里好，六中食堂吃的那都是啥？土豆、西红柿、豆芽菜颠来倒去地炒，油腥一点儿见不着，说是猪食都不夸张。

叶钦不由得想起程非池经常在六中食堂吃饭，菜都要最便宜的那种，土豆皮都没削干净，有几块还发黑冒芽。价格倒是配得上质量，一份饭还没他平时喝的半瓶饮料贵，不知道那家伙怎么吃得下去。

……呸呸呸，又想程非池干什么？

叶钦拿起叉子，在面前的牛排上泄愤般地戳了几个洞。

下午孙怡然也来了，前脚踏进活动室，抱怨着早上没人喊她让她睡过头，后脚外面就开始下雨。

刘扬帆刚吃饱正犯困，戏称孙怡然带来的是一场及时雨。连绵的春雨阻碍了学生们出去游玩的脚步，这次的活动本就被冠以“交流会”的名头，几个人既来之，则安之，凑在一起打牌闲聊。

过了一会儿，又有一帮学生成群结队来到活动室，屋里更加热闹。廖逸方也来了，尽职尽责地给上午没去交流会的同班同学带了许多学校的宣传册，仔细地给他们讲各个学校的招生政策。

在听的只有叶钦。他不喜欢打牌，拿着那些宣传册翻看，暗暗猜测那个谁可能会选哪一个。

廖逸方仿佛窥探到他的心思：“程同学，就是（1）班的学霸，可能会选F国的学校，有个面试官跟他聊了好久。”说着就有点羡慕，“他各门学科全面发展，会考成绩又好，每个学校都抢着要也是应该的。”

周封嗤笑一声：“抢着要？他有钱去念吗？”

旁边理科（3）班的一个女生插嘴：“那些学校不是都有奖学金政策吗？”

“奖学金能兜得住他吃喝拉撒睡的一切生活所需？”

“那倒不一定……”

桌上有人甩出一对二，刘扬帆扔出一个炸弹把对方死死压住，趾高气扬道：“龙生龙凤生凤，从哪儿出来的就在哪儿待着，别成天做梦妄想翻身越界。”

周围都是些家庭条件不错的学生，对他的话不置可否。偶有几个出身一般、家里硬着头皮供他们出国的学生，听了觉得刺耳也不敢当面反驳，聚在一起小声讨论。

不知道为什么，叶钦也觉得这话听着不舒服，把宣传册一扔，起身出去透气。

国际学校虽然条件好，面积却没有公立中学面积大，走道和教室一样颇为袖珍，出门拐个弯再走两步就到了这层的卫生间。

他进去洗了个手，然后掏出手机滑了两下，看到信箱里署名为

“CFC”的短信界面，手指一动想狠心把它删掉，在按下“删除”键的前一秒，听见木门虚掩的楼梯间传来对话声。

“你就告诉我打算报哪所学校呗，我让我爸留意一下。”

叶钦听着这女声觉得有点耳熟，一时又想不起来在哪儿听过，正琢磨着，接下来的男声让他猛一个激灵。

“留意这个做什么？”

毫无波澜的语气，是某个不回复他短信的人，无疑了。

女孩子声音变软，带了点撒娇意味：“看看那学校怎么样啊，我刚好也在选学校呢……早知道你准备出国，我就不那么拼命帮你澄清了，等去到国外，没人会追究这些有的没的啦……”

叶钦完全在状况外，听不懂这姑娘在讲什么。楼梯间里的程非池轻飘飘地回复：“我说过不计较，你不必再帮我澄清。”

女孩把这话当成了宽慰，自顾自地高兴道：“我就知道你舍不得生我的气，都过去这么久了，再大的气也该消了吧……过年的时候约你，你也没理我，现在有空吗？这边的活动已经结束了……或者明天，明天咱们还约在老地方，好不好？”

话说到这份儿上，再听不出这突破天际的暧昧就有鬼了。

叶钦满脑袋问号，心中百转千回，难道之前听说的谣言有误？不可能啊，刘扬帆后来帮着找人核实过，师大附中所有高年级学生几乎都知道程非池是出于不光彩的原因被开除的，如果是个误会，校方怎么可能这么草率？

他这边惊疑着，那边的程非池冷冷开口道：“不了。如果你当真希望我好，就删掉我的电话号码，以后别再联系了。”

下午，各个学校的学生都准备打道回府时，六中租的大巴突然坏了，怎么都打不着火，驾驶员师傅正在紧急检修。

国际学校所处的位置离市区并不近，周围鲜有出租车经过。周封抱怨完不应该坐大巴应该自己开车来，颠颠儿地把孙怡然往活动室里推："外面下着雨呢，咱们再进去坐一会儿。"

其他学校的学生几乎都走了，偌大的教室里只剩六中的二十来个人。带队老师嘱咐他们不要乱跑，等下车修好就走，说着出去把还在其他教室的几个学生都召集过来。

其中包括程非池。

因着刚才活动教室里有人大肆讨论过这位学霸，他进来之后，屋子里的气氛一时有些古怪，大家说话都压着声音，有几道探究的视线在他身上徘徊，也都虚浮游移，不敢落在实处。

叶钦坐在教室角落的窗台上玩手机。雨天信号不好，上个校园论坛都费劲，好不容易刷开，里头已经有无名人士开了关于某新任校草要出国的帖子。

这回艳羡的不多，大家注意力都放在八卦上，每个马甲都化身知情人士，说他家庭条件很差，平时吃穿伙食都不好，之前还看见他打报告申请助学贷款，本来以为是个"鲤鱼跳龙门"人设，没想到竟然出现反转。

网络发言不需要负责，下面出现各种不靠谱的猜测，当然有人反驳，观点万变不离其宗——"你就是嫉妒人家长得帅"。

缺乏证据支撑的嘴炮持续不了多久，话题很快跑偏，姑娘们就这个新校草有多么冷酷、多么难接近展开讨论。有人说给他递了十七八封情书都没收到回应，有人说当面表白三次他都没能记住自己的名字，再往后翻，有人问："你们还记得之前送早饭的那位姐妹吗？最近她还在送吗？是不是也放弃啦？"

送早饭的"姐妹"？叶钦黑了脸，退出论坛，把手机揣回兜里，扭头盯着外面，听着雨打窗户的轻响，慢慢陷入沉思。

大巴一时半会儿修不好，大伙儿闲着无聊，叽叽喳喳躁动不已。二

(2) 班班长廖逸方发挥卓越的组织能力，指挥大家围成一个圈坐下，玩击鼓传花的游戏。

没有花，就拿一包薯片代替。这种幼儿园时期勉强还能逗人一乐的傻游戏显然激不起高中生们的兴趣，尤其是当第一个接到薯片的人被要求表演一个节目时，教室里怨声载道。

“不是吧，这都什么年代了，还即兴表演节目？”

“我们都不是小孩儿了，没这么强烈的表现欲。”

“在这儿辣眼睛、辣耳朵，还不如去外面淋雨呢。”

廖逸方手足无措，这时候周封站出来帮他解围，提出用真心话大冒险代替表演节目，接到花的人二选一。

同学们提起兴趣，纷纷表示同意。

周封正经事不会干，歪脑筋却不少，第一轮就开始给周围人使眼色，让他们都把花传给他，他好趁机给孙怡然表个白什么的。

谁知廖逸方喊停时声音打了个颤，花正在抛给周封的半路上，按照规定不允许间隔传递，这朵花被判给了夹在中间的叶钦。

被问到选真心话还是大冒险的时候，叶钦还没回过神来，愣愣地问：“什么真心话？”

“那就真心话好了。”孙怡然简单粗暴地帮他决定了，“班长班长，让我来出题！”

这边周封给叶钦解释完游戏规则，那边孙怡然也跟周围女生讨论出结果，洋溢在脸上的狡黠笑容昭示着这题绝对不简单。

“听好了，这是一道送命题。”孙怡然清清嗓子，“请问你有没有喜欢的人？皇天在上、厚土为证，必须说实话，不可以骗人哦。”

叶钦第一次玩这个，听到问题有点蒙，被旁边的周封碰了一下胳膊，鬼使神差地点了点头。

在同学们的哄闹声中，第二轮的花再次传到他手上，他才意识到被“套路”了。

孙怡然早就准备好台词，顺着刚才的问题问：“那你喜欢的人在不在这里？”

同学们嘻嘻哈哈，闹得更凶了。叶钦知道孙怡然在跟自己闹着玩，这种亦真亦假的游戏，他随便回答一个“不”字，就能将这个幼稚的套路终结。

然而话到嘴边，他却犹豫了。

教室里二十来个人围成一个大圈，他不用抬头就知道程非池坐在他对面的位置，说不定也跟其他人一样，正盯着他看。

叶钦脑子里乱作一团，耳朵里也跟着嗡嗡鸣响。

在周围人的起哄催促声中，他闭了闭眼睛，深吸一口气，说：“在。”

宛如一个惊雷砸入人群中。

学生们都沸腾了，尤其是女生，你看我、我看你，有的兀自害羞起来，捂住耳朵不敢往下听。

周封凑到叶钦耳边压低声音道：“阿钦，你疯了吗？这么多人看着呢，等下不出半个小时全校就都知道了。”

叶钦没反应，垂着眼不说话。

在场不到三十个人，用排除法也能轻易把人筛出来。很快有人开始琢磨是谁，一个个名字从不同的嘴里往外蹦，被点到名的女生更不好意思了，红着脸让那些男生别瞎说。

孙怡然作为始作俑者也很蒙，还有人挤眉弄眼地问是不是她，她百口莫辩，谁能想到随便一问，叶钦就这么认了呢？

最后还是周封出面打圆场：“都别闹了，我们家阿钦说着玩呢你们也信，在场的人当中他还能喜欢谁？当然只有我啊！”

一时嘘声四起，在座的没人不知道他们俩是24K纯友谊，然而见叶钦并不反驳，闹着闹着就都失了兴致。

廖逸方带领大家继续玩游戏，几轮之后，这轰动一时的小插曲暂时翻篇。

大巴修好已是下午5点，孙怡然也跟车回去，伸长脖子问前座的叶钦："喂，刚才你说有喜欢的人……是不是真的啊？"

这会儿跟叶钦坐在一排的是周封，他抢先答道："当然是假的，阿钦是那种会随便看上谁的人吗？"

孙怡然翻白眼："没问你，我要听阿钦自己说。"

女人在这种事情上的直觉分外灵敏，她好奇心爆棚，非要听叶钦亲口给个答案。叶钦歪靠在车窗上闭眼假寐，闻言"嗯"了一声算作回答。

想撬开他的嘴问出名字是不可能的了，孙怡然不死心，扭头环视整辆大巴。

正如周封所说，她也看不出来哪个女孩子能让叶钦暗恋上。叶钦看着又酷又"跩"，实际上是他们这群人当中最单纯的一个，年纪又小，这会儿处在青春叛逆期的开端，中二病还没犯完，让他在感情方面开个窍比开任督二脉还难。

巡视一圈无果，孙怡然失望地撇撇嘴，坐回座位上。

临近7点，参加交流会的学生们在六中门口解散。

学校大门已经关闭，程非池沿着围墙绕到后门取自行车。雨渐渐停了，坑洼不平的地面像被油彩涂得深浅斑驳的画布，一脚踩下去"吧嗒"一声，水花四溅。

经过第一个红绿灯时，程非池看到一辆银色轿跑停在路边，不远处叶钦拿着手机跟谁打电话，兜帽盖在头上，遮住大半张看不清表情的脸。

红灯有60秒长，足够两人看见对方。叶钦立马换了只手拿手机，顺势转身背对人行道，半分钟后挂电话开门上车，车速提得很急，经过程非池身边时车轮溅起两三尺高的水花，碰湿了他左边裤腿。

到家之后，程非池先回房间把裤子换了。今天程欣做了晚餐，简单的清粥、咸菜还有馒头。

大概是料定他不会在饭桌上出口为难，程欣问他今天的交流会怎么样。程非池说："挺好的，但我没有留学的打算。"

"如果是因为钱的事，不用担心……"

程欣话说一半，被程非池横空打断："您不是说过，他给我的东西可以由我自行处置吗？"

程欣怔住片刻，语调缓慢道："不要任性，拿自己的前途开玩笑是最愚蠢的行为。"

程非池被"愚蠢"两个字堵得说不出话。很小的时候，程欣就拿周遭的孩子举例，告诉他什么样的行为是蠢笨的、对自己不负责任的，他也一直按照母亲的要求严于律己，哪怕母亲从未夸过他一句，在他面前连笑容都吝惜给予。

到头来，她还是不关心他的想法，仿佛把他当作一个只需被动接受、服从命令的傀儡，从不问他喜不喜欢，想不想要。

即便这样，程非池还是不断地在心中说服自己，哪怕身上的枷锁日益沉重，也都源于程欣对他的爱和期望，他不应该对此有怨言。

终是没将那句话问出口，吃完饭，程非池丢下一句"我不会出国的"表明立场后，便转身回房。

次日是星期天，程非池上午给魏嘉琪补课，下午去时代广场的快餐店兼职。

傍晚有人包场举办生日会，打扫完场地，几名员工一起用气球装饰餐厅。

打气筒在吴蕊那里，程非池吹了个粉色的气球，往墙上挂的时候，冷不防想到那个爱穿粉色衣服的小家伙。

心不在焉地把气球往墙上粘，只听在门口的吴蕊喊了一声“大帅哥，那是不是你弟弟啊”，程非池想也没想就跳下梯子，快步追了出去。

站在人来人往的道路中央，他才回过神，惊讶于自己过激的举动和失衡的心率。

此刻的叶钦躲在墙角气喘吁吁。

他从无聊的家庭聚会中逃离，开着车在路上漫无目的地绕了几圈，在油箱即将见底时，刚好停在时代广场附近。

他本想进来吹吹暖气，顺便去之前没去成的甜品店坐一会儿，上楼看见那家门庭若市，队伍排到电梯口，登时一点兴致也没有了，随便在附近买了杯奶茶，咬着吸管瞎转悠。

要怪就怪时代广场地方太小，转着转着就到那家快餐店跟前，还被店员姐姐抓个正着。

按着胸口抚平呼吸，叶钦扒着墙探出半个脑袋看，程非池已经转身回去了，留下玻璃门后的一个背影。

他一边狠狠地松一口气，一边又忍不住恼火——你就不能再往前走两步吗？

又过了几天，叶钦后知后觉地怀疑自己最近诸事不顺是因为走霉运，说洋气点儿就是孙怡然常常挂在嘴边的那个什么“水逆”。

他用一堂化学课的时间仔细推算，发现貌似从碰到程非池开始，他就没有顺利过，一会儿被押送派出所，一会儿被罚站写检查，玩个游戏都被同学套路。

非但如此，这股霉运还出现了波及周围人的趋势。

叶钦出手大方人缘好，长得也不赖，在六中至少算半个风云人物，国际学校的交流会之后，关于他喜欢的人是谁便已成了大家茶余饭后津津乐道的闲聊话题。

校园论坛还有人开了个专门的帖子讨论这件事，那天一起去国际学校参加交流会的所有同学都未能幸免，被列为投票项目放在帖子首楼，楼主呼吁校友们根据自己的猜测投票。

叶钦点进去看过，二（1）班一个他都没说上过几句话的女生票数最多，位列第一，孙怡然紧随其后。

周封对此十分不满："这些人是不是有毛病，都说是我了，投怡然干什么？"

说着，周封找了几个低年级小学弟，让他们注册账号投票，把孙怡然压下去。

晚自习时叶钦再次点开投票，程非池到了第一。

"这帮小傻子，让他们随便投是把怡然投下去，但没让他们把这厮投上来啊。"周封急成热锅上的蚂蚁，亲自撸起袖子上场刷票。

叶钦比他更着急，周封回去后，他一个人在教室里刷了半个小时，确认程非池掉到末尾，才收拾书包回家。

走到停车处，他又暗骂自己有病，反正根本没人往他身上想，怕被人知道的也是他，就应该让程非池排在前面，尝尝担惊受怕的滋味。

此刻的叶钦全然忘记自己因产生"害人之心"而遭受的报应，车子刚推到路上，"扑哧"一声，爆胎了。

面对这飞来横祸，叶钦两眼一翻，差点心肌梗死。如果不是因为上学期养成的破习惯，早上出门第一件事就是去推自行车，他至于放着好好的四轮车不开，非要骑这两轮的吗?

总之都怪那个姓程的。

在心里骂不够解气，叶钦对着瘪掉的车轮狠踹了两脚。

叶钦垂头丧气地来到修车铺，老板收摊准备休息了，打了个哈欠，丢了几件工具给他："自己修。"

叶钦回忆着那谁修车的步骤，把内胎拆了按水里，好半天才找到漏气的地方，拿着打磨棒有气无力地磨。

他磨了一会儿，门开了，进来一个人。

因着抬头看了一眼，叶钦一不留神磨到大拇指，"嗞"地倒抽气，疼得要命还不忘赶紧挪个位置，用屁股对着来人。

程非池这些天但凡遇上叶钦，都会遭到这样的对待，哭笑不得的同时，心叹风水轮流转，只要他高兴，不理就不理吧。

叶钦保持高冷，埋头只顾干自己的，却忘了活学活用一向是学霸的专长。

"老板睡了吗？"程非池问。

里间的门关着，他这话是对谁说的毋庸置疑。叶钦暗骂他不要脸，还好意思跟自己说话，表面不动声色，脚下挪了两步，又调整了一下"拒绝搭话"的角度。

程非池在屋里转了两圈："你看见材料箱了吗？"

叶钦咬紧牙关，继续装哑巴。

连着两个问题没得到回答，程非池也不恼，自己去货架上翻找，还真让他找到需要的东西了，一个圆乎乎的车铃。

他拿着车铃出去，三下五除二安在车上，"丁零零"的清脆响声传到屋内，叶钦以为他就这么走了，上下牙咬得更紧，心想：我待会儿就写字条告诉老板有人偷东西！

结果程非池试完车铃又折返，在不到一米远的地方看叶钦笨拙地打磨轮胎皮，看了一会儿挽起袖子蹲下道："我来吧。"

叶钦闪身往后躲，“哐当”一声，连人带轮胎坐在地上，还不慎碰翻了旁边的水盆，脏水洒了一胳膊，整个衣袖瞬间湿透。

“你干吗呀？！”倒霉透了的叶钦终于发作，抬起一只脚，摆出要踹人的架势，“不是不理我吗？干吗跟我说话？”

程非池伸手去拉他：“没有不理你。”

叶钦一脚踢开他的手，故作冷漠道：“哦，那一张纸的解题步骤就当搭理过我了，是吧？毕竟我没付钱，还没跟您说谢谢呢。”

这一脚没轻没重，踢得程非池手臂一麻，他扭扭胳膊活动了一下关节，还是躬身去拉叶钦：“先起来再说。”

叶钦再次挥开他的手，自己扶着墙站起来，随便拿起一块抹布擦手上的水，擦着擦着就怨怼横生，心想真是倒了八辈子血霉，总让这家伙看到自己狼狈的丑样子，不是说好再也不理他了吗？怎么又跟他说上话了？

……说都说了，干脆一次说个痛快吧！

叶钦甩手扔掉抹布，转身骂道：“你这人怎么这么无赖啊？收了礼物就不理人了，现在心情好了又来逗我玩，回头不高兴了又不理我，你当我傻吗？”他自暴自弃地昂着头，尽量让自己看起来气势汹汹，“为自己做过的事负责，小学生都知道，这是你说的，我看你连小学生都不如！”

程非池愣了一会儿，随即微微颔首，嘴角上扬低声笑了。

这小家伙真是一点儿亏都吃不得，这么久远的事还记在心里，把他当时在派出所门口说的话一字不差地复述了一遍。

叶钦被他的笑彻底激怒，瞪着圆溜溜的眼睛，如同一只奓毛的猫：“笑个头啊你！”

先前乐意被他笑是因为想整他，这会儿不一样了，被他笑对于叶钦来说等同一种莫大的耻辱。

胸口随着呼吸剧烈起伏着，叶钦伸长脖子四处张望，想找武器跟笑他的人打一架。

程非池在他动作之前，率先按住了他的胳膊：“别动。”

“你放手！”手无寸铁的叶钦发出第一次口头警告。

程非池不为所动，将叶钦湿透的袖口解开，慢条斯理地往上卷，温热的指腹触到小臂内侧的皮肤，惹得他浑身一哆嗦。

“你这是乘人之危，有本事咱们出去正大光明地打一架！”

在叶钦发出第二次口头警告的同时，程非池不顾威胁劝阻，握着他纤瘦的手腕，轻轻掰开他绵软的手指，边往他手里塞东西边说：“我负责。”

叶钦被这突如其来的一句回答弄得哑火，低头一看，程非池的手心里握着一颗纸星星。

这熟悉的东西让他愣怔片刻，还没顾上消化程非池的话，放了一半的炮仗再次被点燃：“你要还就一整罐都给我还回来啊，还一颗是什么意思？”

叶钦气得头昏眼花，眼眶跟着发酸，架也不想打了，只想找个地方躲起来哭一场。

送出去的礼物被退回来，这世界上没有比他更惨的人了吧？

程非池由着他发泄愤怒和委屈，将他的谩骂与指责尽数收下，中间只张了张嘴，想说点什么又说不出口似的。

最后程非池无奈地叹了一口气，把叶钦手心里的星星拿起来，用两根手指按扁，接着找到收口固定的位置拆开，让星星回归原始状态，变成一张长长的字条。

他把字条举起在叶钦眼前。

借着头顶白炽灯的光，叶钦看到上面歪歪扭扭的字，脑袋里瞬间一空。

当时孙怡然说把愿望写在星星里面就能实现，他不仅写了，还着眼于当下，几乎每张都写的是：我可以做你最好的朋友吗?

问号后面还跟着个胖乎乎的爱心。

再次将字条放进叶钦手里，程非池握着他脏兮兮的手，看着他泪水迷蒙却依然清澈的眼睛，沉声答道：“好。”

Chapter.05

柔软

叶钦呆愣在原地，许久没回过神来。

事情转圜得太过突然，让他无法生出真实感，唯有被握着的手渐渐沾上暖意，提醒他终于“得偿所愿”。

鼓动的心跳在一声巨响中错乱几拍，里头的老板不知道用什么东西砸了门板，紧接着吼道：“两个小兔崽子要吵出去吵，还让不让人睡觉了？！”

叶钦扭着胳膊挣扎了一下，程非池又握了几秒才松手。两人不约而同地蹲下，一个扯轮胎，一个磨胎皮，默默配合对方。

空气里只剩“唰唰唰”的摩擦声，叶钦盯着程非池动作娴熟的手，看了一会儿莫名脸热，别开视线看地面，目光炯炯，像要把地面盯出花来。

轮胎很快补好了，叶钦主动拿出纸笔给老板留字条，写了一行，咬笔思索半天，用笔戳了戳程非池后腰：“你拿的那个……要我帮你写上吗？”

程非池在整理货架上被弄乱的工具，回头“嗯”了一声。

初春的夜晚还是有些冷，出门迎面吹来一阵风，叶钦捏着鼻子憋了半天，在程非池脱下外套往他身上披的时候，还是打了个大喷嚏。

程非池背对路灯，在他看不见的地方弯起嘴角，然后帮他拢紧衣襟，顺手接过书包挂在车把上，推起两辆车往前走。

叶钦揉着通红的鼻子，小跑跟上：“你不冷啊？”

按照六中的规定，只有周三和周五可以不穿校服，脱掉校服的程非池上半身只穿一件长袖衫，风一吹，单薄的布料贴在身上，看着都冷得慌。

程非池却说不冷，叶钦怀疑他逞强：“你别耍酷啊，感冒了我可不负责。”

说着叶钦把脑袋又往衣领里蜷了蜷。

这话从为了臭美经常穿很少的叶钦嘴里说出来，实在没什么说服力。程非池想了想，说：“不然你再摸摸？”

叶钦眨巴几下眼睛，明白他在说刚才拉手的事，脸颊又开始发热，想反驳说“明明是你拉我的手”，又觉得说了更害臊，抬手把校服拉链拉到最高，只留黑白分明的两只眼睛在外面。

拐进小区门口，叶钦磨磨蹭蹭地把外套往下脱，程非池停好车，阻止他道：“穿着吧，你衣服湿了，吹风容易着凉。”

外套披在身上的时候就带着温度，这会儿更让人舍不得脱了，叶钦厚着脸皮停了动作，吸吸鼻子，犹豫地问：“那你呢？明天周四。”

“家里还有一套，”程非池说，“你明天多穿点，记得把校服带给我就行。”

叶钦的大脑又卡壳了，不知道该把重点放在“明天多穿点”上还是“把校服带给我”上，无论哪个都让他浑身不自在。

那是一种从前没体验过的、全然陌生的不自在，并不惹人讨厌。

回到家里，叶钦先洗了个澡。

在浴缸里泡了半个小时，出来的时候昏昏沉沉，从水汽弥漫的空间走到清晰的世界，他的大脑仿佛也跟着重启，猛然瞪大眼睛，从校服口袋里拿出那张被他揉成团的字条，仔细确认了几遍。

这还不够，他放下字条又扑到床上拿起手机，给程非池发了条短信。

不到两分钟，那头就回过来同样的话：晚安。

叶钦使劲捏了捏自己被热气蒸得通红的脸。

从程非池说出那个“好”字开始，一切都变得不一样了。

“他答应了？”

第二天早读课，周封的声音响彻整个教室。

前几排的同学扭头看，他悻悻地捂住嘴，缩脖子躲在英语书后面，呢喃着什么。

感叹了会儿，他打起精神掏手机去群里汇报好消息。

周封：钦哥威武！把学霸拿下了！

刘扬帆：真的假的?

赵跃：恭喜啊，哈哈哈哈哈……

周封：唉……我怎么有种自家大白菜被猪拱了的感觉？！

刘扬帆：明明是自家的猪拱了别家的优良大白菜。

赵跃：哈哈哈哈哈哈哈哈……

看到群里的聊天，叶钦放狠话道：刘扬帆，你给我等着！！！

接着就近下手，叶钦在课桌底下踹了周封几脚，后者没躲开，被踹得嗷嗷叫。

廖逸方转过来问怎么了，周封龇牙咧嘴地笑：“我太高兴了。”

高兴完了又开始发愁，周封用胳膊肘撞叶钦，忧心忡忡地提醒道：“交朋友归交朋友，你可别真陷进去啊。”

叶钦觉得陷进去什么的，纯属无稽之谈，再说这又不是真的，演戏而已。

只是回想起那天在国际学校听到的对话，他还是觉得哪里奇怪，说不出地不踏实。

英语课上闲着无聊，给程非池发短信：校服洗好烘干了，课间有空吗?

学霸大概在认真听课，没回复。

两节课下大课间，因为下雨全校不出操，叶钦抢了周封的 PSV 在座位上玩《女神异闻录》，正不耐烦地按键跳过大段剧情对话时，听见门口的同学喊他：“叶钦，外面有人找。”

叶钦捧着游戏机出去，眼睛还盯在屏幕上，险些撞着人。那人伸手虚虚护一下他的腰：“小心。”

叶钦抬头一看，是程非池。

叶钦呆呆地问：“你怎么来了？”

程非池：“拿衣服。”

叶钦一拍脑门，转身回教室把挂在座椅上的袋子拿了，跑出来递给程非池，有些不自然地说：“我问你有没有空，你倒是回一个啊，没让你过来取，我送过去也行。”

程非池微笑着应下，目光柔和地看着面前比他矮大半个头的小家伙。

今天叶钦比昨天多穿一件衬衣，白色的方衣领翻在鹅黄色的卫衣外面，加上麻布袋一样套在身上的校服，衬得他的脖子细长。

接收到程非池的视线，耳朵不知怎的有点发热，叶钦抬手摸摸耳垂，没话找话地问：“你们下一堂什么课啊？”

“化学。”

叶钦皱眉，一脸的苦大仇深，所有科目中他最讨厌化学。这话题没法继续，他又换了一个：“你饿不饿啊？我那儿有零食。”

程非池摇摇头，从口袋里摸出一个东西，手背朝上，利落地塞进叶钦敞着的校服口袋里。

回到座位上，在教室里伸长脖子观察半天的周封追问他学霸说什么了，叶钦抄起化学书盖在他脸上：“关你什么事！”

直到第三节课铃声响起，老师进教室开始板书，叶钦才慢吞吞地摸口袋，塑料纸摩擦发出清脆的声响，他低头一看，小卖部的牛奶味棒棒糖。

即便已经是高二下学期，理科（2）班也不比尖子生班，平时下课都按时按点。今天班主任孙老师不知道发哪门子疯，晚自习最后一节课跑来讲试卷，讲完又发了张新的，让不及格的同学把第二卷的填空题全部重新做一遍。

叶钦以一分之差不幸拿到新试卷，眼看还有十来分钟下课，趁老师不备，一只手在课桌下飞快地发短信，告诉程非池自己今天被留堂了，让程非池先走。

他发完又觉得多此一举，那谁又没说要等他。

他果然没有收到回复。

叶钦更加不慌不忙，一笔一画地写方程式，加号都描得横平竖直。

中午回家吃饭时得知叶锦祥今天从外地回来，叶钦不想跟他碰面，上次回家吃午饭跟他碰上，被拉着说教半天，尽管话题来回变换，却都围绕着他那辆不慎被蹭掉漆的商务车不放，说那个看门的保安多么无赖、不讲理，以此佐证多读书、有文化的重要性。

叶锦祥充满优越感的嘴脸令人生厌。

拖着拖着就过了10点，把试卷放到讲台上，锁门出教室，走到后门时，叶钦困得哈欠连天，寻思着要不把自行车扔学校，打个车回去算了。

往前走两步，他看见二（2）班停车处的路灯下站着个人。

程非池合上手里的书，随手放进车篮里，拍拍车座：“走吧。”

走到马路边上，叶钦才想起什么：“你不去打工啊？”

程非池道：“晚上不去了，下周有竞赛。”

叶钦不懂学霸世界的构成，他连课标内容都学不好。

“你呢，怎么被留堂了？”程非池问。

叶钦不好意思说是因为小考不及格，胡扯道：“就、就在教室里写了会儿作业。”

这话从一个平时只抄作业的人嘴里说出来，显然没什么可信度。程非池也不戳穿，点头说：“有不懂的，可以问我。”

名师程老师很少主动说要教谁，叶钦这会儿才有了点两人关系今非昔比的实感，放大胆子问出第一个问题：“你刚才是不是没收到我发的短信？”

“收到了。”

“那为什么不回我？”

程非池手上推着两辆车，偏头看他：“我已经在楼下等你了。”

“可是我让你先走啊。”

程非池把视线收回去，直视前方：“我想等你。”

叶钦眨眨眼睛，学霸的脑回路他同样理解不了，无奈之下只好在心里盘算，以后下晚自习不能四处晃荡、拖拖拉拉了，因为有人在等他。

这么不温不火地过了一个星期，叶钦“肉眼可见”地越来越乐意上学，连迟到早退的次数都少了。

不明真相的周封还以为小卖部的牛奶棒棒糖换了新配方，刚下课就忙着刺探军情：“你和学霸相处得怎么样了？”

叶钦叼着棒棒糖，含含糊糊地说：“什么怎么样？”

周封也没干过这种考验演技的事，只能用贫瘠的理论知识给他瞎出主意：“对程非池这样的人，硬的不行你就来软的，如果惹他不高兴了你就卖萌撒个娇，我家阿钦这么……”

叶钦险些把糖喷出来，脸登时红了：“闭嘴！”

前桌在大声朗诵英语课文的廖逸方肩膀一抖，颤巍巍地转过来，嘴巴闭得紧紧的。

周封拍他的肩安抚他："不是在说你啊圆圆，别怕别怕。"

等廖逸方心有余悸地转回去，叶钦迟钝地察觉到什么，狐疑道："圆圆？"

周封把脑袋从游戏机里抬起来，咧着嘴笑："我给班长起的爱称啊。"

"为什么叫圆圆？"

周封挠头："不然叫方方？"

叶钦鸡皮疙瘩起了一身，转念就开始琢磨，是不是也该给程非池换个称呼，老"喂"来"喂"去的也不是个事儿。

他是个行动派，想到哪里做到哪里，上课又偷偷发短信：你想听我叫你啥?

下课前五分钟收到回复：什么都行。

等于没说。程非池平日里喜怒不形于色，叶钦摸不准他的喜好，试探着发了几个选项，程非池、程老师、程同学，那头都没回复，好像不太喜欢。

学霸的心思你别猜，叶钦索性放弃了。

没想到他们第一次约好的行程，竟是他送程非池去考场。

昨天听说他周六要参加物理竞赛初赛，叶钦自告奋勇要开车送他，结果自己睡过头，慌得衣服扣子都来不及扣，随便蹬了双鞋就出门了。

要考试的程非池反而冷静沉着，让他不要开这么快，考试开始后十五分钟内都可以入场。

一路风驰电掣，加上路况良好，没出现预计的堵车状况，他们抵达考试地点时距离开场还有近二十分钟。

叶钦趴在方向盘上嘘出一口气，挥着软绵绵的手让程非池赶紧进去。

程非池下车，绕到驾驶座这边，打开门，躬身帮叶钦系鞋带，边系边说："以后不管多赶时间，开车都不要着急。"

叶钦垂眼看他的动作，嘟着嘴甩锅道：“还不是怪你，打电话不接，短信也不回，等不到我，你不会自己先打个车走啊？”

“手机设置了静音，没注意。再说——”程非池给叶钦系了个漂亮的蝴蝶结，直起腰道，“你不是来了吗？”

叶钦又被他这套看似讲道理实际说不通的逻辑搅晕了，嘴上还是不服气，借题发挥道：“那你也不能总不回我信息啊，这什么坏习惯……”

他还对之前被冷落、无数条短信石沉大海的事耿耿于怀。

程非池看他鼓着腮帮子一脸不满，唇角禁不住上扬：“嗯，坏习惯，我改。”

把考生送进考场，叶钦放低座椅靠背，躺在车里玩手机。

玩了一会儿，叶钦瞄一眼右上角的时间，离考试开始还有十分钟。

想起刚才程非池的承诺，叶钦蠢蠢欲动，切换到短信界面给他发短信：考完试有时间吗？一起看电影啊？

叶钦发完就捧着手机，在心里掐秒等待。

他数到三十，手机响了。

程非池说到做到，虽然只回复了一个字：好。

叶钦安心地在车上睡了过去，大战小怪兽的梦做到一半，被叩击车窗的声音弄醒了。

按开车锁，程非池从副驾上车，叶钦揉着眼睛摸手机看，才刚过10点。

他一下子清醒了，瞪大眼睛问程非池：“你提前交卷了？”

程非池把背包扔到后座：“嗯。”

叶钦没参加过什么竞赛，把它想象得比期末考试还严肃，急道：“干吗提前交卷？有时间多检查两遍啊，万一有写错算错的呢？”

程非池看他家长般忧心忡忡的模样，觉得有趣，从口袋里掏出面纸，倾身过去给他擦嘴角的口水："题目很简单，没问题的。"

叶钦不知道自己哈喇子淌了半张脸，一下子又羞又尿，接过纸自己擦，半晌后讷讷道："那、那就好。"

到时代广场的时候还不到 11 点，叶钦没吃早饭嚷嚷着饿，先去 KFC 买了份汉堡套餐，把汉堡和翅中挑出来，翅根和薯条扔在一边。

吃了两口他才想起身边多了个人，有点不好意思地问："你吃吗？我给你也买一份？"

程非池说不用，然后把他嫌弃、不吃的，都吃掉了。

午饭吃的是日料，叶钦喜欢刺身，点了好几个拼盘。

程非池看着他把三文鱼从冰块上夹起，蘸了点酱油就往嘴里送，表情逐渐凝固，倒了杯热水推到他跟前，让他搭着热水吃，好歹中和一下生冷。

叶钦笑得前仰后合："哪有吃刺身喝热水的？配葡萄酒才是正经。"他说着伸长脖子拍桌子道："有没有白葡萄酒？这桌来一瓶。"

最终还是没点，程非池沉着脸的时候有多可怕，叶钦体会过很多次，见好就收的道理他还是懂的。

午餐吃到尾声，叶钦抱着手机上网搜最近上映的电影，程非池趁他低着头专注入神，去前台把账结了。在乘电梯往楼上的影城去的路上，叶钦还满不高兴地埋怨他抢着结账，让自己很没面子。

结果买电影票的时候，又让程非池抢先一步把钱付了，叶钦气得不行："你钱多烧的？刚才那一顿够你打好几天的工了。"

说着叶钦从钱包里数出几张百元大钞，要往他口袋里塞。

程非池抬胳膊挡开，脸色淡淡的，看不出任何情绪，只说："应该我付。"

到电影院里面坐下，叶钦才反应过来，这家伙分明是把自己当女孩子在照顾，顿时热血冲头火冒三丈。碍于电影开场必须保持安静，他赌气地把手上的爆米花放在两人中间，身体靠着右边扶手，故意离程非池远远的。

看的是一部动作喜剧片，开场不到二十分钟，叶钦就入了戏，跟着镜头哈哈哈地笑，一口爆米花吃呛着了，随手接了旁边人递过来的拧开瓶盖的苏打水。

冰凉的水下肚，突然意识到两人刚刚闹完别扭，叶钦嘴角一垮，把瓶子往扶手的饮料座里一放，板着脸继续看电影。

到后半段，满肚子气散得七七八八，叶钦又用眼角的余光偷摸着瞄身边的人。

程非池从头到尾似乎都没变换姿势，脖子和腰杆挺得笔直，眸中倒映着银幕上忽明忽暗的光影。表情也没怎么变，周围人哄堂大笑的时候，他几乎没有反应，轮廓分明的侧脸仿佛一座精雕细琢的雕塑。

叶钦觉得奇怪：这家伙跟我在一起的时候笑容挺多的啊，难不成这电影还没有我好笑?

得出这个结论的叶钦不知道是该高兴还是该跳起来打人。

网上说电影结尾有彩蛋，叶钦打算坐等到最后。

这会儿周围的人差不多走光了，顶灯亮起，他抓了两颗爆米花举到程非池跟前："你吃不吃？"

他看着像是服软，实际上是吃不完，又找人处理"垃圾"来了。

程非池本就没生他的气，稍稍侧头，直接用嘴接过叶钦递来的爆米花。

走出电影院，叶钦忙着发朋友圈讲观影感想，程非池走在他侧前方，带着他走出人群，找了个人少的地方，站着等他发。

叶钦打了一大段文字，临发送的时候觉得缺了什么，打算把电影票拍了发上去做配图。程非池把两张票按照他的要求像拿扑克牌一样展开给他拍，叶钦从各个角度拍了好几张，光挑选照片就花了五分钟。

发出去第一时间他就让程非池去给他点赞，程非池问他点赞是什么，他才想起程非池的手机是个充一次电能待机七天的老古董。

叶钦忍不住撺掇道："你换个手机呗，现在谁还用短信交流啊，上回想给你发个照片都不行。"

他其实还想说"我给你买一个呗"，又想起之前示好被拒的种种经历，知道程非池不会接受，还是自觉地闭上嘴巴。

程非池没有一口回绝，却也没立刻答应。

智能手机刚开始在市面上普及，随便一台都要上千块钱，而这东西对他来说可有可无。他节俭惯了，遇到这种问题首先思考的就是付出与收益之间的对等关系是否成立。

见他犹豫，叶钦的嘴巴噘得老高，摆手道："算了算了，我再开个短信包月套餐好了。"

因为物理竞赛，程非池早早地与各方联系，把今天的家教工作推到周日。晚上整理明天要用的书本时，放在桌角的手机响了一声，叶钦又发消息来了。

貌似是一道脑筋急转弯：换心手术失败，医生会对病人说什么呢？

程非池想了想，回复：对不起。

叶钦：哈哈哈哈……错了。

接着又发来一条：一个人的夜，你的心，应该放在哪里？

程非池：歌？

叶钦：是啊，你没听过？

程非池：可能听过，记不清了。

叶钦：你笑了没?

程非池：笑什么?

叶钦：……好吧，要是有微信多好，我唱给你听，你一定会笑的。

程非池不知道他在瞎琢磨什么，关于买台新手机的事却再次在脑海中浮现。

打开抽屉，看一眼存折上的余额，在脑海中将上半年的收入大致计算了一遍，确认拿出两三千块钱不会对生活造成影响后，他把存折和明天要用的书一起放到书包里。

不仅仅是为了听唱歌，程非池想，世界上总有些东西不能用金钱和所谓的价值来衡量。

周一到学校，周封指着朋友圈的照片质问叶钦跟谁鬼混去了，叶钦理所当然地说："就那个谁啊。"

"动作很快嘛。"周封立刻换了副表情，欣慰地拍叶钦的肩膀，"照这个节奏，暑假前就能把他搞定了吧？"

叶钦嫌弃地往后闪，周封揽着他的肩往回拽，语重心长道："你这不爱跟人身体靠近的毛病得改，莎士比亚说过，肢体接触是友情升华的重要方式之一，哪怕打一架也好啊，你这样躲来躲去的，怎么跟人培养感情？"

叶钦白眼一翻："打一架？我信你就有鬼了。"

周封喊冤："我是真心实意地在给你出谋划策啊，大家都血气方刚的，不打不相识嘛。"说着站起来胳膊一伸，把前排的廖逸方钩到跟前，拍了拍他的脸蛋，"看吧，简单轻松。"

有同学起哄说班长气得脸都红了，周封扳着廖逸方的下巴看，稀奇道："这么小气干吗，碰都不能碰一下？"

廖逸方扭身向后，艰难地推推眼镜，真像被气着了，抖着嘴唇说：“那、那、那个不是莎士比亚说的。”

叶钦面上虽嫌弃，背后却还是偷摸思考起用肢体接触推进关系的可行性。他一个男的，碰一下、靠一下也没什么损失，如果能就此迅速拉近和程非池的距离，倒也不失为一个好主意。

如何接触又让他犯了难，总不能像周封那样把人抓过来打闹着玩吧?

上午前两节课，叶钦给程非池发了七八条短信，继续给他讲冷笑话。程非池每条都回了，后来可能觉得频率太高，在短信里提醒叶钦好好听讲，小心被老师发现。

叶钦才不怕，早操时听国旗下的讲话，还躲在周封后面偷偷摸摸发短信，问程非池中午吃什么。

程非池回复说中午在教室吃，于是第四节课一下，叶钦就飞奔出教室，穿过两栋楼之间的回廊，大剌剌地走进只有一个人在的二（1）班。

抬脚跨坐在前排同学的椅子上，叶钦不忍心看程非池用热水泡饭，不由分说地帮他把刚打开的饭盒盖上：“我们今天吃外卖呗，我想吃排骨了。”

程非池看了看压在饭盒上的手，说：“我做了双人份，有排骨。”

叶钦吃过程非池做的饭，当即便改了主意，抱着两个饭盒跑到这层的教师办公室，嬉皮笑脸地说了一顿好话，让老师同意他借微波炉一用。

班主任孙老师也在办公室，感叹道：“没想到我们叶钦同学也知道从家里带饭省钱。”

叶钦咬着勺子嘿嘿地笑，没说这饭不是从家里带的，而是程非池做的。

因为饭盒里的米饭和菜上下三层分开装，所以热得不是很均匀，幸而天气不冷，先前也一直用保温袋储藏着，吃起来还算新鲜爽口。

叶钦无肉不欢，勺子只往排骨那边伸，程非池偶尔夹一筷子四季豆放他碗里，他的脸立刻皱成一团，眉头皱得能夹死苍蝇。

最后排骨几乎都进了叶钦的肚子，他边摸着肚子打饱嗝边提要求："下次最好都用仔排，大块肉最不好吃了，咬都咬不动。"

典型的得寸进尺，吃别人做的饭还挑三拣四。

程非池却爽快地应了下来，随后补充说："我只有周末有时间做饭，周二到周五你还是回家吃吧。"

叶钦听了有点不高兴，无精打采地托腮晃腿看程非池收拾，看着看着突然想到什么，问："我今天要是不过来，你是不是就要邀请别人共进午餐了？"

程非池愣了一下，随即便笑了："也许吧。"

叶钦更不高兴了，踹桌腿表示不满。

踹了好几脚也没人来哄，他哼哼唧唧地掏出手机，歪着脑袋趴桌上玩，玩了一会儿，听见程非池问他："你的微信号是多少？"

"干吗？你手机又没法……"

说到一半，叶钦就收了声。

他看见程非池手上拿着一台黑色的新手机。

晚上回到家，程非池新注册的微信上又收到叶钦发来的大段语音。

"啊，我越想越气，花三千多块钱买去年的旧款多亏啊，明天你就去把它退掉！你想想啊，再加点钱都能买我手上这款手机了，同一个系统还能一块儿打游戏呢。"

叶钦正在屋里走动，说话声里混杂着脚步声，末尾听筒里传来凳子摩擦地板的嘎吱声，人坐下了，接着稀里呼噜一通响，貌似在喝什么东西。

程非池把这段长达 23 秒的语音又听了一遍，几乎可以在脑海中描绘出叶钦此时懒洋洋的样子。他不习惯发语音，手指在虚拟键盘上不太适应地打字：我觉得挺好的，够用了。

收到意料之中的回复，正在喝汤的叶钦鼓起腮帮子，吞咽的同时把“钱不够我给你啊”这句话一并带回肚里。

今晚叶锦祥在家，罗秋绫给儿子盛过汤就上楼去了，在楼下隐约能听到叶锦祥诸如“水太烫”“春天到了还不换薄点儿的被子”“在家待了一天都不知道开窗户”之类的指责抱怨。

叶钦听得恼火，把空碗和手机一并重重地拍在桌上，待到楼上的声音收敛了一些，起身去洗澡。

只有叶锦祥在家时，叶钦才会在楼下的卫生间洗澡。洗完出来，就近坐在客厅的沙发上擦头发，他不喜欢用电吹风，机器运作的轰隆声听着令人烦躁。

临近 4 月，天气已经算不上冷了，罗秋绫怕儿子着凉，这会儿屋里还开着地暖。

叶钦被裹挟着湿润水汽的暖空气熏得昏昏欲睡，擦了一会儿头发，困意成倍上涌，干脆扔掉毛巾倒头躺在沙发上。

脑袋一不留神硌到叶锦祥扔在沙发上的外套，叶钦闭着眼不耐烦地伸手去扯，衣服没扯开，摸到口袋里藏着的一张纸。

是一张发票，抬手举在眼前随便瞟了一下货物名称栏的字，叶钦的眼睛倏地睁大。

手机，和程非池新买的是同一个品牌、同一个型号，连颜色都是一样的。

叶钦的视线往右上角转移，上面用蓝字印着的开票日期正是昨天。

周二体育课下课回到教室，程非池顾不上穿外套，第一件事就是拿出手机看有没有未读消息。

屏幕上空空如也，一条新消息都没有。

同桌也是个男生，边扯衣服擦汗边八卦道：“等谁的短信呢？”

程非池笑了笑没回答，点开微信后犹豫几秒，给叶钦发了个系统表情。

直到下午最后一节课下，叶钦才慢吞吞地回复一个打哈欠的表情。

原来是困了，程非池暂时放了心。

晚自习前他就把作业都写完了，想到叶钦上周抱怨说对新学的电解质方面的内容一知半解，花两节自习课的时间写了一份知识点梳理，然后从做过的试卷上抄了两道大题，把解题步骤细致详尽地写上去。

写完他又从头看了一遍，确认理解起来没什么难度，才把那两张用红、黑两种颜色的笔写得密密麻麻的A4纸叠起来塞进口袋。

然而，这天晚上他没在停车处等到叶钦。

去到楼下看见高二（2）班的灯已经熄了，程非池还是上楼转了一圈，教室前后门紧锁，确实没人在。

出去的时候保安正在关铁门，问他怎么逗留到这么晚，程非池说在教室写了会儿作业，保安大叔心领神会地笑了：“别当叔叔不知道，你们这些小年轻，这个点留在学校里哪能是为了学习。小女朋友从正门走了吧？可得小心啊，碰到我这个老头子还好，碰到刚好去宿舍楼巡查的老师就麻烦了。”

程非池无话反驳。周围总有人开玩笑地说他长了一张不早恋都浪费的脸，他本人对此并没有什么特殊的感觉。

推着车走在小路上，程非池斟酌再三，又给叶钦发了条微信。

叶钦今天翘了最后一节晚自习，到家把书包一甩就裹着被子睡了。

昨天整夜没睡好，早上起来在餐桌上遇到叶锦祥，叶钦还是没忍住，旁敲侧击地问他是不是该换手机了。

孰料叶锦祥不仅一点儿没慌，还欣慰地夸他懂得关心长辈了，接着以身作则表演勤俭持家，说自己的手机没坏还能再用一阵子。

叶钦差点就把“那你星期天买的手机是给谁的”问出口了，看着罗秋绫忙里忙外在给父子俩准备早餐，脸上洋溢着幸福的笑容，又实在不忍心打扰母亲难得的愉快清晨。

总之不是给自己买的，就是买给别人的。退一步讲，程非池那么穷，手机市场国产品牌遍地跑，不到一千块钱的智能手机也不是没有，为什么要买名牌，还偏偏跟叶锦祥买的是同一款?

许多巧合连环相撞，那就是真相。叶钦认定了这一点，却没法当着母亲的面给父亲难堪，就只好把气撒在程非池身上，白天故意不给他发消息，晚上先走了也没跟他说。

虽然忍得很辛苦，可是想到母亲知道真相后可能会受到的伤害，叶钦觉得这些不过是毛毛雨罢了，那个谁活该受着。

迷迷糊糊中，听见枕边的手机响了一下，叶钦摸到手机揣进被子里，在黑暗中点亮屏幕，看见程非池发来的消息：到家了吗?

没有问叶钦怎么了，也没问叶钦为什么不理他，程非池淡定得好像什么事都没发生。

叶钦见他这样反而更生气，从鼻子里“哼”了一声，把手机扔回床头，用被子蒙住脸假装什么都没看到。

第二天上午大课间，门口的女生喊“叶钦有人找”，叶钦充耳不闻，戴着耳机玩游戏。

过了一会儿，一张叠得方方正正的纸传递到他跟前，叶钦打开一看却是整整两张化学笔记。叶钦认出程非池的字，一不做、二不休地揉成一团反手扔向后面的垃圾箱。

纸团被路过的廖逸方捡到了，他把纸团展平放回到叶钦桌上，惊讶地问：“叶钦，这么好的笔记干吗扔掉？”

“这是程同学写的吧？原来你们私底下也有联系啊，真好。”廖逸方说着又看一眼那两张纸，眼馋道，“电解质是咱们班好多同学的薄弱项呢，这两张纸可以借给我复印几份发给大家吗？”

叶钦挥胳膊把那笔记往地上扫：“拿走拿走，爱怎么印怎么印，别再让我看见它。”

廖逸方美滋滋地捧着两张皱巴巴的纸走了。

上厕所回来的周封目睹了这一切，坐回座位上，凑到叶钦跟前压低声音问他：“怎么，跟那谁吵架啦？你们最近不是关系挺好的吗？”

叶钦皱眉道：“谁跟他关系好？”

周封当他嘴硬的傲娇病又犯了，也没多想，问他周末是跟他们一块儿玩还是要跟着学霸学习？

“学个头的习，”叶钦黑着脸不耐烦道，“周末在哪儿玩，还是老地方吗？”

一晃到了周五。

晚上没有自习，夕阳西下时分，学生们一窝蜂地拥出教室，回宿舍的、去食堂的、回家的，都勾肩搭背，说说笑笑，对他们来说，接下来的两天才是属于自己的好时光。

但这并不适用于某些离开学校还有补习班要上的学生，以及程非池这种每天的时间都排得满满当当的人。

他又接了一份初三学生的家教工作，放在周六上午。那家的家长对他参加过物理竞赛的经历很感兴趣，让他给自家孩子也辅导辅导，言语中大有想让孩子在高中拿奖，早些争取到名校自招名额的意思。

程非池无法在口头上让家长了解竞赛的难度，打算明天先把微积分方面的书带过去给学生看看，这样更直观。许多家长喜欢纸上谈兵，恨不得孩子一口吃成个胖子，总要让他们试一试才懂得知难而退。切忌好高骛远。

这种情况他向来应付自如，仿佛无师自通。然而上天不会把两种极端的才能赋予同一个人，程非池擅长处理这种流于表面的人际关系，亲密一点的反而让他无所适从。

比如这么多年了，他都不能准确地把握和母亲程欣之间的距离，不管她放不下心，管她又把握不好度，导致相依为命近二十年的母子俩相处得越发像最熟悉的陌生人。

再比如当下与叶钦的僵局，他不知道是该等小家伙自己消气，还是该主动一点直接去找叶钦。

虽然他连哪里惹叶钦不高兴了都不知道。

在这段关系中，程非池把自己放在照顾人的位置上，叶钦便是需要被照顾的那个。

其实也没什么特别的原因，叶钦年纪小，家庭条件又好，在蜜罐里泡大，有些娇纵的小脾气再正常不过。既然决定开始，并且说过要负责，程非池自然希望这段关系能往好的方向发展，并且尽可能延长时效。

是叶钦先不计回报地扑向他，给他乏善可陈的单调生活涂上第一抹色彩。既然他敞开怀抱接受了，那么现下所有的包容和退让便都是理所应当。

今天依旧没能在后门等到人，程非池去二（2）班的停车处看过，叶钦的单车不在。

毕竟没有约定过每天放学后都要见面，兴许他这阵子有别的事忙，顾不上搭理自己，而且好兄弟也需要距离和空间，两个人总不能整天黏在一起。

实际联系理论地想着，程非池放宽心，骑车往家里去。

口袋里已经积攒了四根没送出去的牛奶味棒棒糖，回到家换衣服的时候，他顺手把它们掏出来摆在书桌上。

晚上返回房间看到桌角孤零零的棒棒糖，程非池想了想，拿起手机拍了几张照片，挑了一张构图最好看的发了第一条朋友圈。

叶钦是在周六晚上刷到这张照片的。

周五一下课后他就从学校前门跑了，载着周封和孙怡然直奔刘扬帆家的茶馆。

茶馆里头与时俱进，最近刚装修完成一个新舞台，据说从国外引进了什么全息投影技术，可以体验一把虚拟与现实的双重世界。

叶钦被周封拉着去看了，觉得跟去年暑假叶锦祥为了装高雅带他去F国看的走秀舞台差不多，炫目的灯光晃得人头晕，台上扭屁股的姑娘也不如T台上的长腿好看，还不如闭眼睡上一觉。

然后他就真的去睡觉了。醒来后先给罗秋绫回个电话，磨磨蹭蹭泡个澡再看部电影，要不是拿到手机看了一眼时间，他连外头天黑了都不知道。

孙怡然难得在外留宿，这会儿去别的房间做脸了，周封跟去旁观了一会儿觉得无聊，抱着一盘车厘子边吃边推门回来了。

走进包厢门，刘扬帆和赵跃在打桌球，叶钦还在沙发上半死不活地摊着。周封晃荡过去，拈起一个车厘子往叶钦嘴里送，叶钦偏头躲开，满脸仿佛都写着“离我远点”四个字。

周封在他旁边坐下，问在打球的两个人：“你俩咋回事儿，光知道自己玩儿，也不带上我们阿钦？”

赵跃一杆把两颗球撞进洞，抬头道：“他心情不好，不跟咱们玩啊。”

“怎么了，宝贝儿？”周封迎难而上地凑到叶钦跟前，“还是感情问题？”

叶钦没理他，目不转睛地盯着手机屏幕上的棒棒糖看，一共四根，周二到周五每天一根。他下意识舔了舔嘴唇，舔完后又鄙视自己，这有什么好馋的?

他冷了程非池好几天，其间收到的消息也都只回了几个表情，这会儿其实不怎么气了，就是压不下因为无能为力产生的那一点儿烦躁感。偏偏这事儿还不能跟别人说，他只能自己消化，简直快憋死人了。

赵跃放下球杆，一面往这边走一面问道："怎么?那家伙又惹你不高兴了?我看你也别跟他耗了，我们几个直接去教训他一顿，教训到你满意为止。"

"别介啊，"刘扬帆也过来了，吊儿郎当地把耳朵上夹着的烟拿在手上吹了吹，"都到这份儿上了，半途而废不就前功尽弃了吗?"

叶钦没有赞同任何人的观点，兀自把手机扔在茶几上，说："你们玩你们的，别管我。"

"我上回教你那招不管用?"周封奇怪道，"不能够吧，我们阿钦亲自上场，还不得马到成功、手到擒来?"

刘扬帆嗤笑道："别'我们我们'的啊，我们跟你可不一样，你看见哪个长得漂亮都走不动道。"

周封嘿嘿地笑："那倒是，我最近就觉得我前桌挺好看的，皮肤也嫩得很，就跟这车厘子似的。"

叶钦正烦着，听不下去他的污言秽语，抄起一个抱枕就往他脑袋上砸。

几个大男孩坐在一块儿吹牛皮，左右绕不开这些贱了吧唧的话题。刘扬帆绕到另一边坐下，顺口就打听起了叶钦的整人进度："怎么回事儿?那学霸不是答应你了吗?难不成是学习太枯燥无聊，答应着玩玩?"

这话要放在平时也就打个哈哈应付过去，但放在当下，听进叶钦耳朵里就有点像挑衅，仿佛在公然嘲笑他连个穷光蛋都搞不定。

不想在朋友面前丢面子的叶钦当即反驳道："没，他听话着呢，我指东他不敢往西。”

“呦，这么厉害。”赵跃也来了兴趣，凑过来帮刘扬帆点上烟，腿一伸歪坐在沙发扶手上，“那打个电话叫他来，咱们哥儿几个再教教他做人。”

想到去年便利店的事，以及后来被拎到派出所门口的可怕经历，叶钦毛骨悚然，想都没想就拒绝道：“不行。”

刘扬帆被他突然严肃的表情逗乐，看热闹不嫌事大地说：“瞧咱们阿钦怕得，难不成你才是被整的那个？”

叶钦耳根子软，最是禁不得挑唆。他立即被踩了尾巴似的跳起来，拿起手机给程非池发微信：我在中山路南国茶馆，来接我。

他发完举起手机给众人看，抬高下巴道：“喏，等着瞧到底谁怕谁！”

程非池的周六比预计中还要忙碌。

早餐店又接了外面订购的活儿，还是红糖馒头。老板把两百个错记成一百个，做着做着红糖不够用，程非池踩着自行车去刚开门的菜市场买，回来继续帮着揉面，一刻都没停下。

最后一个蒸笼上屉的时候，老板感激涕零，擦擦手掏出一百块钱就往他手上塞，说干了这么久都没发过奖金，让他拿着去买点零食，程非池推辞不过，便收下了。

上午的家教结束，他没去图书馆，而是去五金市场走了一圈，在那边货比三家，花刚拿到的一百块钱买了一个沉甸甸的钢制自行车货架，跟店铺老板借了工具，费了一番功夫将它装到车尾，自己跨上去试了试，承重力还不错。

看店的是个女老板，笑眯眯地说：“装上这个就可以载喜欢的姑娘上学咯。”

他的自行车后面钉着六中统一的号码牌，一看就知道是个学生。

程非池脸上难得露出一丝赧然。随着认识渐深，叶钦越来越疏于掩饰自己原本的习性，他懒得骑车，经常把车扔给程非池推，有一回下晚自习后困极了，边打哈欠边问能不能坐在车前杠上，让程非池连他一起推算了。

程非池装车后座倒不是为了载喜欢的姑娘，而是载一个小懒虫。

程非池中午在路边随便吃了份快餐对付，下午接着做家教。魏嘉琪这次月考因为粗心大意连着两道数学大题一分都没拿到，掉了好几个名次，他的妈妈光教训他还不够，连着程非池一块儿骂，说程非池一个高中生水平到底不行，要扣工资。

程非池深知父母的态度对这个年纪的孩子有多大影响，把所有责任独自揽了下来，由着魏嘉琪的妈妈扣除一个月的课时费，今天还专门延长了一个多小时帮魏嘉琪分析试卷。

送程非池走的时候魏嘉琪快哭了，在门口压低声音说损失的课时费他会拿零花钱慢慢补上，程非池安慰他说："没事，父母挣钱不容易，你有多努力，他们总有一天会知道的。"

到楼下，程非池像往常一样做了几个深呼吸，觉得胸中浊气被排遣一空，才骑上车回家。

路过银行时他下车在 ATM 机上取了几张红票子。一天下来倒贴好几百块钱，明天如果约会的话，身上的钱可能不够用。

到家门口，程非池还在思考该怎样给叶钦发消息问对方明天有没有空。虽然本就应该是他发出邀请，可先前都是叶钦主动，他对这件事还是有些陌生。

拿钥匙打开门的那一刻，程非池的思绪被放在玄关的两双鞋骤然打断。

程非池没想到过年的时候盼着的两位老人家会在这个时候突然造访，程欣显然也毫无准备，杯子都是从厨房的柜子里新拿的。

坐在沙发上的年长女人瞧着跟去年差不多，身上穿着挺阔的灰色呢大衣，半长的头发整齐地别在耳后，看见程非池进来，第一个起身上前，和蔼道："小池回来了。"

室内气氛凝重，程非池道了声"外公、外婆好"，便被外婆拉进房间。

"我们把地方让给他们聊，小时候他们父女俩就要好，经常撇开我说悄悄话，我想插嘴都插不上。"外婆微笑着，进屋后把注意力放到程非池身上，感叹道，"又长高了，是个大小伙子了。"

程非池把椅子让给外婆坐，自己坐在床沿。外婆翻了翻他桌上的书，边翻边问："现在是在六中念书？"

程非池点头："嗯。"

"高三？"

"不，高二。"

外婆愣了一下，随后叹了口气："你妈也真是，有困难死倔着不跟我说，就算她爸心里还有气，关乎你前途的事儿他也不可能不管。"

程非池沉默片刻，说："只耽误一年而已，现在挺好的。"

"六中和师大附中怎么能一样？"外婆摇头道，"我们知道的时候，你已经退学走了，不然无论如何也得托人把事情查清楚。"

外公和外婆退休前都是师大附中的教师，程欣曾经念的也是这所中学。

程非池动容，两位老人是他在这世上除了母亲以外最后的亲人，虽然一年都见不上两回，没想到他们还是惦念着他。更没想到听到那样不堪的事，两位老人家没有质问或者责备，而都选择相信他。

外婆见他恍神，安抚他道："就算没在我们身边长大，你是什么样的孩子，我们能不知道吗？"说着又想起过去的事，眉宇间流露出一抹忧愁，"你妈妈也是，那么好的孩子，就是太固执了，当初要是听我们的话……”

外面突然传来一声暴喝：“我看你是疯魔了，当别人的外室当上瘾了，是吗？”

外婆急忙站起来出去，程非池紧随其后，到外面客厅，只见外公负手站着，程欣与他面对面，两人皆是沉着脸，气氛相较刚才没有丝毫缓和。

外婆上前去拉外公的胳膊：“有话好好说，一年到头难得见一面，别大呼小叫的。”

“她也知道一年到头难得见一面？当年说走就走，一晃就是二十年没回来！”外公说完反身再次面向程欣：“你多有本事啊，未婚先孕，爹妈都不要了，现在住在这破房子里让孩子跟着你一块儿受苦，这就是我从小教你的做人要有骨气？”

外公已经七十岁了，斥骂的声音早已不再洪亮，程非池看见他举着的手都在抖。

程欣默不作声，外婆先忍不住，捂着嘴别开脸，一时间屋里只听见她的抽泣声。

程非池给外婆拿面纸，外公终是松了口，放缓语气道：“总之，先跟那些个人断了往来，就算你不在乎脸面，至少也该为孩子考虑。”

听到“脸面”二字，一直沉默着的程欣忽然有了些反应，她微微抬头，目光冷静沉着，陈述事实般地回应道：“我不是外室。”

程非池送外公、外婆上了出租车，外头天已经擦黑。

程非池回到家里，程欣在厨房煮粥，听见关门声无甚反应，头都没回一下。

程非池有好多话想问母亲，他从外公的话中确定了某些猜测，连同以往七零八碎的片段一起拼凑出了一个相对完整的事实，他想问程欣现在所做的一切究竟是为了他的前程，还是纯粹因为一己私欲。

然而程欣根本没打算解答他的疑惑，在饭桌上平静地问他有没有看给他的国外学校的资料，仿佛刚才什么都没有发生过。

程非池心口堵着一团气，再次表明自己不会出国。

程欣兀自淡定："那下学期再说吧，不读预科直接念大学也行。"

程非池噌地站起来，阴沉的脸色足以看出他心里压抑着的愤怒。

这是他最近不知道第几次对抗母亲，他不知道这样算不算不孝，至少相较外公口中母亲做过的事，他的违抗只能算是幼稚可笑的青春期叛逆。

然而更可笑的是，如果没有程欣当年的"不孝"，就没有现在站在这里的他。

程非池一时有些茫然，仿佛眼睁睁地看着许多矛盾的念头在脑海里缠绕冲撞，变成一个又一个解不开的结。

回到房间里坐了一会儿，程非池勉强沉住气，路过客厅去卫生间时，看见程欣背对着他站在水池边的瘦弱背影，心又蓦地软了下来。

程欣到底是他的妈妈，独自辛苦地将他养大的妈妈。

叶钦的短信就是在这时候进来的。程非池刚好想出去透透气，径自走到玄关换鞋。

程欣问他去哪儿，他说去找同学，拿上钥匙拉开门出去了。

中山路地处依山傍水的城南，是首都有名的富人聚集区，周边净是成栋的别墅洋房，连道路都比别处的干净敞亮。

程非池对这一带不熟悉，下公交车后，打开手机使用导航功能，沿路又问了两个路人，才摸到叶钦说的南山茶馆。

门口灯光璀璨，玻璃窗擦得光可鉴人，一眼便可望见大厅里的富丽堂皇。即便没来过，程非池也能猜到这是有钱人休闲玩耍的地方。

他被保安拦住进不去，站在门外给叶钦发消息：我到了，在门口。

不到一分钟，茶馆里面的某个私人包厢里喧哗声沸腾，周封举着叶钦的手机哈哈大笑："你们快看，你们快看，他真的来了！"

赵跃凑上去确认："呦，还真来了，够听话的啊。"

孙怡然刚做完脸回来，不明真相地问："谁来了呀？"

叶钦在等待的一个小时中喝了三杯葡萄酒，此时面颊酡红，劈手夺过被周封抢走的手机，得意道："我说吧，你们还不信。"

刘扬帆歪着嘴似笑非笑，一拍大腿道："那成了，我们几个去门口会会他。"

叶钦立刻换了副面孔，一把拉住他："不准去。"

赵跃："呦，阿钦心疼了，舍不得咱们动他。"

叶钦凶巴巴地瞪他一眼，打了个嗝，摇头晃脑地说："让……让他在门口等着。"

孙怡然一头雾水，见叶钦不说，转而去问周封，周封在嘴上做了个拉上拉链的动作，赵跃和刘扬帆也但笑不语。她好奇心发作，站起来就要亲自出去看看。

叶钦怒上心头，跳起来三步并作两步蹿过去挡住门："都不准去，谁去我跟谁绝交！"

"好了好了，都坐下歇歇，"刘扬帆给两人各端来一杯果汁，对孙怡然解释道，"阿钦家里的用人，我们刚才打赌，赌他能不能找到路呢，没什么好看的，等不到人他就自己走了。"

孙怡然半信半疑地接过果汁，巡视几人一圈，说："你们好坏啊。"

周封无所顾忌地笑，把门口的叶钦往回拉，意味深长道："用人就是用来支使的，这哪能算得上坏。"

叶钦坐回沙发上，心里还是闷闷的，完全没有"打赌"赢了的开心，脑袋里像被塞了糨糊一样乱七八糟。

另外几人昨天玩了个通宵，这会儿都累了。孙怡然作为这里唯一的女生，理所当然地占了包间里唯一的休息室。刘扬帆把投影幕上放着的文艺片声音调低，几个人摊在沙发或者躺椅上各自打瞌睡。

已经入夜，叶钦也渐觉疲乏，揉了揉额角，抱着柔软的抱枕慢慢合上眼睛。

叶钦再次醒来时，墙上的挂钟指向夜里 9 点半。

叶钦在白天的电话中答应过母亲今天晚上回家睡，坐起来扭扭脖子，头已经不怎么晕了，捡起扔在地毯上的外套，顺便踢了一脚挂在沙发边缘的周封的屁股，惹得他在梦里直哼哼，咂巴着嘴念叨“再叫一声哥哥听听”。

走在过道里，叶钦掏出手机看了一眼，有一个程非池的未接电话，时间是一个小时前。这么一算，他在门口等了不到一个小时就走了，叶钦撇撇嘴，心想算他识相，没再打电话来把自己弄醒。

走到门口大堂，有服务生迎上来说外面下雨了，问需不需要帮他把车泊到门口，叶钦把车钥匙递过去，两手插兜，优哉地在大堂里转了一圈，欣赏了一番刘扬帆爸爸附庸风雅买来挂在墙上的大师名画，接着无所事事地晃到门口看外面雨有多大。

春雨如同丝线般细密连绵，加上外面天黑，能见度极低。可叶钦能透过雨幕，看见外面廊下的石柱旁站着一个人。

那人也在向这边张望，接着缓步走来。走到跟前的时候，叶钦看见他的头发被雨水打湿成一缕一缕，身上也湿了，外套从肩膀到前胸都被洇出大片深色，里面的衣服说不定也湿透了。

“结束了？”程非池先开口，“走吧，我给你打车。”

“欸。”叶钦喊住要转身的程非池，垂在身侧的手无意中碰了一下他的衣角，摸到一手沁了雨水的湿冷。

程非池扭头，用眼神询问他怎么了，叶钦喉头滚动两下，竟是不知道该说些什么。

他看着一滴雨水从程非池额上滑下，滑过平整的眉心，沿着高挺的鼻梁，蜿蜿蜒蜒滑到鼻尖，最后滴落在肩上，没入布料里不见踪影。

半晌之后，叶钦终于找回自己的声音："我开车来的，门童去帮我取车了。"

程非池听了他的话，转回身来，表情有些迟疑。

正当叶钦以为他要问为什么开了车还要他来接时，他说："你看上去很累，不能疲劳驾驶。"

五分钟后，两人一起坐上出租车。程非池报了叶钦家小区名，等车子平稳地行驶在路上，才用袖子胡乱地擦了把脸，将额前的湿头发拨到一边。

察觉到聚在身上的目光，他偏头看叶钦："怎么了？"

叶钦慌忙收回视线，摇头不语。

到小区门口雨势渐弱，下车后程非池带叶钦沿着有树荫的路走，脚步有点快，叶钦跟不上，在后面喊他："喂。"

程非池应声停下脚步，叶钦却㞞了，耷着肩膀慢吞吞地跟上去，低头不敢看他："你、你生气了啊？"

这模样怎么看怎么像个等待批评的小朋友，程非池唇角微弯："你不生气了？"

叶钦好半天才反应过来他在说前几天的故意疏远，登时更不好意思了，脸憋得通红："我不生……不对，我就没、没生气。"

他心里一团乱麻，说话也跟着结巴。想到程非池站在雨里等了他两个小时，他的胸口就感觉鼓鼓胀胀的，还有些酸麻，感觉有什么东西要冲出来似的。

回应他的是程非池万年不变的一个字："好。"

"好什么呀，你就好！"叶钦顿时憋不住了，不知道在气他还是在气自己，"我没出来你就不会多打几个电话？还有，这么大个人了，就不知道找个地方躲雨啊？"

程非池莫名其妙挨了一顿骂，笑容的弧度反而越发明显，眼角眉梢都沾上笑意："你不生气就好。"

他没把那茶馆门前不让人站的事情告诉叶钦，他从未出入过那种场合，下意识地就不想给叶钦惹麻烦，所幸雨是中途才开始下的，等一会儿也没什么。

叶钦却被程非池的好脾气弄得无言以对，宁愿程非池像以前那样绷着脸教训他"自己做过的事自己负责"，哪怕再把自己拎到派出所吓唬一顿也行啊。

他不明白这种情绪叫作愧疚，只觉得浑身难受亟待发泄，想了半天，哼哼唧唧地甩锅道："让你之前不搭理我，现在知道这滋味不好受了吧？"

程非池险些笑出声，为了给叶钦面子，轻咳一声，坦诚道："嗯，不好受。"

两人继续往前走了一段，到了要分别的时候，程非池从口袋里摸出四根棒棒糖，叶钦立刻一扫阴霾，眉开眼笑："给我的？"

他当然知道这是给他的，但还是想从程非池口中得到肯定的答复。今天刷到那条朋友圈的时候可把他郁闷坏了。

程非池的回答自是干脆："嗯，给你的。"

叶钦把棒棒糖一股脑地塞进里面的卫衣口袋里，肚子那儿立刻鼓起一块，刚才还可怜巴巴认错的小朋友摇身一变成了满载而归、喜气洋洋的小朋友。

小朋友装好糖果准备回家，走出去两步又回过头来，环顾安静无人的四周，冲程非池勾勾手指，小声说："你过来点。"

程非池往他跟前挪了一步。

"哎呀，让你靠过来啊。"

叶钦头一回觉得程非池木讷，凑到他的耳朵边，有些不好意思地说："谢谢……谢谢你的糖。"

叶小少爷平日里眼高于顶，从他口中听到"谢谢"二字着实稀罕得很。程非池先是一愣，而后想着礼尚往来该给点表示，于是抬起僵硬的手，摸了摸叶钦的头。

细软的头发戳得掌心发痒，程非池下意识地垂眸，低声说："不客气。"

对于叶钦来说，没有什么情绪是通过睡觉消化不了的。于是他回到家安心洗洗睡了，顶着乱哄哄快要爆炸的脑袋，等待梦里自我修复。

谁知做了一晚上颠三倒四的怪梦不说，醒来时还是觉得又热又闷，他对着镜子照了照，脸颊还有点红。

他怀疑昨天喝的饮料有问题，吃早餐时给自己灌了几大杯水，企图中和身体里残余的热度。罗秋绫以为他发烧了，拿来体温计要给他量，叶钦站起来就跑，边跑边说晚上不回来吃饭了，汤说不定也赶不上喝。

这回约在另一家新开的商业广场，叶钦先到，在一楼溜达一圈，买了两杯星冰乐坐着等，程非池到的时候他那杯都快变成常温的了。

"快喝快喝，化完了就不好喝了。"叶钦催促他，见他额头上有汗，问道，"你不会是骑车来的吧？"

程非池点头："这边没有直达的公交，地铁也不方便，我怕堵车。"

掐指一算，从玉林小区到这里至少十几里路，叶钦简直服了他，心想：我的好兄弟出门穿身破衣服、骑个破车，连打车的钱都舍不得掏，说出去像什么话?

然后叶钦就拖着程非池进了一家男装店，挑挑拣拣选了件适合这个天气穿的棒球衫，趁他没注意在他身上比画了一下，尺码也没看，就喊店员结账。

出门左手边是某运动品牌店，叶钦进去挑了两双跑鞋，自己试一双，另一双让程非池帮他试，理由很充分："换鞋好麻烦啊，穿你脚上我就知道好不好看了。"

程非池虽然觉得奇怪，但还是依言做模特帮他试穿了一下。程非池穿上后，叶钦让他站起来在屋里走两圈，问他舒不舒服，程非池说挺舒服的，叶钦又二话不说结账去了。

在男装区逛了半圈，程非池手上已经大包小包，再多一件都拿不下了。叶钦还没有要结束的意思，拉着他进了一家牛仔裤店，看中一件水洗蓝的，不同尺码各拿一条，把程非池往试衣间里推的时候，顺便把棒球衫和跑鞋也一并塞到他怀里："都换上，我看看整体效果。"

到这个份儿上，再看不出来这小家伙在给自己买衣服，那程非池就真迟钝得没救了。

程非池抬手顶住即将关上的更衣室的门："我有衣服穿。"

叶钦被识破也不慌，从门缝里看着他，扑闪着人眼睛："你的衣服昨天不是淋湿了吗？"

程非池愣了一下，说："淋湿没关系，洗洗还能穿。"

叶钦摇头："那不行，你为了等我淋的雨，我得赔你一套新的。"

程非池知道他想补偿，认为没有必要，推着门就要出来："吊牌没拆应该还能退，现在回去还来得及。"

叶钦整个人趴在门板上，死死抵着不让他开："买了哪还有退的道理？多丢人啊。让你穿你就穿呗，我想你穿得漂漂亮……哦不潇潇洒洒的，行不行？”

程非池推门的动作顿了一下。

总算把人按进去，叶钦松了劲，手撑着墙大喘几口气，隔着门板道：“还有，每次我们在一块儿都是你花钱，你你你是不是没把我当朋友啊？”

新衣服程非池到底还是穿上了。

程非池个子高，身材比例也好，麻袋一样的校服都能被他穿得帅气挺拔，名牌衣服就更不在话下。从试衣间里走出来，两个女店员都盯着他挪不开眼，夸自家裤子穿在他身上简直完美的同时，还不忘夸叶钦眼光好、会搭配。

叶钦尾巴快翘到天上，纡尊降贵地帮程非池理了理衣服下摆，顺势比画了一下身高，皱着鼻子道：“怎么比我高这么多……”

碎碎念一字不落地被程非池听了进去，他温声安抚：“你这个身高刚刚好。”

女店员看他们俩亲密，大胆猜测道：“你们俩是兄弟吧？感情可真好。”

程非池笑了笑，刚要回答，叶钦脸倏地一拉，扔下一句“不是兄弟”，然后扭头就走。

吃午饭的时候叶钦还是垮着脸不大高兴，看都没看一眼程非池给他夹的糯米排骨，捧着一杯果汁猛喝。

程非池以为他还在为先前自己不肯接受他买的衣服使小性子，把到餐厅后因为热脱掉的外套又穿回身上，用行动表示自己很喜欢。

叶钦用眼角的余光瞥他，接着放下杯子，终于说话了：“你干吗？不热吗？”

叶钦知道自己这股火来得很没有道理，尤其是对程非池来说，应该更是没头没脑。可他还学不会完全掩藏情绪，听到“兄弟”二字，第一反应就是觉得难堪，跟被人扇了一巴掌似的，脸上火辣辣地疼。

程非池理了理衣襟，说：“不热。”想了想补充道，“好看。”

叶钦哼了一声，心说：能不好看吗？也不看看多少钱买的。叶钦转念又想到自己刷的是叶锦祥的卡，程非池也是叶锦祥的儿子，刷他的卡天经地义，一时间竟不知道该幸灾乐祸还是该继续堵心。

这点小情绪只维持到吃完午餐，程非池给他买了支牛奶味的冰激凌。叶钦舔了一口就眯起眼睛，心满意足之后又悄悄嘀咕，以前来这儿自己也买来吃过啊，怎么没觉得这么好吃呢？

今天没有好看的电影，吃完冰激凌，叶钦拉着程非池走进电玩城，兑了三百个币，打算在这里消磨一下午。

叶钦抱着装满游戏币的篮子在人群中穿梭，冷不丁在投篮机旁遇到熟人。

周封把臂弯里夹着的大玩偶塞到旁边的廖逸方怀里，张开双臂扑向叶钦：“是什么样的缘分让我们在这里相遇？！”

叶钦一闪身，让他扑了个空。

廖逸方从大熊身后探出脑袋，惊喜道：“叶同学！程同学你也在啊！”

二人行变成四人行。

叶钦和周封玩了会儿跳舞机，回头听到两个学霸在讨论什么导线、光电传感器，廖逸方怕他们搭不上话，通俗地解释说：“弄懂这个原理，就可以自己在家造一台跟这个差不多的跳舞机了。”

周封誓要保住学渣的面子，不屑道：“这东西玩儿的就是一个气氛，在家一个人傻跳有什么意思？”

叶钦没发表意见，接过程非池递来的水，咕嘟咕嘟喝了几口。周封喊他去玩篮球机，他摆摆手道：“玩不动了。”接着他推了程非池一把：

“你去帮我赢回来。”

程非池就去了。反倒是周封有点尴尬，兴许是想到去年便利店的事觉得心虚，给程非池讲操作方法和规则的时候一点儿少爷架子也没摆，怂得要命。

廖逸方坐到叶钦身边唯一的空座上，把那只大熊像抱孩子一样搁在腿上，艰难地扭头跟叶钦说话：“叶同学和周同学经常来玩吗？”

他瘦小的身板被熊挡得严严实实，叶钦看不下去，伸手把熊脑袋推开：“嗯啊，你们俩怎么在一块儿？”

廖逸方“啊”了一声，表情有点羞涩，舔了一下嘴唇说：“今天原本在家休息，他突然打电话让我到这儿来陪他看电影。”

“他约你？”

“嗯。”

“这熊哪儿来的？扛着不累吗？”

廖逸方更不好意思了，忸怩道：“他抓的，送给我了，没地方放，这边的储物柜不够大。”

叶钦觉得哪里不对劲，又不知道该怎样问下去，干脆扭头继续看那边在投篮的两个人。

廖逸方顺着他的视线看向那边的程非池，又转回来看看他，把藏在心头许久的疑惑问了出来：“叶同学，你和程同学不是一直不对付吗？怎么会一起出来玩？”

叶钦差点从座位上跳起来，做了几个深呼吸，勉强稳住心神，正色道：“哪有不对付？交朋友嘛，你不是也跟周封和好了吗？”

“上回他就是闹着玩儿，我没那么小心眼。”廖逸方腼腆地笑了笑，“你也说了是交朋友嘛，朋友就该取彼之长补己之短。比方说你俩，你阳光开朗，他成绩优异，你们在一起一定可以取长补短，共同进步，从而和对方一起成为更好的人。”

叶钦："……"原来交朋友是如此正能量的一件事。

晚上四人一起吃火锅，叶钦趁廖逸方和周封去调酱，跟程非池透个底："那个什么，周封先前针对你是因为他喜欢的姑娘喜欢你，现在那姑娘又不喜欢你了，所以……哎呀，反正他就是幼稚，你别跟他一般见识。"

程非池本也没把这事放心上，几个小孩不懂事小打小闹而已，况且都过去那么久了。他点头表示不介意，随后忽然想到什么，问："那你当时针对我，是为了帮他报仇，还是……？"

一箭戳中要害，叶钦心里七上八下咚咚作响，咬着筷子支吾道："嗯……也不全是为了给他报仇吧。"

程非池愿闻其详："那还为了……？"

只有两人在的时候，叶钦的胆子要大得多，心一横谎话张口就来："看你长得帅，对你感兴趣，行了吧？"

说完叶钦心虚地想，也不算撒谎吧，至少前半句是实话。

"行。"

程非池笑着给叶钦接了杯果汁。

叶钦没敢看他的表情，把果汁一饮而尽，摸了一下自己的脸，烫得简直能煎鸡蛋。

或许是在学校外面心情放松的原因，这顿晚饭吃得十分和谐融洽。

到最后，放飞自我的周封开始跟程非池称兄道弟，说他们那儿就缺他这样的全能学霸，让他下次务必参加他们的聚会。

回去的路上，叶钦跨坐在程非池的车后座，顾不上感受这专属座驾的新鲜，絮絮叨叨地跟程非池强调周封那家伙喝多了净说胡话，实际上这个人别提多幼稚了，弄不好还记着夺爱之仇呢，总之，千万别信他的话，离他远一点。

叶钦不想程非池跟他那帮狐朋狗友有牵扯，具体理由说不上来，就是下意识地不愿意。

程非池一一应了，一句“为什么”都没问。

叶钦又莫名地觉得不爽。自行车拐到小路上放慢速度，他在后面拽了拽程非池的衣服：“喂，是不是有很多女生喜欢你啊？”

程非池：“没有。”

叶钦哼了一声：“你骗鬼呢？我知道的就好几个。”

话音刚落，照相机的“咔嚓”声传来，叶钦扭头一看，路边两个举着手机的姑娘你推我搡地往后躲，整个一偷拍忘记静音被抓包现场。

她们拍的显然不是坐在车后座脸都被挡得看不见的叶同学。

叶钦气得慌，想让程非池把新衣服脱下来，看他还怎么到处招惹小姑娘。

衣服只是锦上添花而已，关键还是在于他那张脸。

叶钦发现自己一见到程非池就有生不完的气，可每到分别的时候，还是会生出一种类似不舍的情绪。

到小区门口，叶钦垂着脑袋踢开脚下的石子：“那明天……我可以不用回家吃午饭吧？”

程非池反应了一会儿，弄明白这小家伙在拐着弯提醒他记得做两人份的饭，微笑着说：“嗯，想吃什么？”

叶钦的脸皮还没厚到好意思点菜的地步：“都、都行吧。”说完等了会儿，见程非池没什么要说的，转身道，“那我先走了啊，你骑车小心。”

“等一下。”程非池喊住他。

叶钦飞快转回来：“什么事？”

程非池盯着他看了半晌，像在酝酿什么，几秒钟后还是缓缓呼出一口气：“没事，你进去吧。”

叶钦一头雾水地进去了，在家里泡澡时，思绪在水蒸气中天马行空，想了很久也没想明白程非池没说出口的话是什么。

次日，叶钦在上课时间给程非池发消息：你想好没有，想听我管你叫什么?

那头没有正面回答：我想好叫你什么了。

叶钦连忙追问，程非池卖关子不肯说，叶钦拿“你不说我就不跟你玩了”这样的话威胁对方也没能套出答案。

就这么拖了几天，又到周一，叶钦学聪明了，把程非池赶去热饭，趁机偷翻了他的手机。他的手机没设密码，通信录里存的都是规矩保守的原名，包括叶钦。

……不对，不是叶钦。

叶钦把手机举到眼前，贴着屏幕仔仔细细确认三遍，程非池居然把“钦”字打成了“软”？

基于学霸不可能犯这种低级错误的原则，叶钦觉得他绝对是故意的。

叶软……软……到底哪里软?

叶钦支着下巴陷入沉思。

这个问题超越了叶钦能思考明白的范围，但他左纠结右酝酿，磨叽到周五都没能问出口。

高二下学期课表更改，二（1）班和二（2）班没有机会再在操场碰面，下午体育课上周封深表遗憾，说还想跟程非池切磋球艺。

“投篮机也能算打球? ”叶钦怕脏，把球扔在地上踢着玩，边踢边叮嘱周封，“你别去找他麻烦啊，我的事我自己处理。”

周封不怀好意地笑：“还说不是心疼他，你现在这样子跟老母鸡护崽也没啥区别了。”

叶钦被他这个形容弄得额角突突跳："呸，你才老母鸡。"

周封还不停："昨天我可看到你们俩了啊，啧，之前还说怡然'想坐在货运车副驾上笑'，现在是你坐在他自行车后座上笑成一朵花。"

叶钦听了暴躁，反驳道："别瞎说啊，谁笑了？我跟他只是演戏，这些不都是必须做的吗？倒是你和班长怎么……"

最后几个字叶钦含混着没说清，周封一脸蒙："我和圆圆怎么了？"

听到"爱称"的叶钦再次抖落一身鸡皮疙瘩："圆圆都叫上了，还约人家出去看电影，都这样了还给我装？"

周封歪着脑袋："看电影？哦，你说上上周电玩城那次啊。"说着一脚踩住叶钦踢过来的球，摊手耸肩道，"我本来约的是怡然，她临时有事放我鸽子，你又不理我，我不想一个人看电影，就把圆圆叫来咯。"

周封说的跟廖逸方说的大相径庭，叶钦面露疑惑。

周封当即便猜到其中有误会，哧哧地笑："他跟你说我约的他？哈哈，我说他这个人很好玩的吧，别人说什么他都信。"

周封说着抬手冲跑道那头在跑步的廖逸方吹口哨，还飞了个吻，廖逸方瞧见猛一个踉跄，差点栽跟头。

叶钦琢磨了会儿，觉得这样不太好，过来人似的提醒周封道："既然不是真想跟他交朋友，就别瞎折腾，他傻乎乎的，万一当了真。"

周封愣了会儿，随后哈哈大笑："这话从你嘴里说出来怎么这么好笑呢？哈哈哈哈哈。"

叶钦："……"

好吧，他们俩的确彼此彼此，哪怕他不愿承认。

周封说不定还好点，至少没存坏心，只是闲着无聊闹着玩，而他呢，是实打实地蓄意接近程非池，怀的也是不足为外人道的坏心思。

最后一节课，二（1）班又拖堂了，老师前脚刚出教室，程非池后脚就收拾书包急匆匆往外走。

下楼走到楼梯拐角处，听见拉长的一声“喂——”，叶钦背着书包蹲在楼道拐角，眯着眼睛懒洋洋地朝他伸手：“拉我起来。”

因着程非池出来早，两人到停车处取车的时候，二（1）班的大部队还没下楼。叶钦今天没骑车，懒洋洋地坐到程非池的车后座上，书包也扔给他，催他快点儿骑。

骑到路上，叶钦又扯他衣角让他慢点：“你这破车底盘不稳，颠得我屁股疼。”

程非池偏头道：“要不下来走走？”

叶钦在多坐一会儿和多聊一会儿的艰难抉择中选了后者，不情不愿地跳下车，一边慢吞吞地走，一边在后座上比画来比画去，说要定做个海绵垫套上。

程非池心想这车真要变成儿童接送车了，叶钦收到感应般地睨他一眼：“笑什么？是不是嫌我事儿多？”

程非池正色道：“没有，能成为你的座驾，我的破自行车荣幸至极。”

这话听得叶钦浑身舒坦，心头残留的一点儿小郁闷瞬间被抛诸脑后。

今天程非池穿的是他给买的一身衣服，端的是肩宽腿长，赏心悦目。

好不容易到小区门口，叶钦背着手像个领导般宣布道：“这周末我没空，你自由活动吧。”

程非池问他干什么去，叶钦懒得跟他细说：“就出去玩儿啊，好久没陪妈妈了。”

程非池点头：“那你好好玩，有事给我打电话。”

“能有什么事啊？”叶钦撇嘴道。

程非池只是笑笑，没说话。

周日是外公的忌日，按往年的规矩，叶家上下都要前往祭拜。

墓立在郊外的一座山上，往来交通不甚方便，周六早上，叶钦就跟罗秋绫一块儿坐车上山。那儿有外公去世前留下的一幢小洋房，平时也作度假用。

罗秋绫提前派了人去打扫准备，叶钦到那儿就先睡了一觉，早起对他来说是世界上最劳心伤神的事情之一。

醒来已经过了午饭时间，他睡眼惺忪地下楼，刚踩两级台阶，听见母亲焦急的说话声："再晚点可能会下雨，到时候就没法上山了，我们明天一早就……什么应酬？不能先推掉吗……可是你答应过我……等等，先别挂，喂？"

声音在这里停止，显然对面毫不犹豫地挂了电话。

从叶钦这个位置，只能看到罗秋绫半个落寞的背影，她面向窗户独自坐着，仿佛在等待积满雨水的乌云遮盖天边最后一道光线。

兴许是下午睡多了的关系，晚上叶钦坐卧不宁，起来喝了半杯水，还是不放心，赤着脚走到隔壁罗秋绫的房间门口，待了一会儿，没听见里面有动静，回房后把剩下的半杯凉水喝完，躺回床上强迫自己闭上眼睛。

第二天叶锦祥果然没来，母子二人步行上山。雨后山路湿滑，叶钦一路给罗秋绫讲自己在学校的趣事，不小心滑倒蹭破了手也没掉眼泪，笑着说外公一定不想看他哭唧唧的丑样子。

其实叶钦不太记得外公的模样了，印象中外公是个严肃古板的老人，身上总是带着草药香。他至今还能记得的事情唯有一年级入学的时候，外公给他买过一个迪士尼的书包，可他那时候更喜欢蜘蛛侠，就把那个书包扔在柜子里一直没用。

如果知道外公会那么快离开，他一定会在开学时用上那个米奇书包，并在第一个双休日背回家给外公看。

可惜这世上没有如果。

因为来得早，墓园里人烟稀少，安详宁静。叶钦拜了三拜，便把空间让给妈妈，自己到外面等着。

雨后的山间草木苍翠，山腰裹着一层薄薄的雾，混杂着湿气的泥土香被吸进鼻子，在胸腔里四处流动。

叶钦做了几个深呼吸，然后后仰身体，越过层叠林立的墓碑，又看了一眼跪坐在墓碑前的母亲。外公和外婆的墓聚在一处，罗秋绫面目平静，正在跟他们说话。

说的大抵是些家长里短，公司规模更大了，家里又购置了几处新房产之类。从小温馨优渥的家庭环境养成了罗秋绫温婉善良的性格，她做不出撒泼耍闹的事，连怨天尤人都不曾有过，哪怕生活不如意依旧报喜不报忧。

这在旁人眼里或许是温柔贤惠，而在叶钦眼里就无法忽略地有那么点认命的意思。

他猜母亲应该是后悔的，后悔当年被叶锦祥的甜言蜜语所迷惑，没想到撕开那层道貌岸然的外皮，下面藏着的是这样一个势利庸俗的内里。事到如今，她甚至不敢向父母倾诉，怕他们在九泉之下因为担心女儿不得安宁。

可叶钦跟罗秋绫不一样，他咽不下这口气。要不是怕在这个特殊的日子给罗秋绫惹麻烦，他这会儿早就把叶锦祥的电话打爆了。

手机握在手上好一会儿，从昨天开始就攒在心里的一团邪火越积越大，深呼吸都不好使了，叶钦退而求其次，把电话打给了程非池。

本想蛮不讲理地先闹一通再说，反正程非池也不会问原因，谁知程非池一句“怎么不多睡一会儿”以柔克刚，轻轻松松地将他满肚子怨气化解于无形。

叶钦像一只受热自爆的气球，耷拉着脑袋靠着路旁的一棵树，怀着一丁点儿不甘心，勉为其难地没话找话，问程非池吃早饭没有。

“吃了，三丁包子，你呢？”

“我也吃了啊。”叶钦一起早就犯迷糊，忘记自己吃了什么，就着话题问，“三丁……哪三丁啊？”

程非池耐心解惑：“鸡丁、肉丁还有笋丁。”

“哦。”听着让人挺有胃口，叶钦舔了一下嘴唇，“那你现在去哪儿啊？”

“时代广场。”

“打工？”

“嗯。”

“你妈妈……一个人在家？”

“嗯，怎么了？你要过去帮我陪她？”

叶钦本是动歪脑筋随便试探，没想到被程非池反将一军，说话都磕巴起来：“我我我去干吗？我又不是小学生。”

程非池在电话里低声笑，听得叶钦莫名心慌，被戳穿心思似的。他火烧屁股似的要挂电话，程非池喊住他：“找我有什么事？”

叶钦停住要挂电话的动作，理直气壮道：“没事就不能给你打电话？”

“能。”

程非池很给面子地没有重提周五放学后的对话，叶钦反而不高兴了，得寸进尺地埋怨道：“我不找你，你就不找我。”接着自然而然地又添了一句，“你根本就不想跟我说话。”

说完这话，叶钦先把自己雷个半死，觉得自己刚才那瞬间肯定是脑子抽筋了。

程非池显然也有些意外，被叶钦毫无预兆的撒娇弄得措手不及，沉默片刻后说：“你不是要陪妈妈吗？我怕你忙。”顿了顿又说，“想的。”

声音不大，尤其是最后两个字，可叶钦还是听见了，听得很清楚。他用没拿电话的手在树干上抠了块树皮，攥在手里使劲捏，弄了一手碎屑，底气和原则仿佛也跟着碎了，闷声问：“想、想什么啊？”

程非池没有他那么多弯弯绕绕的纠结小心思，直接坦白道：“想跟你说话。”

周一，六中操场，整整两天零十六个小时没见面的叶钦和程非池在整队时成功会晤。短短几秒钟时间，两人心照不宣地互相交换了几个友好眼神。

接下来的国旗下讲话以及做早操，叶钦的视线越过无数颗脑袋，盯了整整半个小时程非池的后脑勺。

中午没能一起吃饭，程非池发消息来说要去老师办公室帮忙印试卷，让叶钦回家吃，或者去他座位上拿饭盒自己热了吃。自己吃有什么意思？叶钦选择回家，并在心里把这个奴役学生的懒老师骂了九九八十一遍。

吃着家里的饭味同嚼蜡，阿姨见他吃这么少，以为他病了，急忙去告诉太太，吓得罗秋绫又按着叶钦量了几次体温。

下午连周封都看出他精神不济：“咋了，和学霸一起学习身体被掏空了？”

叶钦狠踩他一脚：“没跟他一块儿过周末。”

周封疼得龇牙咧嘴还不住口：“哦哦哦，我懂我懂。”

叶钦嘴上是绝对不会认的，心里却在寻思：那家伙说想跟我说话，哪里想了？都不来找我，骗人的吧？

第一节晚自习，高中年级组所有老师开会，只有初中部几个老师在两栋楼之间巡查。叶钦抓住机会，兜帽一戴，从后门潜入二（1）班教室。

这种老师都不在的情况百年难遇，尖子生班也随大流地有些放松散漫，第一遍铃声已经响完三分钟，教室里人还没坐满，都在交头接耳。

程非池的同桌也不在，叶钦一屁股坐下，抄起一本书立在桌上挡脸，自报家门说明来意这段直接省略了，压着声音问程非池："你怎么坐最后一排了？老师调的？"

程非池看着他愣住好一会儿，放下手中的笔，也学他把书立起来，蜷着脖子，视线与他平齐："后面同学说看不见黑板。"

叶钦捶了一下桌面："那是他们矮！"说着伸出半个脑袋到书外面，"哪几个同学？我去跟他们聊聊。"

叶钦瞪着眼睛凶巴巴的模样像个要给朋友出头的小霸王，程非池哭笑不得地拦他："不用，我在最后一排也能看见黑板。"

叶钦撸起袖子要站起来："不行，你不告诉我是谁，我就去找你们老师。"

程非池劝不住他，情急之下一把拉住他的手。

一分钟后，叶钦彻底安静了，趴在书后面，由着程非池给他贴创可贴。

程非池的手掌干燥温暖，叶钦的手是凉的，手心浮着一层湿冷的汗。

最后一排存在感很低，前排只有两三个同学回头看了一眼，没发现什么特别的，又转了回去。

伤口在手侧靠近手腕位置，程非池问他是怎么弄的，叶钦噘着嘴："路太滑，摔的呗。"说着另一只手伸到后面，"屁股更疼，我看不见，说不定都摔肿了。"

程非池手上没停，抬头看他，眼神有些意味深长。叶钦猛一下反应过来刚才的话有点超纲，扭着屁股往后挪了挪椅子，尴尬道："我没有让你、让你帮我看的意思啊。”

程非池没回话，把两个创可贴并排贴好，轻轻按了按，然后托着叶钦的手帮他动动手腕：“有没有觉得不舒服？”

叶钦头摇得像拨浪鼓，都结疤了，哪里会不舒服。程非池便松开他的手，转回去继续看书。

蜷起手指刮了刮手心不属于自己的温度，叶钦有点后悔摇头了，慢吞吞地从校服口袋里掏出卷成一团的练习册，摊在桌上翻得哗哗响。

叶钦边翻边问程非池：“你同桌呢？”

“回家了。”

叶钦放了心，反客为主地从程非池桌上的笔袋里拿了支笔，像模像样地开始写作业。

仅仅是像模像样而已，其实他的心思根本没在学习上。刚才被别的事打岔，这会儿他终于记起自己是来干什么的了，握着笔在习题册上涂涂画画，在上下两个方程式中间写了两个勉强能看出轮廓的“想”字，又在中间添了细细小小的一个“不”字。

叶钦偷瞄旁边的人，程非池心无旁骛地做习题，聚精会神地看着书页上的字，嘴唇紧抿，下颌绷成一个锋利的弧度，怎么看都是一副专心的学霸样。

叶钦腹诽这家伙花言巧语、蛊惑人心，却也没打算打扰他学习，兀自丢下笔，趴在桌上打算睡一觉，反正老师们一时半会儿回不来。

春日的夜晚，空气都暖融融的，这样的天气再好睡不过，不到三分钟，叶钦就进入梦乡。

他的梦里有一棵银杏树，树下站着一个人。

正值深秋落叶时分，北风卷起遍地萧索，树下的人的表情一如初见时那般冷漠，嘴巴一张一合地说着什么。

叶钦听不清，有点害怕又忍不住想靠近，等到真走近了，才看清他眼底凝结的寒霜，听见他冰冷地质问："为什么骗我？"

日有所思夜有所梦，可从噩梦里活活被吓醒的经历对叶钦来说并不寻常，醒来后眼前一片漆黑的情况更是头一回碰到。

他惊得从座位上跳起来，腿不知撞到什么东西，身体一歪，直直向后仰倒。

他被什么人接住了。黑暗中，那人一只手拽他胳膊，另一只手托他腰，将他扶起来坐直，在他耳边说："停电了，坐着别乱动。"

这是梦里的那个声音，有所不同的是这个带着温度。

眼睛渐渐适应黑暗，耳朵也接收到来自四周的嘈杂。满教室的学生都躁动不已，有几个打开手机电筒，顺着光束往窗外看，二（2）班所在的那栋楼也是漆黑一片，从另一边的窗户看，只有路对面的高层住宅有零星亮光。

整个学校都停电了。

叶钦坐直之后整个身体还有点僵硬，不知是被噩梦吓得还是因为差点摔倒受惊，张开嘴急喘了几口气，一句话都说不出。

程非池托着他胳膊的手尚未抽走，捏了一下他的手腕："叶钦？"

叶钦听到这令人安心的声音唤自己的名字，像溺水的人抓到救生圈，猛地一抖。

程非池只愣了一下，试探着问："怕黑？"

叶钦摇摇头，又点点头，过一会儿又摇摇头。

程非池被他矛盾的举动逗笑，抬手轻拍他的后背："别怕、别怕。"

叶钦哪里好意思告诉他自己真的被吓着了，更没脸说自己做了什么样的一个梦。

缓过来之后叶钦顾左右而言他："你刚才叫我什么？"

这会儿教室里热闹、沸腾起来，平时最是循规蹈矩、安静沉默的二

(1) 班终于借着停电的机会释放天性，聊天的聊天，唱歌的唱歌。有几个男生跑到阳台上往对面楼窗户打手机电筒，扯着嗓子问对面的同学作业写完了没，被那边不知是谁的一嗓子“没写完，你给不给抄啊”弄得笑声四起。

在这样喧闹的环境中，程非池没听清叶钦的话，他侧头露出整个耳朵：“什么？”

叶钦看不清他的表情。

黑暗中人的胆量仿佛被无限放大，叶钦提起一口气，借着这股冲劲，换了个更直接的问法：“你不是叫我叶软吗？我哪里软？”

他对这事耿耿于怀，下定决心要在此刻问个究竟。

俗话说“一回生，二回熟”，这次突袭没让程非池蒙太久，他的目光穿透黑暗，定定地看着眼前的人，胳膊微微抬高，抓住了叶钦垂在身侧的左手。

程非池先是捏了捏他微凉的指腹，接着用拇指抵住他掌心，其他手指并拢，说：“这里软。”

另一只手往上，越过他的肩膀，程非池很轻地捏了一下叶钦的脸颊肉：“这里也软。”

叶钦觉得自己应该躲一下，可是身体不听指令，一下都没有动。

前排男生的手机光微弱，却足够将视线照亮。叶钦的眼睛很大，瞳仁黝黑，里面有两个光点在闪动，又好像映在清澈湖水里的两个小小的人影。

程非池再度往他这边靠近的时候，叶钦下意识地咽了口唾沫，慌乱中还不忘回嘴：“才不软，你钦哥我别提多……”

登时意识到这话要超纲超到西天去了，他脸“唰”地红到耳朵根。

地洞是找不到了，跑还是能跑的，叶钦二话不说一溜烟就跑得没影了。

Chapter.06

意 义

今年的五一小长假，叶家举家上下前往某南方小岛游玩。

叶钦本不想去，可是这次叶锦祥破天荒地参与了，还提前几天积极收拾行李，并给全家每人置办了一套新泳装。

从老头子平日里但凡出差就送花、带礼物的习惯可以总结出，他只有做了亏心事才会这么殷勤。叶钦觉得有猫腻，怕罗秋绫受欺负，不跟去不放心。

所幸老头子还算安分，这两天除了吃睡就是下水玩，还陪罗秋绫逛了次街。叶钦稍稍放下心，不想出去晒，就宅在酒店里给程非池发微信，没什么好聊的就发先前存的冷笑话，总之一天都不能断了联系。

程非池因为打工经常不能及时回复，有时候叶钦一觉醒来看到他一板一眼地回答，茫然到以为自己穿越了。

比如昨晚上睡前，叶钦给他发了一条：南宋有个诗人名叫陆游，当时金兵入侵，面对山河破碎，民不聊生的社会，陆游气坏了，然后……

程非池的回复：写了一首诗——三万里河东入海，五千仞岳上摩天。遗民泪尽胡尘里，南望王师又一年。

……程老师终究是你程老师。

叶钦无奈地公布正确答案：然后全国人民都断网了。

这次那头回复很快：哈哈哈……

叶钦翻回去看一眼，也觉得好笑，捧着肚子在床上打了几个滚儿。

他们一家住的是家庭套房，外面罗秋绫敲门问他要不要跟叶锦祥一块儿去冲浪，叶钦想也没想就拒绝了，抱着手机继续发消息：忙完了？

程非池：嗯。

叶钦：你那儿有 Wi-Fi 吗？

程非池：有。

叶钦将一个视频通话申请发了过去。

半分钟后程非池接了，画面里先出现天花板，然后墙面，最后才对准他的脸。

叶钦看到他凑近屏幕观察，突然松开盖住镜头的手。程非池被他的鬼脸吓一跳，听到哈哈哈的笑声才松了一口气，无奈道：“你吓我。”

“嗯啊，就吓你。”叶钦刚刚止住笑就问，“你没跟别人视频过啊？”

“没有。”程非池在走路，画面有些摇晃，他把挂在一只耳朵上的口罩摘了，抬头看看员工休息室墙上的时钟，“吃饭了吗？”

“吃了啊，你呢，刚下班？”

程非池点头，把腰间的围裙也扯了下来：“嗯，准备回家了。”

叶钦换了个姿势，仰躺在床上，把手机举得高高的，让镜头对准自己的脸：“那就是还没吃咯。”

“待会儿吃。”程非池换话题问道，“在那儿玩得开心吗？”

叶钦撇着嘴：“就这样呗，跟长辈在一起能有什么意思？还不如陪你打工好玩……”

程非池笑了：“下回我带你去楼上吃甜品，不用排队。”

叶钦将信将疑：“你们店里和楼上那家搞合作？”

程非池卖关子不说，叶钦又在床上打了几个滚儿，哼哼唧唧地不肯挂断视频。

“那我先换衣服了。”程非池把手机放在桌上，抬手就去解工作服的纽扣。

叶钦倒吸一口气，火急火燎地把视频挂了。

挂完他又觉得自己神经质，大家都是男的，在澡堂里还赤裸相对呢，看个上半身有什么害臊的?

分外难熬的七天假期终于过去了，走进学校，迎接叶钦的是教学楼下面竖着的立牌和教室后面黑板上硕大的几个字——距高考还有 396 天。

同学们欢欢喜喜进校门，上一秒还在讨论假期趣闻，下一秒就哭丧着脸坐下翻开课本，连平时心思从来不放在学习上的周封都跟着紧张起来，借来廖逸方的笔记本奋笔急抄。

叶钦睡了一节课，差点连课间一块儿睡了。醒来后，他支起脑袋巡视一圈，全班同学几乎都在座位上没离开，有的埋头做题，有的把书倒翻在桌上背单词，只有他一个人毫无时间紧迫意识，梦里还想着吃程非池做的饭，口水流了一桌子。

周封还在抄笔记，叶钦拍了他一下："干什么呢？"

"临死抱佛脚啊。"周封头也不抬地说。

"你死期估算这么准确，刚好 396 天之后？"

周封哀号一声："我跟你不一样啊，你考不上好大学可以出国，还有万贯家财等你继承，我要是考不上就得去当兵了，那可比死还惨呢。"

叶钦想了一下，确实惨。电视上解放军战士雨里冲、泥里滚的，不然就在大太阳下面晒着，要换成周封这个整天只知道吃喝玩乐的浑小子，估计刚站几分钟就能两眼一翻厥过去。

中午吃过饭，程非池拿出竞赛辅导册和草稿本，眼看就要进入题海中徜徉，叶钦在课桌底下踢了一下他的脚："你说，我有没有可能跟你考上同一所大学啊？"

程非池愣了片刻，拿起英语书递给他："先从一到五单元的单词开始吧。”

叶钦闲着无聊，当真翻开书开始背单词。背了两三个，叶钦又踢程非池，问他打算考哪所大学。

“看下半年的竞赛情况。”程非池说，“成绩好的话，对自主招生录取有帮助。”

虽然没有明说，可叶钦一听就知道肯定不是他能企及的学校，莫名地有点不开心，鼓着腮帮子问：“你不是要出国吗？”

叶钦说的是年初去国际学校的事。程非池道：“暂时没这个打算，那次只是去长长见识。”

叶钦心想，果然，他家那么穷，哪里有钱供他出国念书？就算叶锦祥想送他出国，他不肯接受也是白搭。

程非池看着温和，实际上跟所有出身穷苦的人一样自尊心极强，不然也不会宁愿自己辛苦打工也不肯接受他的帮助。

两人相处的这些日子，叶钦把这一点看得最为明白，想到叶锦祥可能在程非池这里吃瘪不止一次，心里就难以抑制地涌上一股快意。

快活完了便是空虚，叶钦眼看着周围的人好像陆陆续续都找到了短期内的目标，考上好的大学或者出国深造，连刘扬帆和赵跃最近都不怎么出现了，说是被家里押着考托福，入秋就打包扔到国外去。

相比之下，叶钦轻松自在得像个边缘人，背个单词都找不到理由。

正午的阳光洒在身上，最是催人困倦。叶钦无精打采地趴在书上，手指在程非池在单词旁边做的笔记上指指点点，快要睡着的时候，听见程非池说：“你……真的想跟我考同一所大学？”

叶钦咂巴咂巴嘴，嘴里还留着中午吃的糖醋排骨味。这一刻他只想着能多吃几顿程非池做的饭挺好的，能多几天跟他同坐一张桌子、呼吸同一片空气也不错。

怎么想的就怎么说了，他咧开嘴打了个大哈欠，眯着眼睛呢喃道：

“嗯啊，想。”

说出去的话泼出去的水，不到半个月，叶钦就把肠子悔青了。

以前大课间对他来说是打游戏的时间，现在变成了学习交流时间。程非池会在周一、周三、周五的第二节课下来到二（2）班教室门口，除了棒棒糖，还会给叶钦带一张他亲自出的小测试卷，题目全部来自叶钦作业本、习题集上的错题，规定叶钦在放学前做完留待他检查。

叶钦做了两回就嫌累，上周五的只写了一半，下了课把空了大半页的小测试卷交给程老师，觍着脸嘻嘻哈哈地想用一个好处蒙混过关。程老师接受了好处，然后刚正不阿地押着他在教室把试卷写完。

并且这周一大课间程非池只给他带了试卷，没给棒棒糖，叶钦摸遍程非池全身上下的口袋，眨巴着眼睛问：“我糖呢？”

程非池：“这是上周没按时完成作业的惩罚。”冷酷得简直不像放学骑车载他回家的人。

叶钦回到座位就作势要把那卷子撕了，廖逸方看见了忙出手阻止：“叶同学，你要是不想写可以给我复印吗？咱们班很多同学……”

“谁说我不写？”叶钦气呼呼地打断他，“啪”地把小测试卷拍在桌上，“上次那两张电解质笔记呢？还给我，我要用。”

最后一节课和晚自习的间隙，“口嫌体正直”的叶钦同学去学校门口的文具店里买了个文件夹，把程非池给他出过的试卷一张张整理好夹在里面，包括那两张被他揉得皱巴巴的电解质笔记。

玩乐的时间总是过得飞快，这道理同样适用于全身心投入学习的时候。

转眼晚自习下课，六中后门停车处，程非池就着路灯光批阅完试卷，抬头看到叶钦的嘴巴噘得能挂油瓶，从口袋里掏出棒棒糖，亲手拆开送到叶钦面前："张嘴。"

叶钦这会儿浑身是骨气，本打算倔强到底坚持不吃，见程非池举了半天不放下，怕他手酸，还是大发慈悲地张开了嘴巴，"啊呜"一声咬进嘴里。

今天他俩依旧走得最晚，叶钦坐了一会儿车就要求下来走，顺手把刚安上没多久的海绵垫给拆了，说焐得屁股热，还不如走路。

没到6月，首都的空气已经开始发闷，今天几乎全校的同学都不约而同地换上了夏季校服。

程非池也不例外，L码的校裤对他来说有点短，刚到脚踝下面一点，上身的短袖衬衫开了两颗扣子，衣领整洁干净，全身上下最突兀的地方大概就是被叶钦坐车时捏得皱巴巴的衣服下摆。

叶钦看了就手痒，忍不住拽了一下，帮他把褶皱抻平，然后小心翼翼地跟他商量："那个……英语短文能不能明天背啊？今天化学作业太多，没背熟。"

程非池偏头看着他："不能。"

叶钦欲哭无泪。除了小测试卷，程非池最近又给他每天加了一篇400个单词的英语短文，说背多了就会产生语感，对词汇量的积累也有帮助，同样也是放学后检查。

在学习方面，程非池说一不二，完全不代入私人感情，任叶钦怎么撒娇、卖乖都不好使，简直把"今日事今日毕"六个字刻在了脑袋里，不仅严格要求自己，还严格要求身边的人，并且铁面无私、六亲不认。

偏偏叶钦欺软怕硬，特别吃这一套，看见他板脸就头皮发麻，捧起写着英语短文的纸咿咿呀呀地念。

好不容易磕巴着背完，他抬头一看，前面就是小区大门。

这一路一句闲话都没聊上，叶钦满腹委屈，一声不吭地从程非池手中接过自己的书包，粗暴地扯开拉链，把今天新买的文件夹拿出来，将写满英文字母的纸夹进去。

叶钦准备将纸夹塞回书包的时候被程非池按住了。

他翻了翻里面放得整整齐齐的小测试卷和英语短文，目光变得柔和："不高兴了？"

叶钦别开脸："不敢。"

程非池轻叹一口气："不是想跟我上同一所大学吗？"

"你别逗我了。"叶钦蔫蔫地垂低脑袋，"我自己几斤几两，心里有数得很。想跟你上同一所大学，只有两条路，要不换个脑子，要不你数、理、化全都交白卷。"

程非池笑了："没这么夸张，你听我的话，乖乖的，一定能考上好的学校。"

这话听起来虚无缥缈，实际上程非池并不是信口开河。

他习惯了有计划的生活，在叶钦表达想跟他一起念书的意愿后，他便将提高叶钦的学习成绩、帮叶钦考上一所不错的大学当成自己的任务。

叶钦被程非池笃定的话安抚，又被那句"乖乖的"弄得莫名脸红，抢过他手里的文件夹，边往书包里塞边问："那我这么听话，程老师给不给奖励？"

"奖励？"

在程非池愣神的片刻工夫里，叶钦钻到空子，飞速地从程非池的衣兜里偷出一根棒棒糖。

叶钦这会儿沉浸在自己占了上风的骄傲喜悦中，边往小区大门跑，边冲程非池挥手："奖励我自取啦，程老师明天见！"

名师一对一辅导，玩耍和学习无缝切换，一来二去，叶钦的各科成绩不同程度地有所提高了。

其中少不了程非池重点圈得好的功劳，尤其是考试前一天晚上出的几道大题刚好跟试卷上的一致。叶钦瞎猫碰到死耗子，化学头一回拿到优秀以上，直接把总分拔高，班级总名次上升近十名，他还被班主任老孙点名表扬。

这可把叶钦得意坏了，下了课呼朋唤友请吃饭，叫来大半个班的同学。程非池自然是不能缺席的，到饭店里才知道有这么多人，走是走不了了，找了个存在感最低的角落坐下，跟廖逸方探讨下学期的物理和化学两场竞赛。

“程同学真厉害，辅导叶同学名次上升，自己的成绩一点儿没下降，还有时间准备竞赛。”廖逸方每次碰到他都由衷地佩服，“不愧是咱们六中新一届校草，实至名归。”

程非池刚要开口，坐在边上的周封不满地插嘴道：“行了行了，学霸跟校草两回事，校草年年有，今年特别多，回头我收拾打扮一下也能当校草。”

廖逸方看了他一眼，飞快地收回视线，什么也没说。

孙怡然来得晚，进屋时叶钦正跟班上同学勾肩搭背地聊天。看见坐在角落里的程非池，她先是一愣，被班上的几个女生拉到空位上坐下之后，目光还在叶钦和程非池之间来来回回地游荡。

“亲爱的，你不会还惦记着程校草吧？”旁边的女生担心地问。

孙怡然忙否认：“没有的事……我就是奇怪其他班的同学为什么会来。”

“他给咱们小叶子补课了啊，”女生解答道，“不然他们俩怎么看都八竿子打不到一块儿。”

席间叶钦忙着招呼同学，几乎没跟程非池有交流，散席后就黏糊糊地凑上来了，扒着程非池的车，非要骑车载他。

“你载不动我。”程非池好言相劝，“这车龙头打滑，刹车也不太灵。”

叶钦偏不，借机拽着车屁股撒泼：“你看不起我，我不管，我就要载你、载你、载你。”

程非池没办法，把车交给叶钦，自己跨坐到后座。

“脚不准踩地！”叶钦扭头一眼就看到某人在给他放水，手伸到后面拉着程非池的胳膊放自己腰上，“抓稳了，钦哥带你飞！”

飞肯定是飞不起来了，载着两个人的自行车在窄小的非机动车道上走得歪歪扭扭，要不是程非池在后面悄悄用脚撑地，大概早就连人带车扎进路边绿化带里去了。

不靠谱的司机浑然不觉地“嗨皮”了一路，把程非池载到玉林小区门口，又被程非池遣送回来。进家门的时候叶钦还在哼歌，母亲罗秋绫见他高兴也跟着乐：“把小女朋友送回家了？”

叶钦猛地打了个激灵，脚下打滑差点从楼梯上滚下来，然后就开始摸脑袋装傻充愣：“什么女朋友？我跟同学聚餐呢。”

“同学？周封吗？”

叶钦含混道：“还有其他人，隔壁班的。”

阿姨把汤端上桌，罗秋绫拉着他到餐桌边坐下：“难得见你跟周封他们以外的同龄人一起玩，多交朋友是好事，不过收收你那臭脾气，别总欺负人家。”

“没欺负他啊。”叶钦没什么底气，“我、我对朋友最仗义了。”

罗秋绫笑着给他盛了碗汤：“人与人之间的任何关系都是真心换真心，你还小，妈妈怕你做出将来后悔的事。”

这种年少时的冲动她也有过，并且顺着她的心意让它修成了正果。虽然如今看来结局不算圆满，可她始终忘不了那短暂的美好，也很珍惜当下拥有的一切。

她尽可能地帮叶钦挡住来自生活的所有磨难和挫折，感情这条路上的酸甜苦辣却必须由他自己经历体会，所以她不会以自己的经历作为经验、教训劝诫她的孩子。

叶钦被母亲一语道破正无措着，脸埋在汤碗里不肯抬起来，听见母亲又安慰他说："不过我的钦钦那么好，那么懂事，就算犯了错也不会有人真的忍心怪罪的。"

因着这句话，叶钦周末见到程非池，心虚得抬不起头。

周五玩得太"嗨"，欠下一天的小测试卷没做。周末两人坐在时代广场的 KFC 里，程非池捧着本《奥赛经典》看，在他对面做题的叶钦偶尔趁他翻页偷瞄一眼，周围的嘈杂仿佛被生生隔断，这个小角落成了专属于二人的私密空间。

午餐前点了个小食拼盘，来送餐的是程非池的同事吴蕊，叶钦也见过这姑娘，老远见她过来就咧着嘴打招呼："漂亮姐姐好。"

吴蕊笑得合不拢嘴："看在你夸我漂亮的分儿上，就不计较你管我叫姐姐把我喊老了。"她放下餐盘又对程非池道："大帅哥，你们家的嘴甜基因都长在你弟弟身上了吗？"

程非池不置可否地笑笑，等人走了，发现对面的小朋友垮着嘴角，似乎有点不高兴。

"做题累了？"他把桌上的书合起来放到旁边的椅子上，餐盘往叶钦跟前推，"先吃点东西吧。"

叶钦没答话，每次听到"哥哥""弟弟"之类的言论都会乱了心神，哪怕知道别人只是随口一说或者开个玩笑。

嚼了两块鸡米花，叶钦恢复了点儿元气，问程非池："你多大了啊？"

他记得谁说过程非池转学之前休学过一年，2 月生日的话，这会儿应该刚满十八周岁。

"十九。"程非池说。

叶钦有点惊讶，程非池怎么就十九了？那叶锦祥得多早就跟他妈妈勾搭上了啊?

“我上学比别人晚一年，来六中前又休学一年，不然今年秋天就该上大二了。”

程非池解释得轻松，好似并不在意那些被蹉跎的时光。叶钦却听得有些难受，迟上学和休学的原因也能推测个七七八八，一时不知该怎么安慰他，又拿了颗鸡米花塞嘴里，含混道：“那之前给你过生日，你怎么不告诉我数字不对？”

叶钦说的是在快捷酒店那一晚，蛋糕上插的是“18”而不是“19”。

提到这个，程非池的心情变好，嘴角跟着上扬：“没事儿，都差不多。”

叶钦没法当成差不多。他身份证改大了年纪，本来以为程非池只大他一岁，是同龄人，现在知道是大两岁还多，这感觉就有点微妙，仿佛兄弟什么的成真了。

怕被看出端倪，叶钦顾左右而言他地问：“那你成绩这么好，干吗不跳级啊？”

把手擦干净后，程非池拿起一颗鸡米花，蘸了酱送到叶钦嘴里，说：“跳级的话，不就遇不到你了吗？”

程非池有着不符合年纪的刻板和保守，所以在辅导叶钦学习的时候是一个严格的老师，不带一点私人感情。同样地，当他从老师的角色中抽离，变回叶钦的朋友，也从不吝啬展示温柔。

晚上看完电影，坐在后排的两人最后退场，摊在座位上不肯动的叶钦几乎是被程非池扶出来的，到外面还哼哼唧唧不肯走路，趴在程非池身上，由他架着走了好几百米。

天渐渐热了，各种露天烧烤的生意越发地好，来到六中外面步行街上的大排档时，里里外外宾客满座。老板见是他们俩，亲自从里面抬了一张折叠桌出来给他们坐，上菜也很快，不到十分钟，嗞嗞冒油的羊肉串就摆上了桌。

叶钦欣然享受老员工待遇，说起去年为了程非池跑这里来洗碗的事一点儿也不害臊，边吃边往厨房张望，嘀咕着："回头我买台洗碗机给老板送来。"说着他回头问程非池："你网购吗？可方便了，多大件的东西都能寄到家。"

程非池深刻地了解他示好的方式就是给人花钱，闻言也不阻止，拿起一串烤肉送到他嘴边："先吃东西。"

叶钦就着他的手吃了，擦了擦嘴上的油，摆手拒绝道："不行，不能吃了，我最近胖了好多。"

"不胖。"程非池说，"多吃能长高。"

叶钦对身高有着坚定不移的执着，闻言立刻又吃了两串。

他回到家里捏捏肚子上的肉才开始犯嘀咕，给程非池发语音："我真的不胖吗？"

程非池打字回复：不胖。

叶钦不相信：你又没看过。

程非池：摸过。

叶钦琢磨半天，忽然想起周五晚上他似乎拽着程非池的胳膊……放在了自己的腰上？

扑到床上打了几个滚儿，叶钦裹着毛毯，只露出两只蜷着脚趾的脚丫和一个黑黢黢的头顶。

进入6月，首都的天气时晴时雨，闷热异常。

暑假在即，相比其他人对即将升入高三的焦虑和紧张，叶钦的担心显得十分不合时宜。

程非池7月初要去离市区较远的某学校参加奥赛集训，为期一个月，那边安排住宿。叶钦听到这个消息就炸了，分开一个月，等他出来了还记得自己长什么样吗？

“又不是去坐牢，可以带手机的。”程非池听了他的担心哭笑不得地说，“只要你愿意，我们每天晚上都可以视频。”

叶钦还是噘着嘴不高兴。行动力极强的叶钦很快找到好办法，这天晚上，他把一个东西扔到程非池校服兜里，得意道：“嘉园小区 10 号楼 1903。”

程非池掏出一把钥匙，看了半天没明白：“什么？”

“你集训地点附近的小区啊，”叶钦理所当然地说，“安排住宿的条件肯定很差，这房子是我妈名下的，你去住。”

程非池把钥匙还给叶钦：“我住宿舍。”

叶钦猜到他会拒绝，也准备好了应对手段，拉着程非池的胳膊左摇右晃，奶声奶气地撒娇：“你就住嘛，晚上我还能去……”

程非池甩开他的手，果断道：“不住。”

叶钦一下子愣住，猜到程非池不可能轻易接受，却没想到他会直接摆冷脸，且毫无商量的余地，没说出口的“陪陪你”三个字硬生生被扼杀在摇篮里。

程非池也没想到自己会有这么大的反应。

叶钦的举动让他想到一些关于母亲和他的流言蜚语。

直到现在，那些捕风捉影的事还时不时在耳边徘徊，颠来倒去就那么几句——有说程欣未婚先孕被扫地出门，这么多年都不见那个野男人承认他们娘儿俩的；有说程欣自甘堕落当小三被人养在外面，想拿儿子争家产的；还有说他们娘儿俩现在住的这房子保不齐就是那男人送的，不然就凭程欣一个病秧子，怎么把儿子拉扯大？

他讨厌被误解，以前发生了什么，他只能模糊地猜个大概，可以后怎么过的，他作为当事人比谁都清楚。

在看到钥匙的那一刻，他引以为豪的淡定自若瞬间被击了个粉碎。归根结底，他还是不够成熟，还是过分介意别人的看法和议论，在意自己那不值一提的自尊心，碰到一丁点儿与之有关的事，就由着愤怒轻易撕开自己冷静的外皮。

叶钦哪里会想那么多，只是单纯地想对他好而已。

所以这次叶钦不回他微信，晚上没等他自己先走，都是有充分理由的，他自认都是自己的错，应该去哄叶钦。

因为这个不大不小的别扭，他从头开始学习如何哄人开心，冷笑话发了一箩筐，给叶钦出的小测试卷上还学叶钦用红笔画了个爱心。

晚自习课间，有同学帮忙把卷子送回来，程非池展开一看，叶钦在心的正中央添了蜿蜒曲折的几笔，爱心成了一颗破碎的心。

程非池失笑的同时不禁松了口气，没有真的生气就好。

下了晚自习，程非池成功地在楼道里堵到某个健步如飞的小朋友。叶钦左躲右闪，像个没头的苍蝇埋头乱跑，走到哪里都能撞到程非池胸口，气得跺脚大吼："好狗不挡道！"

程非池理亏，被骂也不生气，张开双臂继续拦，一个直球甩过去："对不起，以后不会再这样了。"

叶钦怔住，回过神来就拽着程非池往旁边无人的楼梯间去，进到里面接着发飙："你错哪儿了，你就道歉？不肯跟我住就不肯呗，当我没邀请过你好了，干吗还提……"

叶钦声音越来越小，嘴上说着不在乎，实际上还是委屈得冒酸水。想他堂堂叶家小少爷，不说呼风唤雨，至少也是要啥有啥，平生头一回对一个人这么好，这人还不领情，当面被拒绝两次什么的，可太丢人了。

"不肯跟你住？"

程非池抓住叶钦话里的重点，有点弄不明白好好的借房子给他住，怎么变成两人一起住了？

叶钦察觉失言，恨不能当场一头撞死："别说了、别说了，你就当刚才什么都没听见，行吗？"

"不行。"程非池斩钉截铁。

自打相熟以来，叶钦一直被程非池捧着、照顾着，许久没体会过这种被逼到欲哭无泪的感觉了。他耷拉着脑袋，琢磨该怎样美化自己坑蒙拐骗的计划和那些不足为外人道的小心思。

就在这时，程非池向他摊开掌心："钥匙。"

叶钦一紧张就结巴："干、干吗？"

程非池："不是想一起住吗？"

又一次瞎猫碰到死耗子，暑期前一个月的去向就这么稀里糊涂地定下了。

叶钦不仅大人有大量地"原谅"了程非池，心情也跟天气一样暴雨转晴，晴转艳阳天。

临近考试，只有他兴奋得快要飞起来，课余时间忙里忙外地往嘉园小区搬东西，床单、被套、枕头、衣服、牙刷、毛巾、拖鞋、沐浴露，一样都不能少。

这番举动自然引起了罗秋绫的注意。某天看到他把房间里的乐高和连着显示屏的 PS4 拆了扔箱子里准备打包带走，罗秋绫疑惑道："那位同学不是参加集训吗？带游戏机会不会影响学习？"

关于借房子的理由叶钦倒是说了实话，罗秋绫听说是帮他补习的隔壁班学霸，二话不说就掏了钥匙。于是叶钦这会儿有点心虚："呃……学习的同时也要放松放松，劳逸结合嘛。"

等到把嘉园小区那边布置到差不多能住人，期末考试如约而至。

叶钦发挥得不错，首次考进年级前百分之五十，张开手在光荣榜上比画了一下，和排在第一列第一排的程非池只有十来拃的距离了，不错不错，下次争取缩短到五……不，八拃以内。

散学典礼在操场上举行，台上教导主任拿着话筒激昂地动员所有学生，尤其是即将升上高三的同学们不要荒废青春，为自己的未来奋斗。台下高二（1）班和高二（2）班的队伍紧挨在一起，叶钦偷偷跟后面的男生换了位置，站到队伍末尾，左边是自己班同学，右边是隔壁班刚上台接受过表彰的程学霸。

叶钦与有荣焉，头昂得高高的，伸手去拽程非池的衣角，小声说："喂，今天放学跟我去嘉……"

话没说完，手腕被程非池制住了，叶钦有点慌："欸，你……"

"嘘。"程非池让他噤声，脸上一派淡定，目视前方，脖子都没转一下，"好好听讲。"

前面就是黑压压的人群，还有在台上慷慨陈词的老师。

叶钦力气没他大，只好抽回手，满不高兴地应了声："哦……"

虽说只住一个月，但程非池还是带了不少东西到嘉园小区的公寓。

……在叶钦的指挥下。

"衣服就两身？万一下雨晾不干没的换怎么办？……鞋也多带两双，省得回家拿……你擦头擦屁股用一条毛巾啊？欸，这个就别回去拿了，回头咱们一块儿去超市买。"

叶钦坐在车里帮着清点物品，碎碎叨叨念个没完，程非池无奈之下又上楼两趟。最后带的东西是原来的三倍还多，几乎把车后座的空间占满了。

车开到路上，叶钦才迟钝地问："你妈妈……有没有问什么啊？"

程非池笑了一下："你怕她问什么？去跟谁同居？"

叶钦话都说不利索了："不不不是啊，你一个人离家到外面住，她肯定会担心啊。"

今天出门的时候，他跟罗秋绫说晚上不回家，要陪同学在那边住两晚，罗秋绫紧张不已，又打电话跟家政阿姨确认了一遍那边的水、电、天然气是不是都通了，空调是否运作正常，然后千叮咛万嘱咐让叶钦不要碰厨房的东西，有事立刻给她打电话。

他以为全天下的母亲都像这样，把自己的儿子捧在手心上疼爱。

程非池唇角的弧度变得有些僵硬，大约是怕吓到叶钦，没有让笑容隐去："没事儿，她不会担心的。"

到地方把东西放下，叶钦拉着程非池去附近的超市购物。

屋子里应有尽有，罗秋绫甚至吩咐家政阿姨给冰箱里塞满了饮料、水果，需要买的生活用品并不多。于是叶钦大肆采买各种零食，塞了满满一购物车还不够，最后拿了两个旺旺大礼包，让程非池拎着。

排队结账的时候，程非池问买得会不会太多了，一个晚上哪里吃得完，叶钦眨巴着眼睛说："里面也有你的份啊。"

排了一会儿队，叶钦又转过来有些哀怨地问程非池："你是不是只想我在这里待一个晚上啊？"

回去整理、归置物品，叶钦正大光明地把自己的毛巾和程非池的并排挂在毛巾架上，牙刷也摆成刷毛朝外、方向一致的造型，远看近看都堪称完美，拍拍手心满意足地回房间帮程非池整理东西。

程非池带的行李当中书占大部分，其中还有高二做过的习题册，叶钦紧张兮兮地问这个是不是带错了，程非池说："没错，给你出题用的。"

叶钦两眼一翻，倒在床上不省人事。

这间公寓是罗秋绫两年前被做房地产生意的老同学忽悠着买的，当时她老同学信誓旦旦地说市政府很快要迁到这一带，房子到手就升值。

然而一晃两年过去，这处从各方面考量都没有闪光点的房产只起到被叶锦祥挂在嘴边发牢骚的作用，心情不好的时候顺带着骂一骂她就是头发长见识短，不知道挣钱的不易。

叶钦倒觉得这里挺好，不大不小的三室两厅，南北通透，卧室采光充足，兴许是车少人少的关系，不仅夏天温度低，空气都比市区怡人。

就是房间有点多，叶钦找不到跟程非池睡一间房的合适理由，晚上吃完饭洗过澡，磨磨蹭蹭地往隔壁房间挪。

他边挪边回头：“你明天几点钟到校啊？记得把我叫醒。”

“叫醒你干什么？”

“跟你一块儿吃早饭啊。”

程非池不是没见识过他的贪睡：“你能醒来？”

“能啊，怎么不能？”叶钦转过来给予指导，“要是我不起，你就在我枕头边上放一块巧克力，就昨天买的那种，我闻到味儿就醒了，百试百灵。”

程非池把他送到房间门口，“好好好”“行行行”答应了几遍，叶钦才依依不舍地进去了。

回去把两个装行李的空包拾掇好，放进衣柜，手伸到最里层掏出藏了一天的玻璃瓶，程非池也不知自己是出于什么心理不想让叶钦看到，大约是有些不好意思吧。

刚拿出来，门“砰”的一声被从外面推开了，叶钦伸脑袋进来：“对了，巧克力记得拆包装，不然我闻……”

回马枪杀个措手不及，程非池忙把手上的东西往身后藏。

还是晚了，叶钦对自己经手过的东西分外敏感，0.1 秒足够他看清楚。没说完的话噎在喉咙口拐了几个弯，他昂首打量四周，憋不住的笑容在脸上漾开：“仔细看看，这屋子里确实缺那么一件摆设哦。”

程非池终究是遂了叶钦的愿，次日清晨两人一起吃早餐。

昨天在超市买了即食手抓饼，程非池见厨房里应有尽有，拦住了叶钦想放微波炉里热的手，往锅里倒了点油，油热了铺上饼皮，切了火腿肠和几片番茄放进去，最后挤了点沙拉酱，锅铲利落地翻两下，倒出来一块煎得外焦里嫩的手抓饼。

叶钦大饼就着牛奶，吃得十分满足，早起的困倦一扫而光，像吃了菠菜的大力水手，主动把碗洗了，还有力气再做两套小测试卷。

程非池吃完洗手出门，叶钦把他送到门口，手指扒着门框巴巴地问他中午什么时候回来，下午什么时候下课。

“学校有食堂，我就在那儿吃了。”程非池说，“你有事就自己去忙，作业做完放在桌上，我晚上回来看。”

叶钦能有什么事？为了跟程非池住一块儿，他把暑期国外游学都推了，周封他们几个现在大概已经上飞机了。

趴在沙发上把小测试卷做到一半，叶钦站起来伸了个懒腰，自己又去了趟超市。

他把昨天程非池不让他买的方便面买了，顺便在回去的路上买了个鸡蛋灌饼，边吃边在心里嫌弃没有程非池做的饼好吃。他回去一拍脑袋想起还在超市买了两盒冰激凌，拿出来一看都化得变形了，垮着脸安慰自己冻硬一点儿再吃。

严格说起来这是他第一次离开家在外居住，从前那些跟朋友一块儿玩的外宿经验不算，毕竟都有人伺候着，现下很多事需要他自己动手，难免有些不适应。

他下午睡了会儿，把 PS4 插上玩了会儿，觉得无聊，跑到程非池房间里转悠，搜刮出两件他昨天换下来的脏衣服，和自己的一并扔进洗衣机里。

研究好半天，好不容易让机器运转起来，洗完他拿出来一看，湿答答的还在滴水不说，洗衣粉都没过干净，摸在手上滑溜溜的。

这点小事不好意思问妈妈，叶钦把电话打给唯一的女性朋友孙怡然。孙怡然听说他在洗衣服，大惊小怪地问他在哪儿，说要来给他拍一段纪录片。

叶钦气得把电话挂了，拍了张洗衣机按钮的照片发到微信上。

孙怡然总算正经地帮他解决问题，让他别忘了选择漂洗，至少两遍，然后还要选择脱水的时长，末了还是耐不住好奇，在微信里问他："今天怎么想起自己洗衣服了？"

叶钦被这破洗衣机弄得烦躁，泄愤地踹了一脚，说："附近没有干洗店啊。"

孙怡然："你在哪里？"

"嘉园小区。"

过了大约十分钟，叶钦已经让洗衣机再次运作起来，她才继续问："十三中附近的那个？"

叶钦什么也没想："嗯啊。"

对话框上方显示"对方正在说话"，叶钦看了一眼时间，已经五点多了，火烧屁股似的发过去一句"我先去写作业了，回见"，就把手机扔一旁，扑到沙发上继续做他没做完的小测试卷。

程非池是 7 点左右回来的，钥匙插进锁眼还没转，门就从里面打开了。

叶钦手上拿着漏勺，嘴里叼着筷子，含混不清地说："再等一下，马上就可以吃饭了。"说完立刻返回厨房。

灶上的汤锅里煮着半锅泡面，水不知道沸腾几次了，正咕嘟咕嘟冒泡泡，叶钦手忙脚乱地往里面打鸡蛋，溅起的水险些烫到自己。

程非池帮他把火关了，握着他的手放在冷水下面冲，确定没事才关上水龙头，问他："不是让你不要碰厨房里的东西吗？"

叶钦在生活上的白痴程度可以说是众所周知。

他并不引以为耻，擦干净手骄傲地说："做晚餐啊。"

程非池回头看了看那锅乱七八糟的面条，还是说了实话："我吃过了。"

来这里住之前，他跟叶钦达成了口头租住协议。叶钦原本不想收他钱，最后拗不过他，以周边租房价的百分之五十为标准收取，说这是友情价，再多就是普通同学价了，他才勉强接受。

他以为叶钦说的"一起住"最多就是偶尔到这边晃悠一圈，毕竟这里条件一般，对挑剔的叶钦来说用"简陋"来形容都不为过，周边吃喝玩乐什么都没有，只有讨人厌的小测试卷，叶钦怎么可能待得住？所以他压根儿没想着回来吃饭，下课在教室里看了会儿书，趁食堂人少吃了碗面才回来。

谁知小家伙当真在这儿住下了，一晚上过去不仅没走，还留在这儿给他做了饭。

叶钦眨了两下眼睛："晚饭你也在食堂吃的啊？"

程非池"嗯"了一声。

叶钦也回头看自己做的那锅面，把含在嘴里的筷子抽出来放下，顿了片刻，拉长语调说："哦……"

叶钦耷拉着脑袋的样子要多可怜有多可怜，程非池的心蓦地软了，拿起灶台边的筷子，搅了搅锅里糊成一团的鸡蛋面："不过我没吃饱，还想再吃一点。"

二人分食完一锅面，叶钦邀功般地拉着程非池到阳台上看他洗的衣服。

程非池默默地把裤腿拧着朝上的裤子换了个方向晾，看着迎风飘扬的两条内裤，清了一下嗓子，有些为难地说："以后……还是留给我自己洗吧。"

"你跟我客气什么啊，"叶钦完全没感受到他的尴尬点，指指旁边的洗衣机，"再说都是它洗的，我就把咱们俩的衣服放进去，然后按几下而已嘛。"

回到屋里拿小测试卷给程非池检查时，叶钦后知后觉地想起什么："你不会是因为我没经过你同意进你房间，所以不高兴了吧？"

程非池刚要说"不是"，叶钦就抢着举起双手做投降状："我真的只进去拿了衣服，别的什么都没碰！"

程非池："……"他才是被这份天真打败要投降的那个。

性格和习惯都相距甚远的两个人刚刚住在一起，几乎每一刻都有大大小小的新鲜矛盾被制造出炉。

其中大部分可以凭借对方家庭背景形成的行为模式进行梳理和推测，接着从互相体谅的角度出发当场解决。而小部分脱离基础社交范围，你不愿意说我也不好意思问的事儿，就有些棘手了。

比方说程非池不明白叶钦今天晚上为什么又不肯回自己房间，宁愿多背一篇英语短文，边背边抠手，指甲都快抠劈了，还是忸忸怩怩不肯走。

时针指向数字 11，叶钦困得东倒西歪，脑袋几次砸到桌上又弹起来，额头磕得通红。程非池没办法，躬身将胳膊穿过他两边腋下，半抱半拖地把人送到隔壁房间的床上。

从现在开始，程非池又多了一项需要学习的技能，那就是摸准叶钦的心思，不要让他总是噘着嘴不开心。

因为从前惯于使用的那些付出与收获的配平公式放在这里行不通，这个小家伙值得被最好、最珍重地对待。

两天后，程非池经研究总结确认，关心人这件事果然不能随便套用公式。

刚收获一个新词，正打算找机会实践，接下来几天就都没能派上用场，叶钦小汽车一开，回家去了。

周五晚上回来也没给好脸，叶钦洗过澡就关房门爬床，里面游戏机"砰砰啪啪"打枪的声音穿云裂石。

程非池在房间里解完两道数学题，还是没想通这回又是哪里惹到叶钦了，只知道问题不大，至少人还肯回来。

他敲叶钦房门："我给你热了杯牛奶，喝完早点睡。"

房间里的游戏音效更响了，震得地板都在抖。

程非池只好把牛奶放在门口的斗柜上，用手机给叶钦发微信，让他打完游戏记得喝。

他转身刚回到自己卧室，眼前突然一黑，头顶的灯灭了。

吵闹的游戏音效骤然停止，只听乒乒乓乓一阵动静，隔壁门打开，紧接着一声清脆的玻璃砸在地上的脆响，吓得叶钦嗷嗷叫："啊啊啊什么东西？"

程非池摸到墙壁，沿着墙壁往外面走："杯子打翻了？"

叶钦倒抽气："咝，怎么有水？"

程非池心知猜对了，摸到跟前时，视线慢慢适应黑暗，依稀能分辨出人影的轮廓。他准确地拉住叶钦的胳膊，带着叶钦往客厅的沙发走："你先坐着，我去看看是不是跳闸了。"

叶钦连闸在哪儿都不知道，乖乖坐着不添乱，从口袋里摸出手机制造光源，看到程非池刚才给他发的消息，登时坐不住了，扶着沙发扶手小心翼翼地站起来，循声往厨房那边去。

打开手机电筒的同时顺便看了看外面，也是黑压压一片，叶钦把光源对准程非池的手，有些担心地说："好像停电了，外面都是黑的。"接着咕哝道，“怎么又停电啊？”

程非池拨弄了几下总闸开关，没反应，关上配电箱盖，率先往外面走：“你先在这儿别动，我去收拾地上的碎玻璃。”

叶钦忙拉住他的衣角“欸”了一声，蚊子哼哼般地说：“我跟你一起。”

捡起碎片往垃圾桶里扔的时候，玻璃尖锐的角反射出一道道刺眼的光，叶钦紧张得一惊一乍，扯着程非池的袖子不敢看：“要不等来电了再收拾吧。”

程非池拍拍他的手，似在安抚：“没事儿，一会儿就好。”

等收拾完了，程非池又拿扫帚把附近扫了一遍，确保地上没有碎玻璃。叶钦给他打着手机电筒，这会儿才明白他着急收拾是因为担心自己不留神碰到。

坐回沙发上，程非池弯腰察看叶钦的脚：“抬起来我看看。”

其实没什么事，牛奶温度适宜并不烫，大夏天的叶钦也没穿袜子，这会儿脚面上的液体已经蒸发干了，就是拖鞋湿了一块。

程非池摸了一下叶钦的脚背，惹得他哆嗦着往后缩：“痒……”

屋里没有多余的拖鞋可换，程非池先去拧了块湿毛巾，拿了双运动鞋，回到沙发旁边半蹲在叶钦跟前，借着手机光先给他仔细擦了脚，然后帮他穿鞋。

脚被人握着让叶钦很不习惯，他动了动脚趾，脚腕和膝盖关节无缘无故地发僵。

“还痒？”程非池抬头问他，手上加快速度帮他把鞋套上。

叶钦摇头，伸长脖子看自己的脚：“你干吗拿这双啊？有鞋带多不方便。”

程非池笑笑，单薄的一束光照在脸上，深邃的五官投射出的阴影随着他的呼吸明暗起伏：“没关系，有我在。”

说着程非池手指一挑一拽，给叶钦系了个漂亮的蝴蝶结。

这种天气下的人类基本靠空调过活，停电半个小时，屋里的凉气就散得差不多了。

叶钦嚷嚷着热，冰箱里的饮料喝了一瓶又一瓶，程非池怕他闹肚子，按着冰箱门不让他再拿，叶钦鼓着腮帮子撒泼耍闹："这么热你都不让我喝，我要喝嘛，要喝嘛。"

"坐着别动就不热了。"程非池在这方面十分有家长风范，说不行就不行。

叶钦哪里坐得住。屋里乌漆墨黑，电视没法看，手机也快没电了，热浪化作无形的手堵住鼻孔掐住气管，令人呼吸困难，仿佛快要缺氧而死。

不让他喝饮料，他就央着程非池跟他一块儿出去玩。程非池对他的变脸速度好气又好笑："不生气了？"

叶钦霎时卡壳，一时竟忘了自己之前为什么生气了。

……为什么来着?

走在路上，他还在琢磨这个问题，心想自己怕是回趟家被罗秋绫唠叨傻了，这回无论如何不能告诉她这边停电的事。

历尽千辛万苦从 19 楼一级台阶一级台阶地走下来，叶钦累得气喘吁吁，脚步虚浮地走到地下停车库，里头更是伸手不见五指，举着车钥匙转悠几圈也没找到自己的车，远远地来了一个开巡逻车的保安，闪着车前灯提醒他们俩赶紧出去，停电挪车是危险举动。

这对叶钦来说无疑是一个毁灭性打击。走出地下车库，他仰头看 19 楼所在的位置，不敢想象今晚要是没来电，他该怎么爬回去。

楼下聚集着不少因为停电下来纳凉的住户，空地上有几个大叔、大妈开着小音响在瓦数颇高的 LED 灯下跳广场舞，叶钦坐在边上看了会儿，奇迹般地觉得不那么热了，推开程非池一直拿着书给他扇风的手：

“我不热了，你自己扇吧。”

坐在旁边穿花裙子的阿姨闲来无事跟他们搭话：“你们兄弟俩哪栋楼的？怪面生。”

叶钦听到“兄弟”两个字就想翻白眼，程非池礼貌地回答：“10号楼的，刚搬来不久。”

阿姨笑眯眯：“我就说，这小区住的都是中老年人，没见过你们俩这么年轻的，都还在上学吧？”

“嗯，马上高三了。”

“你们两个一样大？不是亲兄弟哦？”

“不是。”

阿姨看看这个又瞧瞧那个，最终视线定在叶钦身上：“啧，这个小朋友嫩得很，我还以为你们俩差好几岁呢。”

坐累了两人站起来散步，叶钦还是对刚才那个阿姨的话耿耿于怀：“我看上去有那么稚嫩吗？不像上高三的，难不成像初中生？”

程非池忍俊不禁，故作严肃说：“不是你稚嫩，是我显老，跟你在一起衬得你过分年轻。”

“谁说你显老？”叶钦瞪大眼睛，“个子高就是老？怎么不说他们自己营养不良不长个儿呢？告诉我谁说的，我去揍他们。”

成功转移了注意力，程非池说：“没事儿，你不嫌弃就行。”

因为天黑又没有路灯，两人摸黑走了 路，碰到物业管理人员的时候，叶钦甩着胳膊问啥时候来电。

“就快了，赶紧回去吧，天太黑外面不安全。”物业人员看了一下手机，“供电局说9点左右。”

于是两人往回走，道路太暗，周围的楼宇又都长得差不多，导致走错两次路，到10号楼楼下，电梯口已经堵着不少等乘电梯上楼的住户。

叶钦等了一会儿又耐不住，想起家里冰箱里还冻着上次买回来的冰激凌，突发奇想地对程非池道：“我们走楼梯吧？”

在这种无伤大雅的小事上，程非池向来都听叶钦的，所以哪怕心知这个想法有多么不靠谱，还是依了叶钦，由他拉着自己走进楼梯间。

高层住宅的楼梯存在感很弱，因为平时鲜有人走，里头积了不少灰尘，也没个窗户或者透气孔，走进去就像潜入一条漆黑的秘道，一丁点声音都被无限放大，脚步声仿佛雷鸣，呼吸声犹如暴风。

叶钦觉得好刺激，热也顾不上，野猴子一样嗖嗖嗖往上爬，还催程非池快点。

程非池怕他摔倒，打开手机电筒，被叶钦反身按住发出亮光的镜头：“关掉关掉，就摸黑走，太好玩了。”

程非池拗不过他，由着他走在前面，自己在他身后不远不近地护着。

每层 21 级台阶，19 层就是 378 级，如程非池所料，四分之一没到，叶钦就爬不动了。

他两手叉腰，气喘如牛：“这这这……怎么比下楼还累啊？”

程非池：“因为地心引力是向下的力，下楼时力的方向相同，而上楼相当于做负功，所以上楼比下楼累。”

叶钦一脚踩在台阶上，一点劲都使不出了，翻着白眼断断续续地说：“现现在、我要、要非池哥哥，不、不不……要程老师。”

休息 5 分钟，爬了 30 秒，叶钦以为差不多该到了，问程非池现在是几楼，程非池说 9 楼他还不信，扶着墙推开楼梯间的门往电梯方向看了一眼，果然是 9 楼。

“不然我们出去等电梯吧？”程非池提议道。

叶钦只觉得头重脚轻，一点力气都使不出来了，摆着软绵绵的手：“你先下楼，等来电了，打 120 让他们弄个担架来，把我抬上去。”

程非池没答应，背对着他，屈腿半蹲："上来。"

叶钦吃了一惊："干吗？"

"非池哥哥背你上去。"

这个称呼冷不丁地从程非池嘴巴里说出来，就有那么点惊雷炸耳的感觉。

"不行。"叶钦纵然再不懂事，也知道负重上楼有多难，咬牙道，"我再坐会儿，就能接着爬了。"

"我背得动你。"程非池姿势不变，只稍稍偏头，"你把我当担架就好。"

叶钦过往的记忆中并没有让人背着的经历。

罗秋绫身体不大好，叶钦上小学后，她就抱不动他了，只能在他放学回家时弯腰给年纪尚小的他一个拥抱。叶锦祥呢，整天忙生意不着家，难得回来也鲜有好脸色，尤其是看了叶钦的成绩单之后，骂还来不及，哪还有心情跟他亲近。

于是趴在程非池背上的叶钦有些拘谨，手都不知道该往哪儿放，虚虚地搭着程非池的肩膀，透过薄薄的T恤布料传来的温度又让他觉得烫手。

程非池似乎察觉到他的紧张，托着他的大腿把他往上掂了掂："抓紧我，别松手。"

叶钦忙用胳膊环住他的脖子，腿也不由得夹紧，像只抱着树干生怕掉下去的树袋熊。

又爬了两层，程非池稳健的脚步让叶钦紧绷的身体逐渐放松，喘匀了气，总算能好好说话。他本想问程非池累不累，要不要休息下，出口的却是："你怎么这么熟练啊？是不是背过很多人？"

程非池步子迈得均匀，喘息声也不粗重，所以看上去游刃有余。他边走边说："除了我妈，还背过楼下的爷爷，有阵子他腿脚不方便，家里又没人，我就帮了几天忙。"

解释得清清楚楚、坦荡磊落，让叶钦想借题发挥都找不到切入点，噘着嘴咕哝道："那谢谢你帮忙咯。"

"你不用说谢谢，"程非池道，"背你是我应该做的，不是帮忙。"

叶钦好半天才反应过来程非池的意思是把他当作自家人，跟妈妈摆在同样的位置上，一时心中五味杂陈，既觉得甜蜜又隐隐有些难受。

他还是不知道这种难受名为何，只知道自己想给程非池一些东西，迫不及待地想付出点什么。

叶钦踢了一下腿："喂，你还没告诉我，想听我管你叫什么呢。"

"只要不是'喂'，什么都行。"

"都行个头啊。"叶钦又踢了一下腿，"直呼大名和'程老师'你都不喜欢，当我看不出来啊？"

没想到这小家伙观察力还挺敏锐，程非池笑了一声，拐着弯道："我觉得，刚才那个阿姨说的就不错。"

最后五层楼是叶钦自己爬的。十层楼太高，他怕真把程非池折腾伤了，下回再遇到这情况没人肉担架可用了。

到家门口拿钥匙开门，眼前"唰"地一闪，楼道灯亮了。满头大汗的两个人同时看向对方，然后不约而同地咧开嘴笑。

洗完澡，叶钦趴在程非池房间的床上做小测试卷。两天半没在这儿，程老师一点儿没偷懒，攒下的题目数量只多不少，写得叶钦抓耳挠腮，从床上滚到床下，又爬到厨房冰箱里拿冰激凌，企图激发大脑潜能。

化过一次的冰激凌形状不太好看，叶钦用勺子挖着吃，吃着吃着就跑偏了，自己吃一口，往程老师嘴里塞一口。

程老师虽然严格，但还算是个体谅学生的好老师，看在叶同学今天体力消耗过度的分儿上，让他留一半明天写。

叶钦一跃而起，以为冰激凌“贿赂”起效，跑到厨房亲手给程老师热了一杯牛奶，巴巴儿地送到程老师跟前，说家里只有两个杯子，碎了一个，现在只好两人同喝一杯了。

程非池不知道他心里的小九九，喝完牛奶催他去睡觉，叶钦不肯走，又喊不出那两个字，原地跺了跺脚，噔噔噔跑回自己房间抱了枕头过来，放在程非池床上，跳起来躺了上去。

叶钦对这番举动的解释也很充足：“我怕黑，万一待会儿又停电，怎么办？”

直到程非池躺在另一边，才有点琢磨过来叶钦的用意。

叶钦许多年没跟别人睡一张床，新鲜得睡不着，还有一点点古怪的紧张，翻来覆去烙了会儿饼，侧过去杵了杵程非池的肩膀，用拉长的气音问：“睡——着——了——没——？”

程非池习惯往右侧睡，被杵得动了一下，头往左边转，叶钦立刻用手指顶住他后腰不让他转过来：“你别动。”

程非池就不动了。

叶钦舔舔嘴唇，张了张嘴，复又闭上，如此循环。往前数十七年，还从来没有哪一刻像现下如此纠结，他从还在爬楼梯时就开始做心理建设，几个小时过去，还是难于启齿。

程非池背对着他问：“什么事？”

叶钦用毯子盖住自己下半张脸，含含混混地说了几个字，程非池没听清，追问：“什么？”

叶钦眼一闭心一横，掀开毯子，飞快地说了一句：“哥哥晚安。”

说完叶钦正要把毯子盖过头顶装睡，程非池以迅雷不及掩耳的速度翻身转过来，在叶钦躲进去之前制住他的手。

叶钦无处躲藏，被程非池炙热的目光看得脸热，闭上眼睛难堪道：“睡觉了。”

程非池抬手揉了一把叶钦蓬松细软的头发：“晚安，叶小软。”

以往的暑假之于叶钦只有一个意义——宅。

从前他不是宅在家里，就是宅在某个度假村的酒店里，不然就宅在刘扬帆家的茶馆里，娱乐活动也只去商场、电影院之类的地方。总之，让他动弹比登天都难，周封经常说他皮肤这么白是成天待在室内闷出来的。

这一年的暑假有所不同的是换了个地方宅，一个星期两天待在家，其余时间都在嘉园小区的公寓里。

偶尔去超市买个东西还嫌晒，又不乐意打伞或者涂防晒霜，他有一回中午不想吃零食跑出去买饼吃，排了二十分钟的队，吃饱又开始瞎琢磨，想着给公寓牵个网，听了路人指的路，顶着大太阳走了几条街才找到营业厅。

网是牵上了，回来没多久就发现身上被晒伤，所有没有衣服遮挡的皮肤都冒出骇人的红斑，叶钦晚上又痛又痒睡不着觉，程非池用盆接凉水浸毛巾给他擦身，换了几次水才勉强舒服些，睡着了还不忘哼哼唧唧地喊疼。

自此程非池就不让叶钦自己出门觅食了。只要叶钦在嘉园小区，他下午下课就先去买菜，晚餐过后把第二天中午的菜烧好放冰箱，告诉叶钦每个菜该热几分钟，中午还查岗，让叶钦把热好的午饭摆在桌上拍照给他看，饭前饭后各一张。

叶钦万分后悔先前催着程非池买手机，还叫程非池安装微信，那时的他哪知道会派上这个用场。

不过不能以零食代午餐的生活也不赖，新鲜的饭菜吃起来总归比膨化食品舒服，娇生惯养的叶小少爷乐得享受到哪里都有人给做饭的待遇。

即便为此付出的代价是他多做几张小测试卷。

为了这边的竞赛集训，程非池停了市区那边除了家教的一切工作。他本来就善于规划利用时间，现在每天空闲时间比先前多得多，更有时间督促叶钦学习。

他们偶尔也会一块儿打打游戏。

叶钦小算盘打得啪啪响：程非池学习好，不代表他有游戏天赋啊，我打了这么多年游戏，他能比得上我身经百战、经验丰富？这种情况下不赌点什么简直太亏了。

如他所料，起初几局对战都是程非池落下风，叶钦赢了一堆薯片、软糖、冰激凌，耀武扬威地拆开在桌上摆一排，想吃哪个吃哪个。

等到后来，画风渐渐不对劲了，熟悉了手柄持握、掌握操作要领的程非池就跟开了挂一样，一局比一局分高，hard（困难）模式的系统Boss（指电子游戏里的大怪物）都不是他的对手，分分钟刷新本机历史纪录，惊得叶钦下巴能掉地上。

他认为其中有侥幸成分，不信邪地跟程非池比了一局又一局，结果就是欠下一堆待背的英语短文和喊了无数声“哥哥”。

以至于第二天跟在美国的周封视频的时候，被问到中午准备吃什么，叶钦没过脑子就说了一句：“哥哥给我做了饭。”

那头的周封沉默良久：“原来学霸也有这种癖好。”

叶钦气得挂了视频。

没过一个小时他又拨过去，转换摄像头让周封看程非池给他用乐高做的机械组合，得意地介绍哪里是连杆机构，哪里是曲柄移动导杆机构，哪里还有滑轮和齿轮，只要动一下就能实现联动效果。

周封看得目瞪口呆，这玩意儿他四岁就开始玩，到现在也就勉强能照着图纸拼出一个高达。等视频转回来，周封又摆出不屑脸，说他们家圆圆也能给他做出这个。

周封转脸就把已经睡着了的廖逸方从床上拉起来，指着视频让他看："圆圆我也要这个。"

廖逸方摸到眼镜戴上，眯着眼睛盯屏幕看了会儿，犹豫地说："……那我们先从初中物理学起？"

叶钦乐不可支，笑得手机都拿不稳。周封不服气道："程学霸借这个给你补课呢，你还笑。"

叶钦耸肩表示不在意，他能接受这种寓教于乐的教育方式，总比啃初中物理书强。

平淡的日子里掺杂着恰到好处的小惊喜，比慵懒颓废的生活更让人容易全身心沉浸。

不知不觉中，叶钦习惯了每周一、周三、周五的小测试卷，习惯了程氏饭菜带点辛辣的口味，习惯了每天醒来家里多了一个人，习惯了每天晚上那声温柔的"晚安，叶小软"。

对此他原本毫无所觉，7 月底的某一天，他花半个下午时间打了一堆腹稿，打算晚上软硬兼施，逼程非池同意接下来的一个月继续住在这里，好早早地培养出刘扬帆说的那种浓厚感情。

谁知下午他接到程非池的电话："我妈生病了，我得去医院，晚饭你自己吃。"

叶钦萎靡不振地泡了一碗方便面，拍照发给程非池。半个小时都没等到回复，叶钦有点担心，随即换衣服、穿鞋准备出门。

走到门口他又觉得自己莫名其妙：他妈妈生病了我去干什么？添乱吗？

再说那女人是叶锦祥的情人啊。

叶钦踹掉鞋返回屋里，洗了个澡躺在床上，忽然觉得一米八的床有点空，来回打了几个滚，后半夜才昏昏沉沉睡着。

凌晨一点半，程非池把母亲安排妥当，掏出手机一眼看到叶钦发来的图片消息。

点进去放大，程非池眉头立刻紧皱。叶钦最近不知跟谁学的，拍照片还要在边上加个Q版卡通贴纸，这回加的是一个光头小人做鬼脸的图，好像在耀武扬威地对他说："我就吃泡面了你能把我怎么样？"

他确实不能把叶钦怎么样。他自认目前能力有限，有足够把握办到的事情还太少，连身边的人都照顾不好，遑论掌控自己的人生。

程欣是在楼道里被邻居发现的，出门买菜回来时因体力不支晕倒了。邻居说得亏她是晕在楼梯拐角，要是在台阶上，指不定摔出什么好歹。

在来时的路上程非池去银行取了钱，还了邻居垫付的部分，剩下的只够付各项检查费和住院费。程欣当年产后大出血，患上席汉综合征，这些年一直在服用各种激素药，这是他们家过得捉襟见肘的主要原因。

程欣这次晕倒多半也是这个无法根治的病造成的。程非池算了一下身上的余钱，决定明天去银行把之前存的定期提前取出来，本来存这些钱也是为防不时之需。

晚上只有急诊科医生，各项大型检查只能明天做。冯阿姨12点多刚走，听说他明天有课，说明天一早就过来替他。

程非池不想麻烦别人，可眼下没有其他办法，最后几天的课尤为重要，还有一场模拟考，他需要借这场考试探测自己的真实水平。关乎未来的事，他一点都不敢怠慢。

医院大晚上也不安静，时有急诊送来的病人和家属喧闹不休。刚有个喝醉酒从楼梯上滚下来摔断腿的男青年，因床位短缺暂时支了张床在外面走道上，哀号了一个多小时，到现在还在叫唤，整个病房三张床，除了程欣因为昏迷醒不过来，其他人连同陪床家属全都没法睡了。

程非池是从学校背着书包来的，这会儿没别的事，索性就拿出书来看，中途站起来量了两次程欣的体温，用棉签蘸了水抹在她干裂的唇上。

邻床是个患有糖尿病正在住院调养的老婆婆，看他的眼神满是赞许："好孩子，妈妈住院，怎么就你一个人啊？"

程非池不喜跟外人聊家事，说："明天阿姨会过来。"

老婆婆不介意他的冷淡，从床头拿了个洗过的苹果，笑着递给他："夜还长，吃个苹果养养精神。"

第二天清早冯阿姨来了，程非池把注意事项跟她说了，背上包赶早班公交车前往十三中，到那儿先步行去嘉园小区，进屋时主卧房间门关着，叶钦还没醒。时间紧张，程非池只来得及把速冻包子蒸好，牛奶热在锅里，走之前轻手轻脚地进房间，掀开毯子的一角，让缩在里面的叶钦露出脑袋。

中午掏出手机，他果不其然看到叶钦发来的一长串消息，五花八门的愤怒喷火表情，还有一连串感叹号，质问他为什么不把自己叫醒。

程非池给冯阿姨打了电话，确认程欣已经醒来，目前意识清楚，各项检查也都做了，才放心地前往食堂。在路上他回复叶钦的消息：让你多睡会儿。中午不要吃零食和泡面，晚上我给你做饭。

叶钦的回复惨兮兮：那我等你来了再吃。

程非池叹了口气：自己吃，别饿着，乖。

叶钦这回没跟他唱反调，乖乖地回答"好吧"，还问他妈妈怎么样了。

程非池如实告诉他检查结果还没出来，得等到下午才能看。叶钦发来一个纠结的表情，说：要不……你下课别回来了吧，直接去医院好了。

能做出如此让步，对于向来以自我为中心的叶小少爷来说十分不易。程非池心中宽慰，回问：真的？

叶钦发来一个“嗯”，后面跟着一个瘪着嘴难过的小表情。

程非池笑了，承诺道：只要有时间，我就会给你做。

下课后，程非池去嘉园小区给叶钦做饭。

因为时间紧张，做的是相对快速的炒菜，叶钦也没闲着，帮忙择菜、洗菜。虽然程非池后来又把他经手的工序全部重新做了一遍，但好歹这份关心和热情程非池是尽数收到了。

送他到门口的时候，叶钦说：“有什么需要帮忙的跟我说啊，咱俩……那啥关系，没必要客气。”

“什么关系？”程非池忍不住逗他，“兄弟吗？”

叶钦无法从之前喊过的一迭声“哥哥”的羞耻中脱离，瞪着圆溜溜的眼睛怒道：“师生关系！”

程老师拒绝了叶同学要开车送他去医院的提议，让他在家好好写作业。

路上收到叶钦发来的大桶冰激凌照片，知道他在故意挑衅，还是耐着性子劝道：少吃点，别贪凉。

叶钦回过来一个“左哼哼”的表情。

程非池想着集训结束后最好还是抽点时间给叶钦做饭，这小家伙胃不好完全就是不规律饮食还有经常把零食当饭吃造成的。听说他在家的时候每天都有汤喝，程非池也打算学学看。

他边盘算边走进病房，抬头撞上一个有点面熟的男人。

因着有人来替班，冯阿姨已经走了。

床头堆着一沓检查报告，程非池挨张翻看，听见程欣说：“这是你叶叔叔，打个招呼。”

程非池喊了声“叶叔叔好”，低头继续翻看报告。

姓叶的男人西装革履，一看就是惯于身居高位的所谓社会精英。他在程非池这儿受到冷待，面上有些挂不住，借口抽根烟出去了。

程欣倚靠在床头，语速缓慢地说："他是我的朋友，你礼貌些。"

程非池觉得自己足够礼貌了，面对可能是替那个男人来医院照看母亲的人，以及外公口中该赶紧断了联系的"那些个人"。

刚才一进门，他就认出这个叶叔叔是那张程欣大学毕业照片上站在右手边的人。这个叶叔叔能这么快赶到医院，程欣和这人显然不是第一次联系了。

"什么朋友？又是老同学？"程非池毫不客气，"请他回去吧，有一个人守着就够了。"

程欣沉默良久，卸下长辈的架子，妥协般地说："他帮了我不少忙，你就当给我个面子。"

叶锦祥抽完烟回来，屋里的气氛显而易见地有所缓和。

程非池搬了张凳子给他坐，他坐了会儿就领导病发作，对住院区的条件指手画脚，说要找熟人把程欣移到单人病房，趾高气扬中透露出些许急于表现的模样。

这跟程非池的猜测有些出入，若不是知道程欣对那个男人死心塌地，他大概也会像外公、外婆那样误会这两人的关系。

果不其然，程欣婉拒了换病房的提议，表示住在这里挺好，过几天就出院了，没必要来回折腾。

叶锦祥走之前，端着长辈的姿态喊程非池出来说话："你妈妈把你养大不容易，平时顺着她些，不要总让她生气。"

程非池不清楚这位叶叔叔知道他们家多少事，顺着他的话应下总不会错。

叶锦祥似乎对他温良恭谨的态度很满意，不由得感叹一句："我们家那个臭小子要是有你一半懂事，我就谢天谢地了。”

最后程非池收下叶锦祥的名片，答应了有什么事给他打电话，回到病房里程非池就把名片放在床头没再碰。

程欣用了药，歪在床头打盹，程非池帮她把床放平，走到床头准备拿热水瓶去打水时，听见程欣哑声道：“有空的话准备准备出国的事吧，这要比参加那些竞赛争一等奖轻松得多。”

程非池手上动作顿了一下，垂着眼帘说：“等你出院以后再说。”

程欣没再说什么，别开脸闭上眼睛。

人在生病的时候总是会展现出平常见不到的脆弱一面，程欣也不例外。程非池记不清母亲多久没这样跟他温言软语好好说话了，大概也是抱着病人的要求旁人无法拒绝的心理侥幸试一试，他也确实因为不想打破这得来不易的平静而有些犹豫。

参加竞赛集训之前，程非池和程欣吵了一架，为的还是出国的事。

程欣私自拿他的身份证去申请了国外某所学校的面试，他接到通知电话时才得知有这么回事儿，头一回没能控制住脾气，质问程欣为什么还执迷不悟。

当时的程欣异常平静：“我是为了你好，你现在这样才叫执迷不悟。”

自此，程非池彻底明白了，他从来就不是能牵动母亲的情绪、让她放在心上惦念至今的那个人。

这个认知是在过往流逝的时光中一点一滴积攒起来的，如今不过是找到了撕开最后一层纱的突破口。

比起心凉，带给程非池更多的是茫然。很小的时候，他就知道母亲患病是因为自己的出生，他把照顾母亲、让她过上好日子当作前进的动力和奋斗的目标，这些年来每天都铭记于心。

可是母亲想要的并不是这些，他的努力仿佛全都失去了意义。

哪怕程欣曾无数次强调，她做这些都是为了他好。

晚上刚过10点，叶钦发来一个“困”的表情，接着是一段语音：“程老师，英语短文今天不检查了吧？”

程非池听到奶声奶气的声音，似被阴云遮蔽的心总算拨开云雾透进一缕光亮。他打字说：要检查，发语音给我。

叶钦哀叹一声：“好吧……”

不到四百个单词的短文，叶钦分了五六段语音磕磕巴巴地背完，程非池认真地听了两遍，问他：是不是照着读的？

叶钦仿佛蒙受了极大的冤屈，发来一条不到一分钟长的语音，用极快的速度把刚才的短文念了一遍，最后说：“……听出区别了吗？这才是照着读的！”

程非池不禁弯起嘴角，来到外面走廊，给他发语音说：“听出来了，叶同学真棒。”

“那是。”被夸奖的叶钦一点儿不谦虚，“程老师不给点奖励吗？”

程非池想了想：“明天给你做好吃的。”

叶钦得寸进尺地又讨要了一句“晚安”，心满意足地睡觉去了。

程非池回到病房，拿起竞赛辅导书继续看。叶钦都这么用功，他更没有理由虚度光阴。

何况还有一个上同一所大学的愿望等待他们一起去实现。

短暂的一段对话，神奇地让程非池浮躁的心绪重新沉淀，有什么东西悄然溜走的同时，又有新的能量在不知不觉中填充进来，盘踞在心头旷日持久的迷惘和困惑也渐渐变得无足轻重。

如果非要给争取的过程、努力的举动赋予某种意义的话，叶钦的出现，便是他崭新的意义。

Chapter.07

暗涌

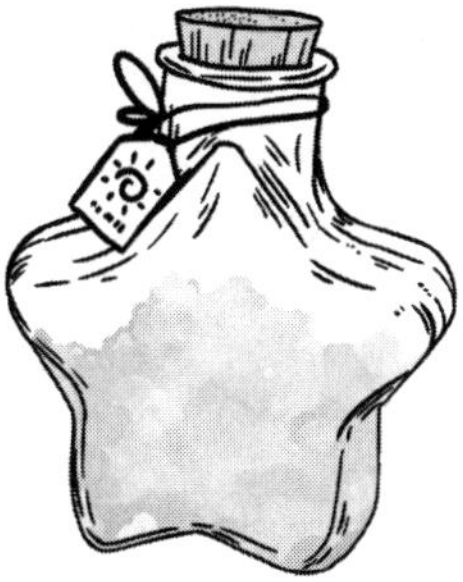

叶钦觉得自己时而像个独居动物，不想被任何人打扰，时而又变回群居动物，恨不得全世界的人都围在身边。

程非池竞赛培训最后一天，回来给他做了顿饭就走了，说接下来几天都会待在医院，让他回家去住。叶钦见他满面倦容，几天没睡好觉的样子，突然同情心发作，没提让他继续在这里跟自己一块儿住的事。

结果他们一分开，就是整整一个星期没见上面。

起初他觉得没什么，该吃吃、该睡睡，零食一包接着一包拆，打游戏也没人总压着他一头，别提多爽了。后来他就渐渐觉得不是滋味，整天一个人对着四堵墙，一百零八平方米的小房子也能待出空旷感来。

于是叶钦回了趟家，刚进门阿姨就惊喜地说他胖了，还上楼喊罗秋绫来看。罗秋绫见他回来很高兴，忙叫阿姨去买菜，说中午叶锦祥也回来，多做几个硬菜。

叶钦听说叶锦祥要回来，掉头就想跑，被罗秋绫握着胳膊往屋里带："回来得正好，你爸说给你带了东西，今天太阳这么大，就别再出去了。"

叶钦哭丧着脸留下了，掏手机给程非池发了个"右哼哼"的表情。吃完午饭程非池才回过来：有不会的题?

题你个头！叶钦气呼呼地把陷入窘境的锅都甩到程非池头上，听叶锦祥说教听得昏昏欲睡。好不容易听完，拎着他给的东西回到自己房间，叶钦睡了一觉爬起来随便翻看，发现是一堆维生素、DHA 藻油软胶囊之类的保健品，袋子上印着首都第三人民医院。

叶锦祥朴素得有点反常，与平时暴发户般骄奢淫逸的习性完全不符，之前档次再低送的也都是名牌衣服、名牌表。

叶钦摸不着头绪，索性懒得去琢磨。第二天出门时，他想了想又返回房间把那一兜东西带上，他用不着保健品，程非池兴许用得着。

上午叶钦去机场接周封。

那厮美国游学结束又在那儿多待了半个月，还拖着廖逸方一起，整天在朋友圈晒吃喝玩乐。有次他发了张加州的落日，赤脚站在沙滩上捧着书看的廖逸方不慎入镜，让叶钦有种在做梦的错觉。

飞机准点落地，看着互相挨着腻腻歪歪走过来的两个人，叶钦确定自己并没有看错，这两人确实关系亲密了不少。

晒黑不止两个度的廖逸方坐上叶钦的车，很是惊喜："叶同学，学习这么忙还来接我们，辛苦了。"

叶钦从后视镜看他："谁说我学习忙？"

"程同学说的啊，我那天有问题在微信上请教他，他说正在给你出小测试卷。"

叶钦："……"现在大概人人都知道他这个暑假没疯没浪，而是乖乖在家写作业了。

载着两人来到嘉园小区的公寓，周封左瞅瞅、右看看，惊讶于这里生活气息的浓厚，两双拖鞋、两个茶杯、两条洗脸巾，还有并排放在一张床上的两只枕头，就连牙刷都是一对，一支红、一支蓝。

廖逸方看到书桌上程非池的书本，像看到什么宝贝，拿出随身携带的小本本就开始抄笔记，周封喊他出来玩他都不搭理。

一个多月没见的好朋友一起玩了几把游戏，时差还没倒过来的周封哈欠连天地进屋闹了一下在认真学习的廖班长，出来时边伸懒腰边问：“话说学霸人呢？占完便宜就跑了，这么不负责任？”

叶钦跳起来捂他的嘴，一副要把他杀人灭口的架势：“不就住我家的房子吗？什么叫占便宜？你这张破嘴怎么就这么欠呢？”

屋里的廖逸方没听清楚，探出脑袋问：“咱们中午吃什么呀？”

叶钦回头想想又觉得不爽——他不是说他妈妈没什么大毛病很快就能出院吗？怎么到今天还不主动联系我？

吃完饭叶钦给程非池拨了个电话，嘟了快一分钟才接通。

“喂，你在哪儿呢？”叶钦为了在朋友面前显示自己地位高，语气就有点儿领导做派。

电话里背景音喧闹，显然在公共场合。程非池走出病房，找了个尽量安静的地方：“在医院。”

叶钦问：“还没出院啊？”

程非池把手机夹在耳朵和肩膀之间，把手上刚打出来的住院缴费单抖开浏览：“嗯，下午出院。”

“恭喜啊。”

叶钦听说程欣出院，比听说叶锦祥要出差还高兴，心想暑假还有大半个月，又能把程非池叫来陪自己了。

这么想着，他就忍不住问了：“那今天晚上你……”

话说到一半，叶钦听见电话里传来一个中年男人的声音。

“小池，你怎么跑这儿来了？我找你半天。”

脚步声由远及近，到程非池跟前的时候，足以让叶钦把他说的话听个清楚。

男人过分客气：“都说了这个费用叔叔来结，听话，你进去陪你妈妈收拾东西。”

程非池的反应自然是推辞，说“不麻烦叔叔”，态度客气、疏离，像在对待一个路过的陌生人。

叶钦却一个字也听不进去了，握着电话的手慢慢捏紧，指节隐隐泛起青白。

他不会听错，这声音，不是叶锦祥还能是谁？他连叶锦祥说这些话时殷勤的嘴脸都可以凭空想象出来。

叶钦冷笑一声。

怪不得叶锦祥给他带什么补药，人家一家三口团聚，顺手而已。

市三院一楼缴费处，程非池好不容易支开叶锦祥，回头看手机，叶钦已经把电话挂了。

他先排队缴费，心想等下回去要是没别的事，就去嘉园小区走一趟。他还有东西在那里，叶钦如果还没离开的话，就在那边一起吃顿饭。那边菜市场食材种类有限，也不够新鲜，他可以从市区买菜带过去烧。

想到这里，程非池脚步不由得轻盈了许多。

程欣那边问题不大，医生说她太久没来医院做检查，现在身体所需的激素早就与之前不同了，应该缺哪儿补哪儿，而不是自己在家里乱服药。

更改配药的结果就是治疗费用大幅上涨，远超出之前每月在药物花费上的预算，程非池担心之后的药物供给跟不上，在周六上午做家教的那家父亲的引荐下，接了一个短期的辅导班代课工作，为期 20 天，顺便把早餐店的活儿又接回来，答应老板做到年底，这样算起来，剩下的不到一个月也能挣个三千多块钱。

虽然杯水车薪，但总归能贴补一点家用，不至于用别人的钱打自己的脸。

到二楼住院部他刚下电梯，碰到脚步匆匆的冯阿姨：“小池，快，你外公、外婆来了。”

还没到病房门口，程非池就听到里头的吵闹声。

外公正到处找东西要揍叶锦祥：“当年我就提醒你别招惹我们家欣欣，好好的孩子就被你们几个带坏了！”

叶锦祥怕得要命，又不好意思走，做出防备状：“老师您冷静，事情不是您想的那样，我只是来看看欣……”

外公怒骂道：“早干什么去了？当初她一意孤行的时候，你们没一个拦她，说不定还在边上煽风点火。现在可好，背上个外室的恶名，被人戳了二十年脊梁骨，身体也垮了，就为了生个来路不明的孩子，到时候走在我们前头，还得我们俩老的给她送终！”

程非池定住脚步，立在门口没迈进去。坐在床沿脸色苍白的程欣率先看到他，向他挥了一下手，示意他先出去。

“当时我劝过她，她不听啊……”

叶锦祥还在辩解，外婆拉着程非池到外面，走到听不见人声的地方才停下，斟酌再三，开口道：“你外公生起气来嘴巴就没个把门的，话有些难听了，你别往心里去。”

程非池还没能从刚才的一番话里抽离出来，低低地“嗯”了一声。

外婆叹了口气，好不容易劝服老伴一块儿来看看女儿，结果又弄成这样的局面。老爷子心里不知道多疼女儿、多想见外孙，可他保守传统了一辈子，把脸面、名声看得比什么都重，再加上这炮仗性格一点就炸，看到叶锦祥在这儿登时怒火中烧，任谁都劝不住。

程欣从小在他们身边长大，早习惯了父亲的嘴硬心软。可程非池还年轻，吃过苦的孩子最是敏感多疑，外婆怕他受到影响，同他讲了许多。

“别听你外公胡说八道，他就是心情不好，逮着人就撒火。你看里头那个叶叔叔，是我们俩都教过的学生，上大学之后追你妈追到家里来，你外公问你妈‘欣欣你喜欢这小伙子吗’，你妈也是实诚，直接说

‘不喜欢’，结果这个小叶啊，被你外公追着打了几条街。”

说这番话旨在活跃气氛，让程非池放宽心，谁知说着说着，外婆自己先感伤起来：“没想到过了这么些年又联系上了。当初哪怕她跟了小叶，也比弄成现在这样好啊。”

程非池并不这么认为。

就算没有对比过，他也知道自己性格受母亲影响居多，程欣的执拗是刻在骨子里的，只要她认定的事，哪怕周围所有的人都说是错的，她也能顶住压力独自逆流前行，用沉默对抗一切。

临走时，外婆悄悄在床头放了一沓钱，程欣发现后拿着钱追了出去，叶锦祥和冯阿姨紧随其后。

程非池留在病房里收拾东西，隔壁床的老婆婆这些天跟他们母子俩混熟了，下床帮他一块儿收拾，嘴上闲话家常：“当父母长辈的呀，始终是疼自己的下一代的，其实嘴上骂得越凶，心里越难受，跟打在儿身疼在娘心是一个道理。”

老婆婆为人通透，观察敏锐，程非池知道她说这话的目的跟外婆一样，以“口不择言”来淡化那句“来路不明”造成的伤害。

可他本就没资格因此记恨外公。

他就是来路不明，若不是有点利用价值，或许早该被丢弃了。

程非池把程欣送回家安顿好，赶到嘉园小区已经下午6点。

程非池做了糖醋小排和腰果虾仁，趁锅底有油又炒了个笋片，天热吃这个最是清热降火。叶钦口味偏甜，每道菜他都留意改掉之前爱放干辣椒的习惯，多放了几勺糖。

做完看手机，还是没有未读消息，他心想叶钦也许去哪里玩没留意看手机。

他把菜用保鲜膜封好放在桌上，眼看天快要黑了，还是给叶钦打了个电话。

第一遍叶钦没接，第二遍等到快响起忙音叶钦才接起来，话筒里传来慵懒的一声“喂”，叶钦似乎刚睡醒。

周围有音乐声和嘈杂的人声，程非池问了好几遍“你在哪里”，那头才听清楚，扯着嗓门说：“你猜啊。”

有人在边上起哄：“钦哥家的程老师查岗了？快快快把他叫来一起玩。”

看来叶钦是跟朋友在一起。程非池听得断断续续，以为信号有问题，走到阳台上：“要不要我过去接你？”

“来啊，快点来，就等你呢学霸！”电话里传来周封的声音，“还是上次那里啊，到门口报我名直接上三楼。”

程非池沉默片刻，说：“让叶钦听电话。”

不知道是谁在哈哈哈地笑，说：“人家只听阿钦的话，你凑什么热闹？”

接着窸窸窣窣一串响声，叶钦凑到手机话筒跟前：“来呗，今天我朋友过生日。”

程非池扭头看了一眼桌上的菜，只犹豫两秒，答应道：“好。”

另一边，南国茶馆某个包厢里，刘扬帆晃着二郎腿，挑眉道：“这次说好让哥儿几个会会他，可别再心软了哦。”

叶钦把手机往茶几上一扔，脸色阴沉：“谁心软，谁跟你姓。”

一个小时后他们接到楼下通知，说人到了。

赵跃拿了个广口杯，往里面咕嘟咕嘟倒了半杯普洱茶，又开了几瓶碳酸饮料将杯子倒满，最后往杯里扔了几个冰块，冒着气泡的液体从杯口溢出，在茶几上洒了一摊白沫。

刘扬帆喊服务生再开两瓶饮料送进来。

缩在角落里的廖逸方意识到气氛不对，小心翼翼地问："程同学，来了吗？"

周封靠在沙发上，一条胳膊圈着他，斜着眼道："是啊，开不开心？"

廖逸方摇摇头，扭头看了叶钦一眼，好像并不开心的样子。

程非池被服务生带进门的时候，受到了除叶钦以外所有人的"欢迎"。

"看看看看，我就说学霸会给面子来，你们还不信，是不信我的判断还是不信咱们钦哥的魅力啊？"周封把程非池往里屋带，一把将他推坐在歪着脑袋打瞌睡的叶钦身边："钦哥醒一醒，人来了。"

叶钦眼珠往右转，瞥了程非池一眼，连一声"哦"都懒得给，合上眼睛继续睡。

室内空调温度打得低，程非池看他只穿一件短袖，怕他着凉，碰了碰他的胳膊："回去再睡。"

这一举动不知戳了一屋子少爷们的哪处笑点，刘扬帆哧哧地笑："好不容易来一趟，别刚来就想着回去啊。"

赵跃也嬉皮笑脸，捧着盛满茶水的杯子晃到程非池跟前："可不是嘛，哥儿几个跟这位程……程什么来着？也算是不打不相识，来，先干了这杯，咱们一笑泯恩仇。"

程非池目光淡淡地从他们身上扫过，随即礼貌地站了起来，接过杯子仰头一饮而尽。

普洱茶混着各种碳酸饮料，二氧化碳被大大稀释，然而气泡的挥发还是冲得人喉咙火辣，食道仿佛要燃烧起来。程非池深吸几口气，将头晕作呕的感觉冲淡几分，把手上的空杯子稳稳当当地放在茶几上。

刘扬帆带头漫不经心地鼓掌："学霸牛啊。不过好茶可不是这么喝的，得细细品才行，像你这么喝，有个词叫什么来着？你们学霸肯定知道，暴……暴……"

周封插话：“暴殄天物。”

“欸，对。”刘扬帆过来人似的指点道，“以后不管到哪儿，可别像刚刚那样一口闷了。怎么说也是来过我们家茶馆的朋友，到时候别人当着面不敢讲，背地里肯定得议论我失职不上道。”

待到众人都坐下，赵跃才起头让大家互相报个姓名。

程非池报了自己的名字，刘扬帆若有所思道：“非池……是不是‘非池中之物’的意思啊？”

程非池没作声，赵跃一拍大腿：“那肯定啊，这名字一听就跟咱们凡夫俗子不一样，跟那些什么成才啊，成龙啊差不多，是被寄予厚望的。”

这话乍一听像是恭维，实际上任谁都能察觉到满满的戏谑。

就跟刚才逼他喝茶借题发挥一样，傻子都听得出来赵跃话里话外都在嘲笑他没见过世面。

廖逸方想不通刚才还好好的几个人怎么突然变得尖酸刻薄，用自己的方式给程非池解围道：“程同学，各方面都很优秀，假以时日必成人中龙凤，配得上这个名字的。”

廖逸方一派正经的模样把大家都逗笑了。

包厢里放着轻缓柔和的音乐，程非池从廖逸方那边接过毯子，给身边的叶钦盖上，把他搁在一旁的胳膊也塞进去。叶钦的睫毛细微颤抖，上眼睑因为过分用力浮现出起伏褶皱，还是没睁开眼睛。

经过起初没事找事的一阵挑衅，几人面对程非池淡定的态度都渐渐失了兴致，开始随性地品茶聊天。

“话说圆圆本名就叫圆圆吗？男生叫这个怪别致的。”刘扬帆道。

廖逸方刚要解释，就被周封抢了话：“圆圆也是你们叫的吗？换个称呼。”

赵跃笑道："那就叫阿圆吧，来了这儿就是自己人。"说着他又把话锋转向程非池："说起来程学霸可能不知道，咱们刘少爷家祖籍 G 省，刚认识的时候，叫谁的名都爱在前头加个'阿'，头一回叫'小阿钦'，就得了个大耳刮子。"

"哈哈哈哈，我记得这事。"周封道，"钦哥觉得自己名字听着㞞，最讨厌被人加个'小'或者叠字地叫，除了他妈。"

程非池闻言偏头看扭着脖子装睡的叶钦，回想起他听到"叶小软"三个字羞得面颊通红、回头还要他继续这么喊的小模样，进包厢后就沉静无波的眼神中不自觉添了一抹笑意。

坐了会儿，刘扬帆拿了牌撺掇程非池一块儿玩。

程非池说不会，周封兴致勃勃地凑过来教他，德州扑克规则简单，只讲一遍，他就将基本牌型记住了。

筹码也是周封分给他的，横竖随便玩玩。谁知刘、赵二人挺上心，收了平时那股莽劲，出牌时犹豫再三，谨慎小心，一副当真想赢他的样子。

即便这样，还是在后面几局中让渐渐吃透规则和技巧的程非池连赢几局。筹码越滚越多，想给他点颜色看看的二人脸色越发难看。反观第一次玩这个的程非池，始终如一地沉着冷静，让惯于从动作表情判断对手牌强弱的刘扬帆、赵跃等人摸不着头绪，因而他们心浮气躁，频繁出错。

又是一局满盘皆输，赵跃摔了手上的牌，没好气道："不玩了，不玩了。"

刘扬帆比他沉得住气："欸，多大点事，喝两杯消消火。"接着他也把牌放下，皮笑肉不笑地对程非池道："咱们技不如人，甘拜下风。"

程非池不懂牌桌上约定俗成的规矩，当这是玩游戏，赢的那几局也有侥幸成分，没料到会惹得他们不高兴。把手中的牌合拢放好，程非池准备起身离席，刘扬帆阻止了他，接着冲一旁的荷官招手："来，算一下程少爷赢了多少。"

程非池愣了一下。他不知道这个与真金白银挂钩，开局的时候没有人告诉他。

幸而他是赢的那一方，刚要说不用结了，他不要这些钱，那边经验丰富的荷官就点完筹码的数量，报了一个不大不小的数字，刚满五位数。

刘扬帆捏着一块筹码，在桌上敲出嗒嗒的声响，转而冲周封扬了扬下巴："我记得，开局前的筹码是你借给咱们程少爷的吧？"

周封愣愣的："是啊。"

刘扬帆目光朝下，慢悠悠地把面前堆得整整齐齐的筹码推开，在桌上打乱，边攥着几个在掌心里揉弄边说："牌桌有牌桌的规矩，这筹码既然是借的，那就理应还上。不巧的是我这儿没有现金，只有支票，还都是整数的，没有零头。这借来的筹码钱，还请程少爷先付一下，咱们好把这账算清。"

即便程非池对于这几人的针对早有察觉，也没想到还留着这一招儿在这儿等着他。

气氛一时凝固，周封有点看不下去，打圆场道："欸，算了吧，千把块钱的筹码，要来做什么？"

"俗话说，亲兄弟还明算账呢，你也说了，就千把块钱而已。"刘扬帆右肘支在桌面上，用意外的眼神打量程非池："程少爷不会是拿不出来吧，还是怕拿出来了我赖账不给支票？"

大部分人遇到这种状况会乱了阵脚，或者为这不加掩饰的鄙夷恼羞成怒。程非池却处变不惊，直直地回望着他，眼中既没有慌乱也没有窘迫。

程非池抿了抿唇，开口道："没带这么多钱，可以回家拿吗？"

刚才还在发火的赵跃"扑哧"一声笑了："千把块钱叫多？你刚喝下去的那杯茶都不止这个数。"

一旁围观的廖逸方也听不下去了。明摆着他们几个合起来整人，哪怕有点害怕，他也实在没法继续装傻，站起来磕巴着说："要要要多少？我帮他出。"

刘扬帆摆了摆手，继续面向程非池："程少爷可能不知道，赌桌上的恩怨向来都是当场结清，没有改日再谈的道理，原因想必你也猜得到。"说完托着下巴做思考状，"要不这样吧，听阿钦说你会做饭？咱们茶馆正缺一个做中餐的厨子，不如你在这儿屈就几天……"

只听轰然一声巨响，沙发边的一张椅子倒了。在沙发上躺了几个小时的叶钦踹完椅子翻身坐起，把身上的毛毯狠狠地甩在地上，忍无可忍地道："玩够了吧？还没玩够你们继续，我先走了。"

晚上 11 点，嘉园小区。

叶钦走在前面，程非池不远不近地跟着。电梯门打开，叶钦先进去，楼层按键也不按就拼命按关门键，程非池上来时被正在关闭的电梯门夹了个正着。

叶钦到门口掏钥匙开门，后面的人还是一言不发地跟着，似乎自己不起个头，他今天晚上就不打算开口说话了。

叶钦心乱如麻，各种情绪交织纠缠在一起，能清晰感知到的就只有生气。最气的当数叶锦祥没脸没皮，一次又一次地对不起罗秋绫，瞒着所有人在外面藏着一个家，还回来道貌岸然地装好丈夫、好爸爸。

叶钦也气程非池跟个傻子一样被刘扬帆他们几个耍来耍去。

他不是脑子很聪明，样样都是第一吗？不是到哪里都受欢迎，被叶锦祥青眼有加吗？就站在那儿由着他们羞辱，一声也不吭？

叶钦浑然忘了把人喊来的正是他自己。

开门进屋，听见身后跟进来的脚步声，叶钦心中的怒火顿时飙到临界值，他转过身去，不由分说地推了程非池一下："跟着我干什么？"

程非池猝不及防被他推得一个踉跄，后退半步稳住身体，抬起头目光沉沉地看着他。

此刻的叶钦浑身都是刺，最是受不住他这样仿佛能把人心底的龌龊心思一眼看穿的视线，抬起脚把刚换上的一只拖鞋踹飞出去："这是我家的房子，你在这儿干什么？"见程非池站着不动，扬手指向门口，"滚啊！"

门应声而关，室内更安静了。

叶钦在原地站了半晌，直到呼吸平复，耳朵里不再嗡嗡作响，才踢掉另一只鞋，赤脚走进房间。

一进屋他就发现前天用过的毛毯整齐地叠放在床尾，桌上随便摊开的书本和没套笔帽的笔也放回原处，显然有人进来收拾过了。

叶钦不想看这些，快步走到阳台上，低头一不小心看见放在地上的绿萝被换了个背朝太阳的位置，土壤也是潮湿的，刚浇完水不久的样子。

这盆植物是前些日子他去附近超市看见路边有人在摆摊卖盆栽，琢磨着家里正好缺点绿色，顺手拎回来的，往阳台上一扔就忘了个干净，浇花养草的重担当仁不让地落在程非池身上。每天都是程非池接水去浇，哪怕平时要上课、周末要打工忙得连轴转，还是一天都没落下。

抬手抓了一把头发，叶钦快烦死了，怎么到处都有那家伙的痕迹？

就在这时，他口袋里的手机响了。

是周封，上来就问："学霸没事吧？你们俩没吵架吧？"

叶钦："他有没有事关我什么事？吵架又怎么样？"

周封："……看来是吵了。哎呀，他生气也正常啦，钦哥你好好安慰安慰。"

叶钦翻白眼："生气的是我！"

"你气啥？被当众羞辱的又不是你。"

叶钦不好把家里的破事明说，只好胡扯道："我气他蠢，看见套就往里钻，还敢赢他们的钱。"

周封沉默几秒："学霸一开始不知道玩钱啊……"

叶钦气不打一处来："你站哪边的，还帮他说话？"

"欸，冷静冷静，我就是帮他们带个话，刘扬帆说不知道你会这么生气，要是知道的话就不玩那么大了。钦哥你也是，舍不得见他受欺负，还嘴硬把人叫过来，何苦呢？"周封仗着电话里叶钦打不着他，什么都敢说。

叶钦好不容易平复的心情再起波澜，吹胡子瞪眼地要挂电话，周封最后劝道："他也是看在你的面子上忍这么久吧，反正要是我肯定当场掀桌走人了……钦哥你也别太为难人家了。"

挂了电话，已经暴躁不起来的叶钦又在原地站了许久。

人一旦放空，脑袋里就涌入许多平时无暇回想的事。

还记得第一次见到程非池，那看似温和实则冷漠的气场好似在周身画了一个圈，把除了自己以外的人全都阻挡在外面，尤其是那双眼睛，眼神犀利又充满戒备。脾气也算不上好，车胎被扎破而已，程非池就凶巴巴地攥住他的手腕让刀脱力落地，然后以扭送派出所为由拉着他走了几里路，吓得他险些哭出来。

怎么看程非池都不是个逆来顺受的人。

所以刚才在南国茶馆他为什么忍着不吭声也不离开？没人拦着不让他走啊！

叶钦想着想着又开始心烦意乱，踹了那盆绿萝一脚，转身去冰箱里拿饮料喝。

路过客厅，他不可避免地看见桌上用保鲜膜封好的三个菜，肉和虾都是他喜欢的，笋也是他为数不多愿意吃几口的蔬菜。他走进厨房，电饭煲灯亮着，处于保温状态，旁边放着两个空碗，上面摆着两双筷子，显然是准备盛饭用的。

这让叶钦想起下午收到却没回的微信，还有曾经在同一时间收到过的问他想吃点什么的消息。

叶钦鼓起胸膛，用鼻子深吸气，再从口中重重呼出。

此时此刻，就算因为心虚再想回避、再不愿正视，叶钦也不得不承认，那个人跟叶钦在一起之后变了很多。

他事事照顾自己，只要有他在，叶钦吃饭只需坐到桌前张开嘴即可；他会在自己觉得冷之前递来带着体温的外套；走路累了他会主动蹲下，露出宽阔可靠的后背；明明那么穷还打肿脸充胖子，出去玩时安排好一切，不让自己花一分钱。

他包容自己所有的没来由的小性子、根深蒂固的坏脾气，在雨中等自己整整两个小时，衣服被雨水浸湿也毫无怨言；哪怕弄不清自己为什么生气，还是会竭尽所能地哄自己高兴。

房间里开着灯，扭头就能看见那罐自打被发现后就正大光明摆在床头的星星。

叶钦没办法不记得他对待自己的种种仔细和珍惜。就在几个小时前，程非池面对着满屋人的耻笑和嘲弄，第一反应不是怒发冲冠，也不是转身离开，而是坐在他身边，为他盖上一条温暖的毛毯。

如果程非池不是叶锦祥的儿子，那该多好。

不切实际的想法让叶钦心里莫名地酸胀不已，心像被什么重物拉扯着往下坠似的疼。然而在这杂乱而丰沛的情绪中，竟让他摸索着找到一个透着亮光的出口。

这些跟程非池有什么关系?

做叶锦祥的私生子也不是他想的啊。

叶钦的心跳骤然变得飞快，怦怦怦地在胸膛里鼓噪，仿佛一块厚实的坚冰在眼前破碎，冰凌迸射发出清脆的声响，所有的难受、反常都找到理由和归处，顺着冰面上破开的大洞鱼贯而出。

他三步并作两步地跑到门口，边穿鞋边想着该去哪里找人，还是应该先给程非池打个电话。

程非池会接吗？不接的话他怎么办？

叶钦越着急越慌乱，踩着一只拖鞋蹦跳着在屋里到处找钥匙，一圈下来没找到，等不及了，心想不找了，程非池身上有钥匙，找不到他自己就不回来了。

他在短短的一分钟内做好所有心理准备——露宿街头、打无数个电话对方都不会接。他鞋也顾不上换整齐，右脚运动鞋、左脚拖鞋地拉开门，那个被他赶出去的人还站在门口。

程非池原本背靠墙壁，门开后站直身体，松开抱在胸前的双臂。

叶钦看见他手上拿着那只被自己踢飞出去的拖鞋。

两人在昏暗的楼梯间里对视许久，似乎都在等着对方先说话。

终是程非池先动了。他走上前两步，蹲下，握住叶钦左边纤细的脚腕，把搭在脚上鞋带都没系的运动鞋脱掉，再把那只在他手上半个多小时的拖鞋给叶钦穿上。

叶钦低头看着他的发顶，嘴巴动了动，想说点什么，又不知该从何说起。

叶钦自问长这么大，哪怕在小学老师的要求下，也没给妈妈端过一次洗脚水。所以他一直想不通，程非池怎么能把这个在本国男人的传统观念下有些丢面子的举动做得如此坦然，宛如司空见惯。

现在他忽然有点明白了，程非池在他面前，从来就不在乎那些幼稚的所谓面子。程非池说过什么话，真的会记在心上，在日常的每一分、每一秒中用行动表达自己的心意。

临近午夜12点，楼道里静得落针可闻，声控延时灯灭了，只有楼道窗户外透进来的光，只够叶钦分辨眼前人的轮廓。

程非池直起腰，在黑暗中说："进去吧。"

他转身的瞬间，叶钦想也没想就冲上前，从背后一把抱住他的腰。

程非池又被叶钦撞得踉跄一下，头顶的灯应声而亮。叶钦炙热急促的鼻息隔着一层布料传递到后背，带着哭腔的声音响在耳边，如同带着千万只小钩子，将他牢牢钉在原地。

"我错了，我知道错了。"叶钦用了全身的力气，生怕他走掉。

丢下所有脸面道完歉，发现他一点儿要回头的迹象都没有，叶钦心里既害怕又委屈，狠狠吸了几下鼻子，哑着嗓子说："你别生我的气好不好啊……哥哥？"

午夜零点钟声敲响的时候，微波炉也响了。

叶钦着急地把热好的菜端出来，不小心烫到手，嘶嘶地倒抽气。

"我来吧。"程非池挤到他身前，将菜拿出来直接端到桌上。

坐下后，叶钦十分刻意地举着自己的手指吹啊吹，终是引起程非池的注意，他拉过叶钦的手看了看："没事儿，吃饭吧。"

叶钦心知急不得，乖乖拿起筷子，往嘴里扒了一口白米饭。

两人晚上没吃主食，按理说都该饿了。叶钦快速吃完一碗米饭，又盛一碗坐下时，发现对面的程非池碗里还是那么多东西，基本没动。

叶钦仔细盯着他瞧了瞧，才后知后觉地发现他脸色不太好，隐隐透着不自然的青白。

"他们给你喝的茶里加了什么？不舒服干吗不说啊？"叶钦筷子一扔，急吼吼地在家里翻箱倒柜。

搬过来之前，罗秋绫吩咐家政阿姨买了些常用药放在这边，可是他当时没注意听，忘记药具体放在哪个柜子里了。

“不知道加了什么。”程非池说，“我没事儿，睡一晚就好，别找了。”

叶钦还是把药箱翻了出来。因为他自己常犯胃病，里头的胃药有七八种之多，他急得一头汗，顾不上挨个儿看说明，拿起手机就要质问刘扬帆给程非池喝的茶里加了什么，好好的人都给弄病了。

程非池阻止了他。

“真的没事。”程非池有些无奈，“有这力气，不如去睡觉，或者看看书，开学就高三了。”

叶钦睡不着，看书又不踏实，翻一页就扭头看程非池一眼，以便确认他只是暂时不舒服。程非池喝几杯热水脸色就好多了，但叶钦还是不放心，下床坐到他对面，捧着脸看书，确保一抬头就能看到他在自己面前。

起初还好，时间长了就让程非池产生某种错觉，好像刚才他不是被赶走的，而是自己逃走的，现在被小家伙抓回来了，正处在小家伙严密的监控之下。

程非池用笔帽敲敲桌子：“该睡觉了。”

“你不是还没睡吗？”叶钦理直气壮。

程非池说：“我明天有课，教案还没写完。”

辅导班上课要用，他原本打算昨天晚上写的，计划被打乱，只能抓紧时间在天亮前搞定了。

叶钦闻言又开始心虚，耷拉着肩膀“哦”了一声。

又过了一会儿，他的姿势从托腮改为趴着，下巴压着手背，嘴被顶得噘起，说话含混不清：“那你……不生气了？”

闹来闹去，他还在为几个小时之前的事不安。

程非池缓慢地叹了一口气。他不知道该如何向叶钦解释自己并不在意那些未经大脑脱口而出的气话，虽然在听到的那一刻也会心痛，但是最终能留在他脑海里被他记住的，只有叶钦带给他的快乐。

他不傻，他很清楚叶钦那些举动下包含的小心思，也想过给这个调皮的小家伙一点教训。可是叶钦总能在他想狠下心的时候缩成一团滚到他脚边，像一只可怜巴巴的小刺猬，那么适当又那么恰巧地戳到他心里的柔软之处。

因此他认为恃宠而骄不是件坏事，在他能承受的范围内，这个小家伙可以尽情撒欢。

说起来连程非池自己都难以置信，不到一年时间，他就欣赏极了叶钦这不加修饰的天真与骄傲，哪怕知道两人从性格到家庭背景都天差地别，哪怕知道会被叶钦偶然露出的尖利爪牙伤到，还是舍不得对叶钦生气，舍不得看叶钦伤心难过。

然而叶钦不是他肚子里的蛔虫，听到他叹气更慌了，抓住他的手就往自己脸上招呼：“你打我吧，怪我嘴贱乱说话，你把我打疼了我以后就不敢了。”

这话里几分真几分假暂且不表，至少两人都心知肚明的是，程非池根本不可能动用武力来解决问题。

于是当程非池反手捏住叶钦的下巴时，叶钦吓得脸都白了，以为程非池不按套路出牌真要打他。他闭上眼睛缩着脖子等，等到的却是温热的指腹刮过他的脸颊。

“不哭了？”程非池柔声问。

在楼梯间哭得鼻涕都吸不住的叶钦闹了个大红脸，别开脑袋站起来，飞快地爬回床上，裹着毯子背朝程非池，膝盖顶住胸口，负气般地把自己蜷成一团。

不到两分钟，又想起自己做了错事理亏，还没把人哄好，他慢吞吞地探出脑袋：“来……来睡觉呗？”

程非池：“你先睡。”

“咱们两个人睡啊……哥哥？”

程非池回头看只露出半个脑袋在外面的叶钦。

“两个人睡不挤吗？”

“不挤啊。”叶钦往里侧挪了挪，“再说，挤挤才暖和。”

暖和？程非池想，不知道上回停电是谁嚷嚷着热，没了空调一刻都不能活似的。他嘴上倒是没再拒绝，收拾了书本，按灭台灯，向床边走去。

叶钦笑嘻嘻地拍拍空着的那边：“我小时候总盼着有个哥哥能陪我一起睡觉。”

程非池边躺下边说：“因为怕黑？”

“嗯。”叶钦翻了个身，面向程非池，水汪汪的眼睛看着他，“还有房间里太安静了……好冷啊。”

时钟嘀嗒，扛不住困意席卷的叶钦率先睡着，梦里还不安分，咂巴着嘴咕哝了一串“哥哥别走”“哥哥我错了”之类的话。

一声隐含无奈的叹息后，程非池没有推开叶钦无意识地圈在自己身上的胳膊，抬手只轻揉了一下叶钦的发顶，在无边阒静的黑夜里。

“晚安，叶小软。”

第二天，程老师去辅导班上课，晚上才回来，叶钦把同样闲着的周封叫了过来。

周封上回光顾着玩，这回看到学霸的暑假作业双眼放光，坐下就是一顿抄。自己抄也就罢了，他还撺掇叶钦一起：“不抄白不抄啊，这么多试卷得做到啥时候？”

经过一番痛苦挣扎，叶钦的良心和自尊终究占了上风，想着那么忙还抽空给他出题讲题的程非池，推开学霸诱人的暑假作业，大义凛然道：“我不抄！”

咬着笔头艰难地做了两道题，他忽然想起什么，问周封：“班长不是给你补课了吗？你怎么还抄作业啊？”

周封无所谓道："他又不知道，反正我把作业写完，他就得给我奖励。"

本着学习经验的目的，叶钦很八卦地问："什么奖励啊？"

周封嘿嘿地笑："你给学霸什么奖励，圆圆就给我什么奖励啊。"

眨眼间，整整两个月的暑假在赶作业中落下帷幕。

开学第一天，学校礼堂让给高一新生举办开学典礼，所有升入高三的学生再次在操场上集合。这让昨天学习到深夜、现在宛如一个废人的叶钦十分不满，台上的老师指着墙上硕大的"距离高考还有310天"几个字，口号喊得声嘶力竭，他左耳进右耳出，这么大的动静都能站在操场上打瞌睡。

脑袋一歪，叶钦被跟他一起站在最后一排的程非池用肩膀接住，程非池顺势扶了一把他的腰，在他耳边道："马上结束了，别在这儿睡。"

叶钦干脆靠着程非池闭眼打盹，反正他不会让自己摔倒。

上学总归没有放假在家好，然而叶钦万万没想到的是，最令人烦躁的不是紧张的学习任务，而是学校里新进来成百上千个青春期少女。

从开学起，程非池那儿就没消停过，明送情书的，暗送秋波的，当面表白的，趴在后窗户偷看的……闹得三（1）班比菜市场还欢腾。

高一新生也就罢了，初中部的天真小女孩也跟着瞎凑热闹，程非池走进校门，她们一个个就趴在窗台上"非池哥哥""非池哥哥"地叫，还扬言说什么年龄差最萌，请非池哥哥等她们长大。

见此情景，叶钦一面感叹世风日下，现在的姑娘当真不知矜持为何物，一面下课铃一打就往三（1）班跑，比谁都勤快。

后来教务处出面干预此事，在周一国旗下讲话时，教导主任严厉批评某些学生不遵守校纪校规，干扰高三准考生学习，现禁止其他年级学生出现在高三教学楼范围内，一经发现，轻则记过，重则处分。

台下的同学们心照不宣，都知道说的是什么事。人群一散，校园论坛就开始大肆讨论。

帖子还被转到贴吧，周边其他学校的学生都对六中这次闹到教务处出面整顿的“集体早恋”事件有所耳闻。程非池的照片更是被传得满天飞，连有星探挖他去当明星的料都爆出来了，还说得有板有眼，叶钦看了都差点信了。

虽说学校明令禁止，但仍然有不怕死的姑娘顶风作案。这天又有一封请同学帮带的情书被塞进程非池的桌肚里，被叶钦逮个正着。

“你是我眼中最美的风景……”叶钦边念边斜眼瞟程非池，见他专注地看书没什么反应，才兴致缺缺地把信塞回去作罢。

一屁股坐在椅子上，叶钦凑近仔细端详：“让我瞧瞧是不是真的能当明星。”

程非池从不上校园论坛，闻言抬头问：“什么明星？”

“就电视上那些演偶像剧的明星呗。”叶钦想起孙怡然最近捧着手机看得一把鼻涕一把泪的那些韩剧就直起鸡皮疙瘩，严肃警告程非池道，“如果真有星探来挖你，我说如果，你不准去当明星演戏啊。”

程非池：“为什么？”

叶钦睁着眼睛说瞎话：“哪有为什么？不合适呗，你板着脸的时候那么凶，不得把观众吓跑啊。”

“我什么时候对你板着脸了？”

“就去年，押着我去派出所，可凶可凶了。”

程非池弯起唇角笑，心想小家伙怕是能揪着这件事念叨一辈子。

叶钦故作不满地“哼”了一声，趴回桌上继续刷校园论坛。

他当然不会告诉程非池——你不仅板着脸的时候一点也不凶，笑起来还好看得要命。

当然，这份担心明显是多余的，程非池在成为大众情人之前，首先是个学霸。

伴随着开学初的那阵凉风吹走夏天最后一丝燥热，秋天悄然而至。国庆假期结束后没多久，开学初程非池参加的两场竞赛的成绩就下来了。

六中张灯结彩，大红喜报从校门口布告栏一直贴到教学楼楼道里，课间上个厕所都能看到程非池的名字。

物理和化学两场决赛时间相隔不过半天，能两边同时拿下一等奖，这份殊荣足够校长在往后 N 届的开学典礼上拿出来吹牛皮了。

叶钦与有荣焉，满脸写着春风得意，大手一挥叫了份外卖，请三（1）班和三（2）班全体同学喝奶茶。有人问他怎么比程非池本人还高兴，叶钦摇头晃脑道：“他是我的老师啊，他拿奖这么长脸的事，我不该跟着高兴高兴？”

人家都是学生为老师长脸，到他这儿反过来了，竟也没让旁人觉出哪里不对。

晚自习下课，叶钦插着兜从后门跑出来，程非池已经在停车处等了有一会儿。

“你猜我干什么去了？”叶钦神秘兮兮地问。

程非池想了想：“又被留堂了？”

叶钦不服气道：“哪儿能啊，我现在可是老孙拿来鞭策同学的正面例子，别提多正能量了。”

因着程老师即便在暑假也没放弃拯救学渣，叶钦在高三的第一次月考中就拿了个前无古人的好成绩，彻底脱离吊车尾的行列。

“你再猜。”叶钦不死心地催他。

程非池想不出来，摇了摇头。

憋不住的笑意在叶钦脸上漾开，他眨巴几下眼睛，故弄玄虚道：“明天就知道了。”翌日，程非池被同桌拉到门口，只见大红喜报上他的名字旁边，被人用马克笔写了两个字母——YR。

程非池通过那矮胖矮胖的字体一眼就认出这是谁留下的“真迹”。然而其他同学不知道，揪着这两个字母不放，在校园论坛上把名字沾边的女生挨个儿拎出来排查，场面堪比警察提审办案。

这下可把叶钦憋屈坏了，好容易想出的一个炫耀的法子，却便宜了别人，这口气咽得他心里堵。

10月下旬，(1) 班、(2) 班合并进行体测，又有好事者趁老师不在扯着嗓门问那个“YR”是不是孙怡然，孙怡然红着脸说不是，周封也打哈哈帮她解围，还是有人不信，毕竟程非池刚转到六中那会儿，人人都知道她追得凶猛、热烈。

终是逼得程非池不得不站出来：“不是她，我知道是谁。”

一石激起千层浪，被紧张的学习逼疯了的同学们难得逮到一个亲临八卦现场的机会，个个都如饥似渴地围着追问到底是谁。

“我啊，是我！”叶钦看不得程非池被为难，大方承认道，“天太黑手抖写错，把Q写成R了。”

人群中寂静几秒，紧接着爆发出一阵哄笑。

叶钦想不通，为什么他们都不相信他和程非池关系好，难不成他俩看起来不像朋友?

这让叶钦莫名感到不爽，一整天都蔫蔫的，提不起精神。程非池也搞不清小家伙在生哪门子气，下晚自习后在楼道拐角处等，叶钦看到了程非池都当没看见，书包一甩埋头往前走。

程非池上前拉他胳膊，被甩开了。叶钦耍少爷脾气，皱眉凶道：“别碰我。”

“怎么了？”程非池被他没轻没重的一下推得后退半步，面上隐有愠色，“有事就说，这样解决不了问题。”

叶钦更没好气：“谁要解决问题？没问题，一点儿问题都没有！”

“那你为什么生气？”

“我没生气啊，谁生气谁傻爪。”叶钦继续拧巴，“你多牛啊，学霸、校草，这么多人喜欢你，跟我做朋友是辱没了你，我不配！”

程非池愣了一下，总算明白过来这小家伙在纠结什么了。

一个没忍住，他喉咙里溢出一声低笑，叶钦听了顿时跳起来，像一只被踩了尾巴的奓毛猫：“你还笑！你是不是也觉得我——”

“傻”字没来得及说出口，被痛呼取代，跳得太急蹦得又太高，叶钦一屁股撞到楼梯拐角的扶手上，弄得本就忍不住疼的叶钦龇牙咧嘴，眼眶霎时红了。

场面一度十分滑稽，程非池到底还是收了笑，扶着叶钦靠墙站好，偏头往他身后看一眼：“很疼？”

叶钦平日里最讨厌跟人身体接触，可他不仅一点都不讨厌程非池这样的接近，甚至还想更亲近一些。他猜说不定跟他们俩有血缘关系有关，这么想着，对这样一层关系竟也没那么反感了。

叶钦还隐隐觉得庆幸，至少血缘是斩不断、分不开的，哪怕今后不小心让程非池得知自己当初和他交朋友的动机不纯，他也不忍心不原谅自己吧。

思及此，叶钦暗自松了口气，抬手捶了程非池一拳：“我看你还想笑？！”

程非池纹丝不动，抿了抿唇，正色道：“没有。”

“哼。”手背到身后揉啊揉，叶钦垮着嘴角道，“就是疼啊，屁股是软的，谁撞谁疼。”程非池个子高，这个姿势刚好把一米七出头的叶钦圈住，看他想哭还非要装出不在意的可怜样，程非池唇边又噙了笑：“没你软……叶小软。”

叶钦听到这个名字就臊得不行，抬手又要捶他，刚举起手腕就被握住，两人你来我往推搡了个来回，叶钦因力气小落了下风，被程非池反剪了手别在身后。

姿势看着像在打架，实际上程非池没使什么劲儿。一场矛盾消散于无形，程非池刚要问蛮不讲理的小家伙以后还闹不闹了，背后突然传来古怪的声响。

程非池扭过头，看见不到三米远的地方，孙怡然站在通往走廊的最后一级台阶上，捂住嘴巴、瞪大眼睛，呆呆地看着他们。

Chapter.08

变故

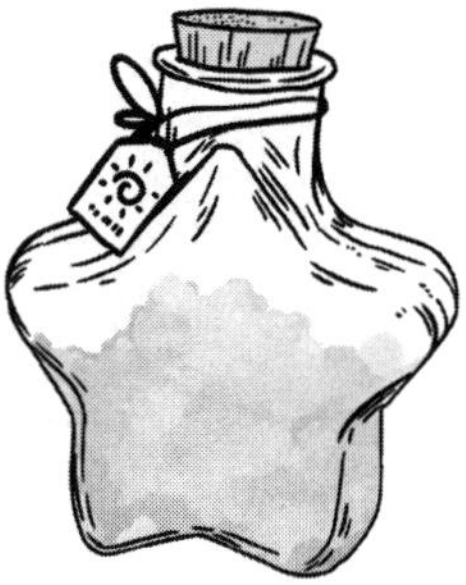

六中后门的小路上，三人并排而行。

程非池推着车走在外侧，走在最里面的叶钦抬手摸了摸自己从下午开始就狂跳的右眼皮，心想倒霉事果然只会迟到，但从不缺席。

被夹在中间的孙怡然反而是最淡定的那个。刚才下晚自习后，她走到半路想起习题册丢在教室，问老孙拿了钥匙就匆匆往回赶，孰料竟撞上黑灯瞎火在楼梯拐角扭打的两个人。

见叶钦垂着脑袋，还是一副无法面对现实的纠结模样，孙怡然拍了一下他的肩膀：“钦哥，你放心啦，不就是打架嘛，我既然答应你们了，就绝对不会告诉老师的。”

叶钦并不担心她会说出去，只是无法从难堪中抽离，毕竟他曾经和程非池水火不容，这会儿又让人知道了自己打不过他，简直丢人。更重要的是，程非池刚拿了全国竞赛的奖，这时候要是再爆出什么丑闻，保不齐又会对升学有影响。

叶钦想想就崩溃，心里百转千回，还得装得气定神闲：“怡然姐姐人美心善，我当然知道你不会啊。”

孙怡然被夸得高兴，转而埋怨他道：“你俩也真是，闹别扭居然在学校动手，这要是被其他人看见，明天你俩就得被处分。”

叶钦心脏猛地一跳：“有、有那么严重吗？”

“当然有啊。”孙怡然说，“上回隔壁班的两个男生打架，不仅被记了大过，还被勒令回家反省，到现在还没复学呢。”

把孙怡然护送回离学校不远的教职工住宅区，两人走在路上，程非池刚伸出手要接叶钦的书包，叶钦就当机立断地挪远一丈，不让他碰。

程非池抓了个空，无奈道：“这里没人看见。”

叶钦眼珠滴溜转，鬼鬼祟祟地指头顶的监控：“它会拍到！”

程非池见他慌得犹如惊弓之鸟，也不好再说什么，听他的话与他保持距离，不紧不慢地落在他后面走。

交朋友弄得像做贼，任谁心情都好不起来。

到小区门口，叶钦耷拉着脑袋像个霜打的茄子，蔫得更厉害了。程非池想揉揉他的头发，手举在半空中停顿片刻，还是放下作罢。

转身欲走时，叶钦拽住他的自行车后座，小声说：“别生气啊。”

程非池忽地松了口气，转过去道：“这话该我对你说，吓到你了，抱歉。”

叶钦懊丧地抓了一下自己的头发：“你没吓我，是我自己吓自己。”他组织了一下语言，尽量让自己镇定些，“你好不容易拿到奖，这种时候要是让人抓住小辫子就全完了，没有学校肯收你了。”

程非池愣了一下，没想到叶钦这么紧张的原因竟然是怕他受牵连。

程非池还是没忍住，抬手揉了一下小家伙的头发，手最后停在他的后颈处，掌心压着凸出的颈椎骨，强迫他抬头看自己。

“别人不会知道的。”程非池给他灌定心丸，“就算知道了，又能怎么样？”

叶钦急道：“会很严重！你转到六中不就是因为……”

说到一半发觉说漏嘴，他捂住嘴巴，睁着一双无辜的大眼睛看着程非池，企图假装刚才什么都没说。

程非池稍加思考，便猜到叶钦大概听闻过自己转学的原因，毕竟他们俩第一次打交道是因为周封跟他结下梁子，叶钦说不定早就把他的身世背景打探得清清楚楚。

叶钦左等右等，预想中的冷言质问迟迟没有到来。

程非池依旧微笑着，轻轻捏了一下他的后颈肉，安抚道：“不严重，我保证。”接着又怕他不信似的补充一句，“我转学也不全因为那件事，那些传言本来就不真实。”

接下来的几天，叶钦过得有些魂不守舍。

刘扬帆和赵跃下周出国念书，走前喊哥儿几个聚一聚。叶钦拿着飞镖都能走神，稍有空闲，大脑里就马不停蹄地开始琢磨关于程非池的那些事。

传言是假的？那他是怎么转来六中的？

“嗖”的一下，飞镖差点掷到周封身上，周封嗷嗷叫着往孙怡然身上扑，被孙怡然一脚踢开。

“谋杀啦！”周封号得更响了。

没人搭理他。

“话说，学霸今天怎么没来？”赵跃问完叶钦，顺嘴问周封：“还有你们家圆……”

后面一句被周封的咳嗽声打断了。

叶钦捧起一杯冰饮料：“他要打工，没空。”说着往肚里灌了一大口。

要是程非池在这儿，他哪敢这么喝。

“不是拿了那什么竞赛一等奖吗？没给奖金啊？”赵跃问。

叶钦哼了一声，似在嫌弃他庸俗：“参加比赛又不是为了拿钱，全国上下物理、化学都能拿一等奖的就只有他一个。”

语气中有他自己都没察觉的骄傲。

因为没几天就要出国，今晚刘扬帆情绪十分低落，抿了几口酒之后变得更深沉，留遗言般地提醒叶钦道：“我看那个学霸不好惹，阿钦你别玩着玩着把自己搭进去了。”

“搭哪儿去？”叶钦最讨厌被人质疑这方面的实力，当即反驳道，“搭进去的是他，不是我。”

“当真？”

叶钦昂着下巴道：“他别提多喜欢我了，想绝交随时可以绝交，我一句话的事。”

边上的孙怡然有点听不懂：“绝交？你俩不是好好的吗？干吗，又要打架？”

赵跃听了直笑：“论单纯还数我们怡然，真以为他俩是好朋友呢？”

周封怕他又说漏嘴，拖着他去打台球。

刘扬帆也跟去了，孙怡然愣神半天没想明白，挪到叶钦旁边坐下，试探着问：“你和程非池……不是真交朋友？”

叶钦在朋友面前十分爱面子，当着这么多人的面说出去的话哪有改的道理，尽量挑了句实话：“我跟他像能玩到一起的人吗？”

“那你……在耍他？”

“是啊。”

“为什么啊？”

叶钦随便找了个理由：“看他不顺眼啊。”

孙怡然倒吸一口气：“你怎么能……”

“我怎么了？”叶钦话赶话，故作坦然地说，“不是被我骗就是被别的人骗，谁让他穷呢，命中注定有此一劫。能跟我做哥们儿算他运气好，不然说不定更惨，交朋友也得图点儿什么吧，他身上有什么值得人图的？也就我，能从他身上找点乐子咯。”

他三言两语把自己说通了。朋友交都交了，还管什么阶级差距？既然感觉那么好，就继续玩着呗，想那么多干什么？程非池还能跑了不成？

对于程非池对自己的包容和保护，叶钦始终是沾沾自喜的。

倒是孙怡然，很不能接受他这玩弄别人还觉得无所谓的态度，噌地站起来怒目直视他，丢下一句“没想到你竟然是这种人”，扭头气呼呼地走了。

叶钦知道她不会出去乱说，一派轻松地拿起手机，随即皱眉。

刚嘚瑟完，这家伙就不回消息了？

程非池不是有意不回复，今晚实在太忙。

下课他先被班主任喊到办公室，拿了几份知名高校发来的自主招生申请表，听老师帮他分析其中比较合适的学校和专业。

出来时太阳已经落山，程非池边骑车边想，幸好今天提前告诉叶钦自己今晚要打工，让叶钦先走了。

然后他就赶到快餐店一直忙到深夜，收工后换下工作服拿起手机，看到叶钦发来的两条消息，一条是：你还赶得及过来玩吗？还有一条是一个小时前：爱来不来，我今天就在这儿睡了，拜拜晚安。

程非池会心一笑，字里行间都能看出小家伙快要溢出屏幕的不满。

下班后他和同事一起走了一段路。吴蕊最近准备考研，听说他拿了两个全国竞赛一等奖，下巴都快惊掉了，问他干吗还继续上学打工，一个一等奖就足够保送很好的学校了。

“要是我，现在就把学校定下，然后摊在家里睡到明年直接去大学报到。”吴蕊羡慕地说。

程非池不置可否地笑了笑。

他不是没想过暂时休学，专心挣钱的同时照顾母亲。拿到申请书就相当于得到保障，参不参加高考都不重要了，连班主任都问他需不需要休息一段时间，说可以先给他批几天假。

可是叶钦还有大半年的高三要念，他必须从旁帮助叶钦提高成绩，争取考上理想的大学。下午他没有当场定下要去的学校，也是因为想再看看叶钦的学习情况，等到这个学期结束，就能大致判断出叶钦的水平能考上什么样的学校，到时候再提交申请也不迟。

实在不行，他可以跟叶钦一块儿参加高考。叶钦在大半年内追上他可能有难度，他把志愿跟叶钦填在一起还是很容易的。

这些程非池没跟班主任说，也没打算告诉母亲。他亦早早地劝服自己，顶尖大学和普通高校看似起点不同，实际上能否学到东西还是看个人，就像师大附中和六中之于他没什么区别一样。

需要考虑的只有值不值得这一件事而已，他认为自己有权利做这个决定。

初秋的夜晚凉风习习，薄雾将路灯的光遮掩几许。

扛着自行车走进静悄悄的楼道，只听“嘎吱”一声，二楼的门打开一条缝，李爷爷披着外套站在门口，冲程非池招手。

“你们家来人了，下午就来了，现在还没走。”李爷爷有些担忧地说，“我想着上去敲门看看，又怕打扰。刚才还能听见楼上的脚步声，你妈妈应该没事。”

程非池根据李爷爷的描述，以为那个男人又来了，站在家门口，正踌躇着要不要进去，门突然从里面打开了。

出来的是个中年女人，跟程欣差不多个头儿，身穿华贵裙装，盘发，高跟鞋踩在楼道里发出闷重声响。

她撞见程非池先是一愣，然后提起嘴角笑了一下，偏头冲里面道：“这是你儿子？不是说今天不回来吗？”

说完她又转回来打量程非池，从头到脚，像在鉴定某件商品。

程非池也回望她，将她紧紧握拳的手和咬得发颤的下颌尽收眼底。

女人终是更在意脸面，不愿在气势上落入下风，冷笑着说：“藏着、掖着这么多年不敢让我看到，我还当是个什么稀罕宝贝。”

剩下的话即便她不说，程非池也明白她的意思。

女人从头至尾不失风度，连离开的背影都挺直腰杆，趾高气扬。而这个过程中，程欣坐在屋内，始终一言不发。

关上门，隔绝外面的喧嚣，程非池先去厨房烧水。

窗户上结了一层细密的水雾，桌上的茶已经凉透，说不定那女人在这里待了多久，她就在这里坐了多久。

秋夜更深露重，程欣的身体最是受不得寒冷。等到程非池将茶水换成热的，拿来毛毯打算给她披上，坐着的人终于有了反应。

程欣的嘴唇僵硬地翕动：“她还会来的。”

程非池手上的动作停顿了一下，随即没听到似的继续把毯子往她身上裹。

瘦削的身体猛地一晃，程欣一把按住程非池的手：“出国好不好？”她枯枝般的手在发抖，声音也在颤，“出国吧，妈妈求你了。”

程欣鲜少以“妈妈”自居，是以这分量沉重的两个字阻止了程非池转身欲走的脚步。

他抱着一线希望，问：“出国，然后呢？”

程欣以为终于将他说动，抓着他的手又紧了几分：“念一所好学校，然后他就会接你回去……”

“他是谁？回哪里去？”

“他是你爸爸，”程欣扯开嘴角，眼睛里都有了神采，像是想到什么令人愉快的事，“回你应该去的地方，那里才是你的家。”

程非池嘴唇翕动，半晌才说出话：“我没有爸爸。”

“你有，你有爸爸。”程欣有些急切，“过年的时候他来过，你见过他，上学期他不是还去你们学校演讲了吗？”

程非池觉得好笑，却笑不出来。二十年了，那男人就露了屈指可数的几次面，却能将母亲的心牢牢牵住。

他想问程欣是不是被下了迷魂药，是不是疯了，可他知道这话外公、外婆问过无数遍，换成他来问又有何不同？

程欣二十年前就疯了，而且无药可救，这些年的正常状态都是她的压抑和伪装，现在的才是她撕开面具露出的真实模样。

“过两年，再等两年就好，他答应过我会接我们回去，到时候你就是那个家里唯一的继承人，谁都不能再赶我们母子俩走。”程欣的语速越来越快，呼吸也跟着急促，语无伦次道，“你先出国，听妈妈的话，先出国，越快越好。”

那个女人的到来显然给了程欣很大的刺激，逼着她把平时难于启齿的话都说出口。虽然程非池早已猜了个七七八八，但亲耳听母亲将猜测一一印证，还是止不住地心颤。

“出国，然后继续像蚂蚁一样躲在地底下苟活？”

程欣愣住，大约是没想到程非池会如此直白、残忍地将他们母子俩这些年过的日子用这样一个肮脏渺小的比喻总结，她下意识地想反驳，却找不到有力的理由。

她只能抓紧程非池的手，像溺水的人抓住唯一的浮木：“听妈妈的话，好不好？等你从国外回来，我们就再也不用过这样的日子了。”

风吹得窗户砰砰作响，程非池心底也被灌进冷风，冷风所经之处一片冰凉。

他所做的一切努力都是为了摆脱捆绕在他身上十几年的阴影，而他的母亲还是罔顾他的意愿，拼命把他往黑暗深处推。

周日，叶钦在嘉园小区的公寓里做题，程非池比预计来得晚，进屋被叶钦好一通埋怨。

“你是不是又背着我打工去了？怪不得不让我开车接你。”

开学后课业繁重，两人见面的机会变少，这里便成了他们一周一聚的最佳地点。要不是程非池周六有家教，叶钦恨不得从周五晚上开始就让他跟自己一块儿待在这儿。

“没有。”程非池边换鞋边说，“工作都安排在晚上。”

叶钦不依不饶地问：“那为什么来这么晚？”

程非池轻飘飘的一句带过：“家里有点事儿。”

给叶钦讲题时，程非池又接到一个来自某留学机构的电话，说相关手续已经准备好了，请他抽空去补办部分签证手续。程非池直接在电话中说这个申请不是他本人提交的，麻烦那边取消，对方十分为难，说费用已经交了大半，如果要取消的话还请本人亲自去一趟。

挂了电话后，程非池本想给妈妈打个电话，稍加思索后还是作罢。程欣的态度已经很明显，光凭他一己之力根本无法令其改变主意。而他已经决定留在国内上大学，现在他们母子之间必须有一人妥协退让。

“还没打完啊？”

声音从背后传来，程非池扭头一看，叶钦伸长脖子，只露一个脑袋在外面，腮帮子鼓得老高，像被抢走玩具的小朋友，满脸都写着不高兴。

回到屋里继续讲题，叶钦懒病发作，见缝插针地跟程非池扯闲话，以“晚上吃什么”试图偷懒失败后，把话题往学习上引，打了个哈欠问：“我这么折腾下去，能考上什么样的学校啊？”

程非池说：“看你表现。”

叶钦哀叹一声，趴在桌上爬不起来了。

“但是我可以保证，”程非池接着道，“你一定能跟我考上同一所大学。”

叶钦翻白眼说不信，程非池笑了笑，并没有多做解释。

他不会忘记自己做的每一个承诺，哪怕程欣用眼泪哀求，哪怕他为此心痛不已，也不会动摇半分。

这是他答应过叶钦的事，也是他放下这许多年来的身不由己和无路可选，做出的第一个发自本心的决定。

叶钦自是不知道这些，每天依旧浑浑噩噩地过。

程非池在的时候他认真学习，程非池不在的时候他就马虎懈怠。他本来就不笨，属于老师们口中的“可以学好但是不肯用功”的类型，即便这样三天打鱼两天晒网，成绩依旧稳步提升。

送刘扬帆和赵跃走的这天，周封哭得一把鼻涕一把泪，像在送兄弟上刑场。叶钦嫌他丢人，送完人快步走在前面出了航站楼，等回到车上，周封才止住伤感，拖着叶钦陪他去商店给孙怡然选生日礼物。

各家奢侈品店挨个儿逛过去，周封一会儿觉得这个包好，怡然肯定喜欢，一会儿又觉得那条项链也不错，衬怡然的肤色。

“那就都买呗。”叶钦说。

“那怎么行？生日一年一次，每次送一件生日礼物，都是有讲究的。一股脑儿地都送完，缘分就尽了，那还有什么意义？”

叶钦听着别扭：“怡然过生日你还这么上心，那班长过生日你送过他礼物吗？”

“给他送礼物干什么？”周封一脸莫名其妙。

“你们俩不是相处挺好的吗？”

“打哪儿听的？又是他说的？”周封嘿嘿直乐，敲敲柜台让售货员把里面的男款钱包拿出来，拿在手上端详片刻，“既然如此，那就给他也捎带一件礼物吧。”

叶钦对周封这态度很不赞同，又找不到管周封的立场，干脆不理周封，自己去隔壁的柜台看刚才一眼扫过去就吸引住他目光的手链。

他平常穿着偏休闲，对饰品没什么兴趣，然而这手链设计别致，朴素的金属圆环上均匀地分布着几个几何图案，和穿插其中的碎钻一起，在灯下散发着低调而温柔的光芒。

他本想让柜姐拿出来瞧瞧，但看到下面标签上的价格，觉得不值，意兴阑珊地放弃了。

转了一圈都没看到其他中意的，叶钦有些不甘心地掏出手机给那手链拍了张照片，发到朋友圈，随便配了几个字：挺好看。

孙怡然生日那天在校外饭店请客，叶钦没去，托周封送了礼物和祝福。

礼物转脸就被完完整整地退回来了，周封无奈地说："我做了她半天思想工作，她还是不听，说等你哪天跟程非池说明白了，她再理你。"

叶钦对她的正义感嗤之以鼻，下晚自习后把那条原本买给孙怡然的手链扔给程非池，让他帮忙处理，自己眼不见为净。

他看上去又气又凶，说出来的话却字字带着委屈的小鼻音。

程非池对叶钦这嘴上满不在乎，实际上比谁都重感情的傲娇习性了如指掌，站起来说："我帮你送。"

"欸，你别啊。"叶钦又不乐意，拽着他不让他走，心想孙怡然要是一怒之下把自己欺骗程非池感情的事告诉程非池就完了，便挽着程非池的胳膊耍赖，"她不要我自己戴，这款男女都适用。"

今天夜里大幅降温，电视里轮播寒潮预警，两人下晚自习后去大排档坐了会儿。叶钦手冷脚冷，披上程非池的外套还是直哆嗦，程非池拉着他的手往自己毛衣里揣，叶钦头摇得像拨浪鼓，死活不肯。

等到羊杂汤上来，边喝边暖手，叶钦才顺过气来，吸吸鼻子说："我马上也过生日了。"

程非池："嗯。"

叶钦见他没什么表示，忍不住追问："你那天有没有空啊？"

"冬至的话，应该有。"

模棱两可的答案让叶钦有点不放心："那、那你想好送我什么礼物了吗？不要多啊，一件就行。"

他记着周封说的关于生日礼物的意义，难得迷信一回，生怕程非池一下子送多了，以后就没有了。

程非池被他这理所当然地索要礼物的小模样弄笑，拿过书包，翻出一套崭新的"五三"，放在桌上拍了拍："喏，礼物。"

叶钦知道他在逗自己，还是装出生气的样子，凶巴巴地把夹在里面的答案册抽出来揣进兜里："好吧，我收下了！"

叶钦坚信程非池一定给他准备生日礼物了，他之所以着急，是因为他的生日并不在 12 月的冬至，而是在 11 月底，眼下只剩下不到两周的时间。

他想告诉程非池又没这个胆子，怕程非池起疑，从而顺藤摸瓜地发现自己接近他的动机不单纯。都说撒一个谎就要用一万个谎来圆，这会儿叶钦算是切身体会到了。

于是这些天，他一有空闲就在琢磨 11 月 29 日这天该用什么理由让程非池放弃打工陪他过生日。

眼看日子越来越近，还没等他打磨、酝酿出一个完美的说辞，程非池发来消息让他之后的几天自己回家。

叶钦问为什么，程非池回复：我妈住院了。

程欣这次晕倒伴随着心搏骤停，到医院抢救后插了半天氧气瓶，下午才转危为安。

率先赶来的是叶锦祥，和程非池一块儿忙前忙后地照顾打点。

外婆随后也到了，说是瞒着外公来的，握着女儿骨瘦如柴的手小声抽泣。用手帕擦干净眼泪，她就拉着程非池问："这是怎么回事儿？上次见面不是还好好的吗？"

自家人没必要隐瞒，程非池如实地告诉外婆有个女人来家里好几次了，程欣这次晕倒就是受了那女人的刺激。

外婆先是震惊，随后又掩面而泣："造孽，真是造孽啊。"

傍晚把外婆送上出租车，程非池一个人走在医院前落满黄叶的小道上，走着走着脚步放慢，抬头看天上月朗星稀，心底却乱作一团。

那个女人临走时尖锐的话语犹在耳边。这些年他听多了风言风语，自认练就一副铜墙铁壁之躯，却还是被那句"你也就配和你妈待在这破房子里躲一辈子"弄得溃不成军。

到了楼上，他站在走廊尽头的窗口，深吸几口夜间的凉爽空气，拿出手机回复叶钦的消息，情绪稍稍平复后抬脚走进病房。

晚餐是在病房里解决的，叶锦祥把自己饭盒里的鸡腿夹给程非池："你还在长身体，多吃点，叔叔一会儿有应酬，还能吃一顿。"

程非池虽不待见他偶尔流露出的高人一等的姿态，但也不得不承认这个男人至少真的关心程欣，于是礼貌地说："谢谢叔叔。"

叶锦祥自是能察觉到他态度的软化，话就多了起来："说起来你跟我儿子一样上高三，在哪所学校念书啊？"

"六中。"程非池答道。

叶锦祥有些诧异，还以为他至少在师大附中之类的重点高中，又问他在哪个班，听说是理科（1）班后露出了然的神色："听你妈妈说你很优秀，我就说嘛，肯定是尖子生班的。"

程非池想象不出程欣会在什么情况下夸他优秀，怀疑这只是一句场面话，一时不知该如何回应。

叶锦祥似乎对这个话题很有兴趣，接着道："我儿子也在六中，不过不是重点班的，在（2）班，你应该不认识。”

（1）班跟（2）班教室分别在两栋楼上，中间还隔着一条长长的走廊，两个班的学生平时除了排队做广播体操时能打个照面，其他的确没有太多来往的机会。

可程非池认得不少（2）班的同学，其中一个也正好姓叶，这未免有些巧合。他想了想，问：“叔叔您的儿子叫什么名字？说不定我认得。”

叶锦祥巴不得自家儿子跟成绩好、上进心强的好学生多学学，而且程非池还是那个人的儿子，结交一番绝无坏处，当即便回答：“叶钦，钦佩的钦。”

还怕他不认识，叶锦祥伸出食指在手掌心把“钦”字写了一遍，写完又觉得多余，讪笑道：“你成绩这么好，怎么可能不认识这个字，叔叔多此一举了。”

离 11 月 29 日只剩下一天，叶钦觉得在微信上你一句我一句地沟通太低效，就给程非池打了个电话。

接通后他先装懂事地问候道：“你妈妈怎么样了啊？”

得到病情暂时稳定的答复后，他立马转换话锋：“那你今晚来嘉园一趟呗，我有东西要给你看。”

“什么东西？”程非池问。

叶钦卖关子：“你来了就知道啦。”

程非池经过一番取舍，还是说：“今天不行，晚上要去打工。”

叶钦的好心情急转直下：“打工重要还是我重要啊？一个晚上多少钱，我给你行不行？”

脑子一热他就说了两句不太中听的话。可明天就是他的十七岁生日了，这个傻子还满脑子打工挣钱，他怎么能不生气？

等了半天就等来一句“抱歉”，叶钦一口气堵在嗓子眼，二话没说直接按了挂断。

电话那头的程非池听着听筒里急促的“嘟”声，无奈地叹了口气。

这些天他上午守着母亲，下午去快餐店打工，夜里回来替冯阿姨，几乎没有闲下来的时候。他倒是想陪叶钦，可还有更重要的事情要做，在今年冬至之前。

他又去医院楼下缴了一次费，身上的余钱几乎见底。外婆留下的那些钱程非池暂时没打算用，就算用也是花在程欣身上，他自认没有资格挪用处置。

医院里的盒饭不便宜，晚上那顿程非池干脆没吃，走之前给自己灌了个水饱，心想应该撑得住。

半夜收工时胃隐隐作痛，他边揉肚子边接了杯热水喝，喝完拿手机刷朋友圈，叶钦发了张满桌佳肴的照片，配字是：还是家里好。

程非池哪能看不出来他是故意发给自己看的，饿得发白的脸上露出一个苦笑，心想小家伙可真会挑人的痛点戳。

他把照片放大看，圆形餐桌正对面的位置坐着一个男人，只露出拿着筷子的手，他无法分辨是谁。不过既然在家里，应该是他的父亲叶锦祥吧。

先前听说叶钦是叶锦祥的儿子，程非池第一反应自然是惊讶于这样的巧合。

接着他便客观地思考分析，从目前仅有的条件来看，眼前的叶钦父亲并不知道他们两人的关系，而且叶锦祥和程欣的关系无论追溯到从前还是放到现在，总归有些让人想入非非，若是让叶钦知道了，说不定会产生误会。

于是程非池给了叶锦祥一个“有点印象”的保守回答。

现下看来叶钦的确不知道，程非池暂时放下心的同时，又开始思考如果叶钦知道了该怎么办，想了一会儿又觉得自己杞人忧天，上一代的事，与他们俩又有什么关系呢？

无论发生什么事，他都会保护好叶钦，好好守护这份情谊。

没有程非池面对面地督促学习，叶钦在11月底的月考中坐滑梯似的下降了好几个名次，和他一起荣登“本次月考大幅退步光荣榜”的还有班长廖逸方。

叶钦这回吊儿郎当应付考试，有一半是为了借机撒程非池没陪他过真生日的气，所以他压根儿没把这成绩当回事。廖逸方就不一样了，心态没他好，被老师拿着卷子说了两句这里不该失分、那里不该犯错的话，羞愧得恨不能跳楼自尽，午饭也不吃了，抱着本书坐在教室里埋头学习，一副头悬梁、锥刺股的架势。

叶钦这天中午没回家吃饭，从外面饭店回来顺手给廖逸方带了份套餐，廖逸方拒绝进食，叶钦敲桌子道：“至于吗？你这失分怎么比失智还严重啊？”

没承想廖逸方嘴一瘪，吧嗒一滴眼泪掉下来。

此举把叶钦吓了一大跳，忙追问原委。廖逸方稳重内敛惯了，冷不丁让他说这么私人的事，自是磕磕巴巴难于启齿。

叶钦囫囵听了个大概，提炼出“他主动约的”“出去玩了好几次”这两个重点，额角直跳，觉得周封玩得实在有点过了，撸起袖子要去找他理论，被廖逸方拦住。

“学习成绩下降是我的问题，我没有把玩乐时间和学习时间分配好，不怪他。”廖逸方边抹眼泪边说。

叶钦仰天翻白眼，见他一副沉浸在纯真友谊中的幸福模样，忍了又忍还是什么都没说。

叶钦转头去做周封的思想工作，劝他别这么玩了，赶紧跟廖逸方说清楚。

周封没当回事儿地说："就准你交朋友？"

课堂上叶钦不便发作，压低嗓门道："臭不要脸你。我看别折腾了，对班长好点吧，别耍他了，不是都免费蹭人家的课后补习了吗？"

周封一上英语课就犯困，躲在书后面打了个哈欠说："他真是什么都跟你说啊，你到底是我哥们儿还是他哥们儿？"

叶钦义正词严："谁有理我站谁那边儿。"

周封"扑哧"一声，笑得肩膀直抖，被讲台上的老师点名才压住声音稍微收敛。

他笑完用胳膊肘撞了撞假装认真听讲的叶钦："大哥别说二哥，钦哥你啥时候能跟学霸认真一回，说不定我也能跟圆圆凑合当朋友。"

什么认真不认真的，叶钦没空细想，他只想知道程非池什么时候回学校，什么时候能继续用他的破自行车载自己放学。

今年天冷得早，冬至前一周，第一片雪花就打着转儿落了地。

雪下一天歇一天，断断续续地，一直没停，学校担心学生在上下学路上有危险，取消了这阵子的早读课和晚自习。

这天叶钦难得自发地起早一回，刷牙、洗脸、穿衣服、穿鞋，走到门口看见茫茫大雪，才猛然想起不用这么早去学校，在原地站了两分多钟，慢吞吞地返回屋里。

见不到程非池的上学日，连不用早起都没法让他兴奋起来。

过了一会儿，用羽绒服、帽子、围巾把自己全副武装的叶钦再次推开门，手上拿着把锅铲，在屋檐下找了块积雪不深的空地，蹲下堆雪人。

他堆了一个只有巴掌大小的胖雪人，因为冷，锅铲使起来也不方便。在堆的过程中，罗秋绫担心他着凉，出来几次喊他回屋，叶钦最后连鼻子都没来得及给雪人做，匆匆拍了张照片就跟母亲进屋吹暖气去了。

他本想把这照片发给程非池，已经在对话框里选中图片，临发送时还是赌气退了出去。

那家伙已经整整十六个小时没主动发消息来了，还惦记他做什么？叶钦立刻改发朋友圈。

一直到下午放学，专心学习的廖逸方都给点了赞，程非池那边还是没动静。

叶钦一面生气，一面忍不住担心——他妈妈的病又严重了？干吗不转到好一点的医院？没钱可以跟我说啊，大不了打张欠条呗，自尊心也不是这么用的啊。

要不是今天出门前罗秋绫嘱咐他早点回来，他现在就打车去市三院了。他以同学的身份探病，应该说得通吧？

叶钦想得投入，到家后就摊在沙发上摆弄手机等吃饭，连家里气氛不对劲儿都没察觉。

直到他听见楼上传来重物砸在地板上的声响。

这回是罗秋绫先发的火。

叶钦匆匆上楼，主卧门开着，地上散落着一沓乱七八糟的纸，还有一台黑色的手机。

叶锦祥要去捡，罗秋绫拽着他的胳膊："把手头的产业管好，先不要好高骛远，我们稳扎稳打好不好？"

叶锦祥甩开她，径自去捡地上的东西，没好气地说："中草药市场不景气，再不赶紧筹谋点别的就晚了。"

"筹谋？筹谋就是跟那个女人赌钱？"

"你懂什么？"叶锦祥怒了，梗着脖子道，"我这是投资，这些年要不是我在外面拓展业务，你们母子俩能待在家里游手好闲？"

叶钦经常见叶锦祥在家里大吵大嚷，却从未见过罗秋绫这样当着自己的面咄咄逼人。

她咬牙强忍眼泪，秀气的面容都变得狰狞："那你说，那些短信是怎么回事？我一而再、再而三地忍是为了这个家，不代表我什么都不知道。"

"说了多少次逢场作戏、逢场作戏，你非要当真，我看你就是闲的。"叶锦祥大约是想提高这话的可信度，显得自己光明磊落，把地上的手机捡起来扔在桌上，"那这手机给你保管行了吧？"

这一闹，晚饭到 8 点多才吃上。

叶锦祥说有应酬，甩手直接走了，叶钦抄起家伙追上去，被罗秋绫及时发现并阻拦。这会儿她正边吃饭边抹眼泪，说话几度哽咽，叶钦万分后悔刚才没一股脑儿地追上去把叶锦祥的脑袋敲开花。

"上回是衣领上的口红印，这回是和那女人联系专用的手机，我早就知道，他跟那个女人还没断。"已经被叶钦看到了，罗秋绫便不再掩藏，将事实告于儿子知晓，"我提醒他只是怕他被那女人带入歧途，我们一家三口过自己的小日子就好，不求什么大富大贵，我只是不想他去冒险。"

她平时温和绵软没主见，唯有在这方面执拗较真，叶钦明白，她终究放不下和叶锦祥多年的感情。

这也是叶钦认为劝不了母亲离婚，只能从叶锦祥这边下手的原因。

不过有一点奇怪，衣领上的口红？叶钦左思右想，都不觉得程非池的妈妈像做出这种事情的人。印象中程欣卧病在床，平时大门不出二门不迈，这会儿更是病得进了医院，她会用留下唇印这种低级手段挑衅罗秋绫？

吃完饭上楼时叶钦留了个心眼，趁母亲还在楼下，闪身拐进主卧，把那台扔在门边的手机拿起来看了看——款式眼熟得很，正是程非池手上用的那款。

叶钦几乎是蒙着回到自己房间的。他推翻脑海中的固有思维，从错误的节点重新分析事情原委，放过那些证据不够充分的联想与推测，唯一能确定的是——程非池的手机并不是叶锦祥送的。

得出这个结论的叶钦脑袋里空茫许久。他首先想到的便是自己当时因为这个生程非池的气，干了一些过分的事。

叶钦转念又想到，程非池连自己送的东西都不肯要，怎么可能要叶锦祥的手机呢？他分明是被自己缠得没办法特地买的新手机，第一次用微信加好友都不会，还是自己手把手教的。

叶钦觉得当时的自己怕是气傻了，这么显而易见的事都没转过弯来，想也没想就拿程非池当出气筒，不仅好几天不理他，还让他在雨中等了两个小时。

就在这时，兜里的手机响了。叶钦拿出来看，程非池发来一张照片，也是一个雪人，只比叶钦发在朋友圈的那个稍稍大了那么一点，脸圆圆的，身上插着两根树枝，一边挂着一只手套，鼓鼓的肚子上写了一个“软”字。

叶钦看着这憨态可掬的雪人，咧开嘴却笑不出来，看了许久，只打了一个字：我？

程非池大概在忙，没空打字，用语音回复：“嗯，可爱吗？”

叶钦鼻子发酸，心想：我可爱个头啊，整天就知道欺负你，就你个傻子觉得我可爱。

过了一会儿，程非池又发来一段语音：“时间不多，这个雪人小了点，等下次给你堆个大的，跟你一样高。”

过完年就二十岁的程非池难得幼稚一回，这对叶钦来说本该是一件开心极了的事，此刻却让他满心酸涩，像咬了一口还没熟的青草莓，酸得快哭了，可还是忍不住想继续咬。

刚过完十七岁生日的叶钦也难得正经一回：我不要雪人，我想要你陪我。

冬至前一天正是周五，叶钦坐立不安一整天，最终还是咬牙鼓足勇气，趁廖逸方课间上厕所，把他拉到走廊尽头的角落里：“班长，有件事向你请教。”廖逸方左等右等，见叶钦抓耳挠腮地说不出口，以为他要借自己的作业抄，立刻双手交错摆了个叉：“不行哦叶同学，下周又有考试了，你应该拿实力证明自己，不要自甘堕落。”

叶钦心想口都开了，还是别磨叽了吧，把一早打好的腹稿干巴巴地讲了出来，说自己先前有件事误会了程非池，还因此向他发了好大的脾气，现在越想越觉得愧疚，想知道该如何弥补。

廖逸方很贴心地没追问什么事，只宽慰他道：“过去的事再追究没意义，以后对程同学好点就是了。叶同学你就是刀子嘴豆腐心，认识你的人都明白，所以就算程同学以后回想起这事，也会理解的。”

听了这番话，叶钦心里舒服了许多。程非池那样好的人，定然不会记他的仇。

后来两人说到周封，叶钦旁敲侧击地劝道：“班长你别总搭理他，他那狗脾气，你越是听他摆布他就越来劲。”

“没有啊，他对我很好。”

廖逸方笑得眼睛眯起来，一扫平日里的呆板无趣。他掰着指头计算道：“世界上有六十亿人，人的一生平均按八十年算有两万九千两百天，就算每天能遇见一千个不同的人吧，一辈子能遇到两千九百二十万人，这个数字除以六十亿，两个人相遇的概率还不到百分之零点五。”

算完推推眼镜，见叶钦听得满脑袋问号，廖逸方笑着给出结论：“两个人能成为朋友就更不容易啦。未来难以预料，想到这里，我就只想对他好，让他和我在一起的每天都开开心心。”

叶钦没想到班长平时看起来傻乎乎的，在这种事情上说得还挺有道理。他一个人琢磨了很久，心想过去的事已经没法改变，以后还是要对程非池好一点，不要总是对程非池乱发脾气了。

结果他一个人在嘉园小区的公寓里等到晚上近10点，立马把要对程非池好的话忘了个干净。程非池风尘仆仆地打开门，看见扑面飞来的黑影，手一抬，接到一个抱枕。

叶钦叉腰站在门口，气道：“你怎么不明天再来，把我的生日混过去岂不更好？”

等到程非池把手中的盒子放下，打开，剥出一个漂亮的蛋糕，叶钦又不怎么气了，慢吞吞地从沙发上站起来往桌前移，状似不经意地瞥了那蛋糕一眼，故作嫌弃道：“这么小，还不够我塞牙缝的。”

即便生日根本不是今天，叶钦还是拖着程非池等到午夜十二点，插蜡烛、许愿，该做的都做了个全套，最后昂着下巴伸出手，纡尊降贵般地说：“我的礼物呢？”

“闭上眼睛。”程非池说。

叶钦有大半个月没跟他见面，哪里舍得闭眼睛。可他又好奇程非池给他准备了什么礼物，闭眼也不安分，悄悄睁开一条缝偷看。

他透过睫毛缝隙，隐约瞧见程非池从口袋里掏出一个东西，刚在心里腹诽什么东西这么小，程非池就托着他的左手，翻成手心朝下的姿势。

接着，一根焐热了的金属链条碰到指腹，一路顺滑地滑到手腕。

程非池还没让叶钦睁眼，他就自己睁开了，盯着那流光溢彩的手链看了半晌，失了魂似的。

“你手腕细，店员说戴窄版好看。”程非池托着他的手没松开，温热的指腹在他脉搏处摩挲，将那松松套住的手链转了一圈，一颗碎钻闪着璀璨光芒，“身上的钱只够买带一颗钻的，你要是不喜欢，以后再给你买新的，要几颗都行。”

最后这句话一把将人从浪漫中拉回现实，叶钦简直不知该从哪里吐槽起，垮着脸怨念道："能不能别这么破坏气氛啊……"

程非池笑着说："不过一颗也好，独一无二。"

洗澡的时候，叶钦后知后觉地想到程非池这些日子说忙，难不成是为了这手链打工攒钱去了？他裹了浴巾出来急忙去问，程非池自是不承认，只说照顾母亲忙，接着就被叶钦发现他右手手心还没完全愈合的伤疤，足有一寸长。

"骑车的时候不小心蹭的。"程非池轻描淡写地说。

智商被侮辱的叶钦气得头昏眼花："你骑车手着地啊？"

从前都是程非池照顾叶钦，这回终于反过来。叶钦拿着蘸了酒精的棉签，一下一下小心地给程非池擦伤口，边擦边问他疼不疼，擦完还捧着他的手送到自己嘴边，哈了一口气。

见程非池一脸迷茫，叶钦主动"科普"道："吹吹你懂吧？吹吹就不疼了。这不冬天嘛，吹多冷啊，哈出来的是热气，就不冷了。"说着又哈了几口气。

分食完不大的蛋糕，已经是半夜，两人不约而同地张嘴打哈欠。

叶钦半眯着眼睛，看着程非池的手发觉少了点什么，登时就精神了："你的手链呢？"

程非池："就买了一条。"

原因不用说叶钦也能猜到，当然是钱不够。

恹恹地躺回去，叶钦突然就觉得收到礼物不怎么开心了。

"你这个骗子。"叶钦嘟哝道。

程非池挑了一下眉："嗯？"

"这么久不出现，就为了这条破手链，还骗我说家里有事。"

"家里确实有事，不然也不会这么赶。"程非池解释完，话锋毫无预兆地一转，“你就没骗过我？”

叶钦心脏猛地重跳一拍，明知程非池什么都不知道，还是紧张得喉咙发干，说话都磕巴起来：“我、我没有啊，我什么时候骗骗骗你了？”

程非池故作严肃：“三个‘骗’，那就是三次。”

“哪有三次啊？！”叶钦跳起来。

“那就是有了？”

不仅有，还很多，远远不止三次。叶钦不敢说实话，见程非池一副洗耳恭听的样子，绞尽脑汁挑出一件不那么严重的：“那个……那个妹妹不是我妹妹。”

程非池一时没反应过来：“妹妹？”

“就我带去你们家，让你妈辅导的那个小姑娘啊。”叶钦抠着床单说，“她是周封的妹妹，不是我妹妹。”

程非池愣了片刻，忽而笑了：“我知道。”

那小姑娘第一次来就自我介绍说叫周绛，哪来一个姓叶的亲哥？

叶钦瞪圆眼睛：“那你不揭穿我，还装不知道？”

“为什么要揭穿你？”程非池捏了一下他的脸，“看你上蹿下跳挺有趣的。”

那会儿叶钦正天天缠着他，各种花招层出不穷，毫无章法，只有一头莽劲儿自始至终。可他一点都不讨厌，甚至还隐隐期待，每天睡前都在猜测，不知叶钦明天又会想出什么新招儿。

想来在那时候，他就对这颗到哪里都惹人注目的小太阳上了心。

叶钦也回想起自己当时奇招百出的傻样，羞得没处躲，推开程非池的手，掀起被子盖住脑袋。

天快亮的时候，暖气片突然出现故障不出热气了，空调制热又没效果，嗡嗡运作半天屋子里都暖和不起来，叶钦又缩头缩脑地往被子深处钻。

“首都一点都不好，夏天热得要死，冬天冷得要命。”冷得睡不着的叶钦埋怨道，“以后我要定居在热带岛屿，再也不回来了。”

程非池应道：“好，等高考结束。”

叶钦无奈道：“就知道高考，满脑袋只有学习、学习、学习。”

程非池失笑，心想：还不是为了跟你上同一所大学？

“等高考结束，”他把刚才的话重复一遍，“带你去热带岛屿。”

叶钦顾不上冷了，忙抬起脑袋：“真的？”

“我什么时候骗过你？”

听得叶钦又是一阵心虚。他把头埋进被子里去，过了一会儿又悄悄探出来，闷声说：“以后别给我买礼物了……打工的时间还不如用来给我补课呢。”

或许是新鲜劲儿还没过去的关系，又或许是真想跟程非池考同一所大学，叶钦恨不能一天二十四小时都跟程非池待在一块儿。

然而现实还有诸多琐事等着他们去处理，比如程非池妈妈的病，比如叶钦半死不活的学习成绩。

今年最后一次月考，叶钦原地踏步，死守在班级二十八名没动弹，程非池让他拍了错题的照片发过来，远程给予友情辅导。

“圆周运动公式上次刚抽背过，这次又错了，抄二十遍……这题动宾结构上周也讲过，错题句型抄三十遍……‘液态氯化氢不能导电，但氯化氢是电解质’，这句话抄五十遍。”

叶钦简直想哭：“怎么还一个比一个多啊？”

程非池有理有据：“一个比一个讲的次数多，时间也更近，不应该这么快犯错。”

好好好，你是学霸你说得都对。

叶钦闷头苦抄，抄着抄着就睡着了，眼一闭一睁就跨了年。

元旦后又到六中一年一度的冬季运动会，这次程非池忙于照顾母亲没参加，叶钦闲着也是闲着，本着继承自班长的为集体争光的优良传统，还是报了个跳远。

比赛时，最有望拿第一名的那位同学不慎崴脚中途退出，叶钦莫名其妙拿了个第一，被廖逸方戴了朵大红花在身上，推到主席台上各种角度一顿猛拍。

叶钦选了张自认为最帅的发给程非池，程非池回复两个字：结婚?

叶钦看着那两个字，嘴上自豪道：我拿第一了，你看不出来啊?

程非池没有能及时回复。

今天程欣换病房，他楼上楼下跑了几个来回才收拾妥当，拎着热水瓶出去打水的时候碰到先前住院隔壁床的老婆婆。

得知又成了邻床，老婆婆眉开眼笑："正愁没人跟我聊天，你们母子俩就来了。"

程非池回到病房时来帮忙的冯阿姨已经走了，程欣和老婆婆聊得正欢。

本来上个月就能出院了，医生说可以回家调养，程欣大概是不想碰到那个女人，所以闭口不提出院的事，在医院多调养了一阵儿。

如今见到程欣的脸上久违地露出笑容，程非池觉得这院住得也算值得了。

他削了两个苹果给两位长辈，本想随便找个角落待着，不影响她们聊天，程欣拿起手机看了一眼，冲他道："筷子丢了一根，晚上吃饭要用，去买双新的吧，门口小卖部就有。"

程非池不疑有他，起身去了。

走出住院部大楼，程非池刚拐入去往医院正门的必经之路，迎面遇上一个人。

一年不见，那男人看起来与去年这时候别无二致，依旧西装革履，外面罩着一件挺阔的大衣，光是站在那儿便散发着身居高位者不怒自威的气场。

程非池并未受到影响，目视前方，从他身旁绕开继续往前走。

他没走出两步，那男人在背后出声唤道：“小池，爸爸想跟你谈谈。”

市三院附近快餐店众多，适合谈话的咖啡厅只有一家。

外头风大，进店时男人整了整衣襟，抬头注意到程非池穿了一件洗得发白的旧棉袄，道：“去年给你买的衣服怎么不穿？穿旧了爸爸再给你买新的。”

程非池没回答，找了个空位坐下：“有什么话麻烦快点说，我马上就要回去。”

面对他毫不客气的态度，男人面上也不显尴尬，招服务员过来点单，用商量的语气慢条斯理道：“听你妈妈说你不爱吃甜的？我也不喜欢，那么甜品就不用了。”

自打碰面起，男人说的话对于程非池来说都过分亲昵了，可他态度自然得让人挑不出错处，程非池只得用沉默应对。

话题从生活谈到学习，几乎都是男人在讲，程非池视线透过窗户落在外面的行道树上，不知在不在听。说到程非池去年拿的竞赛双一等奖，男人脸上带了笑：“酒桌上跟朋友说到这个事，他们都不相信我儿子这么有本事，以为我在吹牛。”

程非池听不下去，转回目光落在男人脸上，说：“我不是你儿子。”

男人愣了一下，大概没想到他会这么直接，端起咖啡杯抿了一口之后，面色又恢复如常，嘴角还噙着一抹未散的笑意：“你妈妈说你意气用事，果然。”

这下可以确定跟男人的“偶遇”是程欣一手安排的，他们私底下的联系恐怕不少。程非池微不可察地皱了皱眉，说：“比不上您家里那位意气用事。”

他不擅说讽刺挖苦的话，这种情况下却是不得不说，他不想再让男人以一副尽在掌握的姿态和他谈话。

程非池以为这话够冲了，但凡爱点面子的人都忍受不了，没承想男人居然轻笑出声：“你跟你妈真的很像。”

程非池同意跟他过来，不是为了给他机会研究自己究竟像谁。男人察觉到程非池的不耐烦，在程非池起身欲走之前终于切入正题：“听说，你不愿意出国？有什么顾虑，说来听听。”

程非池急于表明立场让他们放弃，如实道：“母亲身体不好，离不开家。”

男人点点头：“有孝心，好孩子。还有呢？”

“还有，不想花你的钱。”

说出这句话，程非池以为接下来会进入一系列以“这是为你好”为主题的说服教育，谁知男人并没有灌输教化的意思，手指在桌上轻点两下，似乎在思考：“还有呢？”

“没有了。”

“真的没有了？”

程非池面上镇定如初：“还能有什么？”

男人身体往后，仰靠在椅背上，那副掌控一切的自信，自始至终未从他身上消失。他慢悠悠地替程非池回答：“还有，叶家那个小子。”

回医院的路上，程非池给冯阿姨打了个电话。

接通时他张开嘴吸进一口凉气，战栗顺着喉管直达心脏，他听见自己声音都在发颤：“阿姨，当年发生了什么，现在可以告诉我了吗？”

冯阿姨听说那男人直接找上他，惊讶之余感叹良多，来来回回念叨“没想到过了这么久，她还是没放下”。

程欣和冯阿姨相识于二十年前。那会儿程欣已经怀孕，一个人搬到玉林小区，买菜路过的冯阿姨见她挺着大肚子搬家不容易，上去搭把手，后来发现她独住，经常上门找她玩，两人年龄相同话题也多，一来二去便熟悉起来。

“之前发生了什么事，我当年问过两嘴，她不肯说，我就没再问。只记得大概怀你五个多月那会儿，天很冷，还下着大雪，她自己去买了票，说要去一趟S市。我当时就问她是不是要去找孩子爹，她没有明说，只让我帮她看家，说如果她不回来了，会给我打电话，房子交由我处置。

“其实我倒希望你妈别回来了，不是想贪这一套房子，而是她一个女人实在太不容易了，有男人陪着终归是好。我也能看出你妈八成是想把你偷偷生下来，看她终于改变主意，也替她高兴。谁知道她去了不到两天就回来了，乘的绿皮火车，站了十几个小时，她人瘦，穿着棉袄又不显怀，一路上也没人让个座，真是造孽哦。”

冯阿姨心疼程欣这些年的辛苦，平时对程非池说得最多的话也是“好好孝敬你妈妈，她真的不容易”，即便程非池不能感同身受，听到这些陈年往事依旧会觉得难受，仿佛程欣受这些罪都是因为他。

“然后呢，妈妈有没有说她去S市做什么？”

“她自尊心那么强，怎么会告诉我？”冯阿姨道，“想来不是什么好事，她回来之后好一阵子吃不下、睡不着，跟丢了魂儿似的，身体也垮了，不然生你的时候也不会那么难，疼了一整晚，丢掉半条命。”

挂电话前，冯阿姨照旧老生常谈地劝说：“那你就听你妈的话，认了你爹吧，别再让她生气了，她那身体气不得。”末了又像每个愿为家庭牺牲自我的女人一样发出叹息，“唉，这么多年了，那男人还算有良心，你们母子俩总算苦尽甘来，能过上好日子了。”

回病房之前，程非池在住院部楼下的花坛边吹了许久的冷风。

程欣去S市遇上了谁，从多年后程欣面对那女人时的状态便能坐实，那应该是程欣第一次放下尊严，决定委曲求全。联系外公、外婆透露的那些事，程非池险些被这一出富家女只手遮天，苦命鸳鸯分隔两地的老套故事逗笑。

若放在其他人身上，迫于生活，迫于世俗眼光，他多半连出生的机会都没有。而滑稽的是，这故事竟然完全按照剧本发展，并像电视剧里演的那样，最终让他这个本该多余的人来承受命运的谴责，以牺牲自由为代价。

更加戏剧性的是，所有人还都认为这是理所应当，反正都是为了他的前途，反正那人确实是他的亲生父亲。

掏出口袋里的名片，上面的名字既陌生又熟悉，让他想到童年时因为没有爸爸被人嘲笑、欺负的日子，还有渐渐懂事后为了不让人说他有娘生没爹教，拼命努力争取的一切。

尽管这一切在母亲眼里还比不上那男人一个所谓的“浪子回头”。

没有人知道，早在刚识字的时候，他就偷偷翻看过母亲的相册，照片上三个人，只有那个男人背后有字，娟秀清雅的字体，“易铮”两个字深深印刻在他脑海中。

电视上、报纸上、人们的口口相传中，他想忽视这个名字都做不到，却始终没办法将这个名字和父亲这个称谓联系到一起。

哪怕易铮今天在他面前无数次自称“爸爸”。

程非池深吸一口气，沉重的压力非但没消减，反而都化作实体，大山一样地压在自己身上。

他看了一眼名片上的号码，拿起手机。

晚上叶钦收到程非池迟来的回复。

他连怎么借此发脾气都想好了，别的不行，把人骗出来见一面总是可以的吧？陪床又不是每时每刻都离不了人，大不了自己去医院门口等着，见上一面就走好了，不会给他添麻烦的。

这么想着，叶钦边看手机边拿外套往身上穿，点进微信，看见屏幕上的那行字，蓦地怔住。

程非池：好好学习，这阵子先不要见面了。

叶钦眨眨眼睛：我干什么了就不能见面？好好学习跟见面冲突吗？

叶钦一个电话拨过去，程非池居然立刻就拒接了，听着嘟嘟嘟的忙音，叶钦险些把牙根咬碎。

往后几天，他也没能打通程非池的电话，偶尔程非池回一条消息，也净是“没事”“听话”“别闹”之类的简短回复，叶钦不明白，他就想知道为什么，怎么就成“闹”了？

寒假前的散学典礼程非池还是没来，三（1）班有同学知道他们俩关系好，托他把寒假作业带给程非池。叶钦走出校门，手一抬，把那些书本一股脑儿地扔了。

过了一会儿他又回来翻垃圾桶，一本本都捡回来，边捡边骂程非池浑蛋。

叶钦不是没察觉到不对劲，脑洞大开地连被绑架都想到了。后来一想，不对啊，他那么穷，手链都只买得起一条，谁绑架他啊？

难不成绑匪知道他是叶锦祥的儿子？可是叶锦祥最近因为公司的资金链问题忙得焦头烂额，哪个绑匪这么没眼力见？再说，要绑不得先绑自己吗？难不成觉得自己这个婚生子不如私生子有价值？

说到底还是得怪叶锦祥那个老不羞，出轨一次不够，还换来换去玩上瘾了。

叶钦一旦胡思乱想就刹不住车，无奈之下找情感专家廖逸方寻求指导意见。

“会不会是……”廖逸方刚起了个头，就收了口，“不会的、不会的，程同学不是那种人。”

叶钦急问：“哪种人啊？”

廖逸方日常难于启齿：“就、就忘恩负义那种人。”

这个回答吓出叶钦一脑门子汗，回头仔细想想，也觉得荒诞无稽。程非池怎么可能呢？给他一百个胆子他也不敢。

叶钦也不知道是对自己太过自信，还是对程非池太有信心。

总之两者都不是什么好事。

意识到这一点后，叶钦连着一个星期都没主动联系程非池。憋到准备出国度假的前一天，憋不住了，他把藏了好几天、揉得皱巴巴的成绩单展开拍给程非池看，班级名次进步三名，还是值得炫耀一下的。

那头回复了一个字：好。

因为这一个字，叶钦的心情又明朗起来。

至少他没跑，他不是那种人。

罗秋绫帮叶钦收拾东西的时候说这次她和叶锦祥不跟着去了，叶钦也没在意，高高兴兴地问她要什么化妆品，他去机场帮她买。

“我的傻孩子。”罗秋绫笑起来，似乎感动于儿子的体贴，久违地捏了捏他的脸，“妈妈只希望你往后的每一天都能像今天这么开心。”

叶钦连忙躲开。他已经成年了，再被人捏脸多不像话。

那个谁也爱捏他的脸，实在讨厌。

嘴上说着讨厌，事实上他还是会因为程非池好几天没联系他而闷闷不乐。

上飞机前，叶钦也没能等到程非池的回复，更别提送机了，他一怒之下把装满复习资料的书包扔在托运处不要了，过了五分钟又折返，到处找他的书包。

书包里装着程非池给他出的所有小测试卷和英语短文。

与他同行的周封看不惯他这口是心非、动不动就后悔的模样，说：“学霸怎么受得了你？要是我可能得疯。”

叶钦白了他一眼：“班长怎么受得了你？要是我肯定把你剁了。”

飞机准点起飞。

同一时间，首都第三人民医院，程非池拎着早餐走进病房，床上的程欣手上捧着一张 A4 大小的纸在看。

阻止已经来不及，程欣哆嗦着把那张纸举高，问：“这是什么东西？”

是程非池夹在书里的首都 C 大的自招申请表，下面盖了公章，签了大名，就差送进 C 大入学籍了。

隔壁床的老婆婆凑过来看：“哟，怎么是 C 大啊？小伙子不是成绩很好，能保送顶尖大学的吗？”

“不。”程欣摇头，“他不念国内的大学，他要出国的。”

程非池呼出一口气，无奈道：“妈……”

程欣像是猜到他要说什么，急忙打断：“你会出国的，对不对？”

面对母亲急迫的、满含恳求的眼神，程非池不是没有动容，可他仍旧答道：“不，我不会出国。”

C 大即便放在国内也算不上知名学府，之所以选择它，是参考了叶钦期末考试的成绩，加上保守估计剩下的四个多月还可以让他提高的那部分可能性，综合之下做出的选择。

若不是程欣和易铮步步紧逼，他也不用这么快做决定。这些天他私底下与班主任老师以及 C 大多方联系，希望在年前将去向定下来，没承想百密一疏，竟让程欣发现了。

听到他毫不犹豫的回答，程欣目光陡然变得森寒，她强压怒火道：

“为什么？给我一个理由。”

程非池心下一松，看来易铮并没有把他和叶钦的事告诉程欣，那么这件事就还有转圜的余地。

“我想在国内念书。”他说。

“为了我？那大可不必。”程欣说，“我从小就告诉你，感情最是无用，尤其是在面临人生重大抉择的时候，更不能感情用事。”

程非池听了这话，心中不禁生出一股悲凉。程欣嘴上这么说，可她的所作所为又何尝不是如此呢？不然也不会被易铮用一声轻笑和一句“意气用事”轻易地下定义。

“正因为是重大抉择，”程非池一字一句道，“所以才要遵从本心，不能听信他人的话盲目定夺。”

程欣眉头微皱，显然十分不赞同：“我是你的妈妈，不是其他人，我做的一切都是为了你好。”

程非池禁不住勾唇苦笑，又是这样冠冕堂皇的理由，仿佛不听她的话就是大逆不道。

如若他是思想尚未健全独立的小孩，兴许会被唬住，甚至会为自己的不懂事羞愧，然而他早就过了对是非对错迷惘的时候，他现在明明白白地知道，母亲要的从来不是什么懂事，而是无条件的服从。

他沉下一口气，道：“您所做的一切，究竟是为了我好，还是为了圆您未能实现的愿望？”

程欣难以置信地瞪大眼睛看他，眼中既有心思被看穿的恐慌，亦浮起一抹难以名状的怨愤。

这么多年了，她不是没劝过自己放下，可每当午夜梦回噩梦缠身，一次又一次地深化那些画面在她脑海中的痕迹。她忘不了二十年前在那里遭受的屈辱，忘不了那些扭曲的血淋淋的过去，所以哪怕不被理解，哪怕被世人唾骂，她也要夺回属于自己的东西。

“那些本来就是我的。”程欣嗓音尖锐，随即又强迫自己缓和下来，殷切地说服道，“那也是你的啊，你是他的第一个儿子，那些本该是你的。”

程非池摇头：“那是他的东西，我不稀罕，我可以自己争取。”

“争取什么？就凭你自己，能争取到什么？”

也许是在病中的关系，程欣变得有些喜怒无常，也有可能是因为上次那女人来过之后，她已经退去在儿子面前伪装的镇定，如今不必再多加掩饰。只见她飞快地将手上那张申请表唰唰撕成碎片，扬手甩到空气中。

视线穿过漫天飞舞的纸片，程非池看见母亲丧失理智般的狰狞面孔。

“想上C大，除非我死了！”

中午在医院食堂遇到邻床的老婆婆，她把程非池拉到僻静的角落：“和你妈妈是怎么回事呀？好好的小伙子，可不要拿前途跟家里人赌气呀。”

就在程非池以为她是来替母亲做说客的时候，老婆婆又道：“你妈妈确实过分了点，你是个大人了，她不该不征询你的意见就自己拿主意。不过有话可以好好说嘛，不要拿念书这种事开玩笑，老太婆我虽然没念过什么书，但C大是什么学校我还是知道的，听你妈妈说你很优秀，上A大也是绰绰有余的，报C大，岂不是比我这个一只脚踏进棺材里的老太婆还糊涂啦？”

程非池顿时说不出话了。连外人都能从他报了与自身水平不符合的大学的行为中发现异常，和他相依为命这么多年的母亲却只记得他所谓的优秀，并以此做筹码，意图满足自己的私心。

时过境迁，说不定她自己也知道，易铮早已不是从前的易铮，何况当年的他就能为了前途舍弃感情，二十年后的现在，她又能用什么夺回他的关注？

数来数去，唯有在旁人眼中出类拔萃的儿子了。

是以被她寄托全部希望的程非池无处可逃，他长成了程欣想要的样子，程欣却忘了他也是个人，拥有独立的思想和判断力。

程非池背靠墙壁，疲惫地捏了捏眉心。

他拒绝被物化，矛盾因此产生，并逐渐发展至今日不可调和的地步，而想达到和解，必有一方妥协退让。

可是如果这次妥协了，他就会像踩入陷阱的猎物，越往里走空间就越是狭窄，缚在他身上的网就越收越紧，直至没有任何反抗的余地。

到那时候，他和叶钦也就再也没有机会了。

呼吸沉重艰涩，程非池还是尽力在污浊的空气中寻找能容他自由生长的那一寸土地。他睁开双眼，打起精神，拿出手机再次拨通易铮的电话。

这边程非池为两人的未来举步维艰地筹谋，大洋彼岸在度假的叶钦心情也不甚愉快。

在海岛玩了几天，他和周封二人转战纽约，在这上学的刘扬帆和赵跃很讲义气地都翘课赶来作陪，连着带他们混了两晚夜店。

叶钦本就不喜欢灯红酒绿的环境，这天晚上又沾了一身令人作呕的烟酒味，皱着眉要走，刘扬帆胳膊一伸将他拦住，问周封："我和阿跃不在的日子，你都带阿钦玩些什么？怎么弄得跟六根清净、遁入佛门了似的？"

周封把杯子拍在桌上："不是我不带他玩儿啊，他忙得很，整天除了学习就是跟学霸腻在一块儿，下了课连个人影都找不见。这回出来度假还带着作业本呢，昨天那么晚回去还抓紧写了两页。"

赵跃哈哈大笑："这么听学霸的话，敢情我们钦哥假戏真做，动了真感情了？”

叶钦一屁股又坐回去，嘴硬道：“胡扯，我只是觉得比跟你们这帮废物在这儿浪费时间强。”

周封将信将疑，摸下巴道：“我怎么瞧着你被学霸吃得死死的？来前他没来送机，你连吱一声都不敢。”

“放屁！”叶钦凶道，“我要是非让他过来，他敢不来吗？”

刘扬帆弹了弹烟灰，似笑非笑地说：“那这次回国哥儿几个可得看仔细了。”

几个人约好了一块儿回国玩两天，叶钦眼看着尊严、地位不保，上飞机前赶紧发了条消息：我回来啦！首都时间晚8点，来接我嘛哥哥！

程非池在深夜收到这条消息，放下手机从病房躺椅上坐起，给程欣的茶杯里又添了热水，再次躺回去时，便开始思考去接机的可能性。

一个多月没与叶钦见面，冷静如程非池也忍不住想念，尤其在这几乎将他拘禁的高压监控下。

易铮那边看似比程欣好说话，可他毕竟混迹商场多年，早就练就一套说话、做事看似都有商量的余地，实际上根本不给人其他选择的本领。程非池这些日子与他周旋，让他不要动叶钦，不要将此事告与程欣，易铮轻巧答应之后，便问程非池索要交换条件。

他的原话是：“交易讲究你来我往，如果做了亏本生意，说出去岂不让人耻笑？”

虽然程非池认为易铮现在做的事已经十分荒谬可笑，但在势单力薄的当下，程非池只能尽量将他稳住，让他失去耐心，最好放弃自己，之后才有机会谋求他路。

这招儿也是无奈之举。易铮此人似有通天本事，连他联系过班主任、去过C大几次都了如指掌，前些天为了动摇他的意志，还说出了叶钦曾经调查过他的事。

当时的易铮在电话里笑："他找的那些所谓的私家侦探，手段拙劣，居然还用了自己真名。那小子跟他父亲一样爱耍小聪明，没你以为的那么单纯，这样的人，值得你为他放弃大好前程？"

原本该是个很有力的打击，可是程非池偏偏早就猜到叶钦曾经调查过自己，不然也不会有刚认识那会儿的针锋相对。

叶钦心里藏不住事，所有情绪都摆在脸上，这样简单明了的人，即便调查过自己，又能做出什么伤天害理的事儿？

想到这里，程非池又翻了个身，继续思考明天该如何以正当理由出去一趟。

次日竟真让他寻到机会。

下午外婆来医院探病，带了程欣爱吃的小菜，程非池一边拿着餐具去外面水池清洗，一边想着待会儿借送外婆回家的名义出去，再打一辆医院门口随处可见的黑车去机场，来回就算要花两个小时，也可以路上堵车为借口遮掩。

能见五分钟也是好的，他苦中作乐地想，再不见一面，小家伙怕是要闹翻天了。

手上的速度不由得加快，他拿着在滴水的餐具走到病房门口，还没跨进去，耳边先传来程欣的说话声。

她语速极快："我哪里不如她？她无非仗着有一个不错的家庭背景罢了，我也有儿子啊，我拼了命把他生下来，好不容易把他培养成如今的模样，谁敢说他不好？谁能说他不优秀？妈，你觉得小池不好吗？他不配得到那些吗？"

外婆本想劝程欣不要再钻牛角尖，被这难以反驳的逻辑弄得无措，只得软声继续劝："可是那个女人是无辜的啊……"

程欣已然听不进任何人的话："她无辜，我就活该吗？我先有的孩子，她才是第三者。我只是想见易铮一面，听他亲口说不要我、不要孩子，我就能死心了，可那个女人凭什么那么对我？"

说到这里，她笑了起来："果然因果轮回报应不爽，活该她生出个傻儿子。到头来，易铮还不是来找我们娘儿俩？老天开眼，妈，你不为我高兴吗？我的儿子那么优秀，终归还是要回到他原本的位置上。"

屋里的程欣失心疯般地笑，门外的程非池听得手指发颤，指腹在冰冷的瓷器上按出青白色，心脏一阵紧似一阵地往里收缩。

他早该知道，自己在母亲眼里就是个复仇的工具，亏他先前自我安慰时还抱有一点幻想，认为母亲要送他出国至少有一部分原因是为他好。但现在看来，那逢人便夸的习惯竟也不是为他骄傲，而是把他当成一个物件炫耀，生怕别人不知道。

瓷器落在地上发出破碎的突兀声响，屋里的人抬头向门口望，外婆倒吸一口气，慌张地唤道："小池……"

程非池强迫自己忽略程欣看向他的目光，扭头便走。再在这里待下去，他怕自己会和程欣一样疯掉。

"你去哪里？"背后传来一阵混乱的动静，程欣尖锐的嗓音依旧清晰可闻，"你又要去 C 大？不准去，妈妈不准你去！"

程非池生生停住脚步，深喘几口气，缓慢地转回身，只见程欣脱力般地跪坐在门边，手上拿着一块碎瓷片："你敢出去，我今天就死在这里！"

周遭霎时乱成一团，几个路过的护士想去夺下她手中的利器，都被她决绝凌厉的表情弄得不敢靠近。

外婆也被这变故吓蒙了，当场落下泪来，央求程非池道："小池你快回来，回来拦住你妈，你就听她的话，别再闹了。"

此刻的程非池什么都听不进了。目睹眼前的情景，他脑海中空荡荡的，心脏也是麻木的，有一瞬间甚至以为自己在做梦。

哪怕在梦里，他也没有见过这样荒诞无稽的场景。

好像原本只是个普通人的他，突然被穿上戏服推到聚光灯下，下台的门被堵死，台下坐满观众，成百上千双眼睛死死地盯着他，他却连该说什么台词、该做什么动作都不知道。

好不容易找回对身体关节的掌控权，脊背还是僵硬的，他一步一步走回去，蹲在程欣面前，抬手去握她拿着瓷片的手。

程欣以为他回心转意，身体放松下来，面目也柔和不少，刚想说点什么，程非池抽走她手上的东西，接着摊开右手掌心，对着刚结疤的伤口，当机立断地划了下去。

旁边的小护士惊叫一声，鲜血迅速涌出，滴滴答答落在地上，很快聚成深红色的一摊。

程欣呆住了，张大嘴巴，喉咙里发出断断续续的气音，却一个字也说不出来。

外婆赶紧趁机将她扶起来，她失魂落魄地站在原地，许久才找回神志，将目光从滴着血的手转回程非池脸上。

“妈。”程非池也站起身，控制住自己发抖的声音，“如果你想要我的命，我现在就还给你。”

一小时后，程非池坐在车上，看着窗外飞速倒退的风景，这才迟钝地察觉到疼痛。

人为划伤不比意外划伤，伤口又长又深，医生说要缝针，他怕耽误时间拒绝了，只简单包扎了一下。这会儿低头看，血已经渗透纱布，他从外套口袋里把医生给的备用纱布拿出来，在狭窄的座位上手口并用，又缠了几圈。

小家伙上回看到他手心的伤口就心疼得要命，这次无论如何不能让小家伙看见。

出来时已经晚了，去往机场的主干道高峰期堵车，等程非池抵达机场已经 8 点 20 分。他在接机出口处张望了会儿，又跑到咨询台打听，得知从纽约来的飞机 8 点准时抵达，乘客已经全部下飞机了。

给叶钦打电话，一直处于忙音状态，程非池猜测可能他刚下飞机还没来得及开机。等到能打通的时候，程非池的电话又三番五次被挂断，后来便直接打不进了，应该是被设置了号码拉黑。

程非池知道叶钦一定生气了，朋友不回消息，也不来接机，任谁都会生气。

他站在机场大厅给叶钦发微信，得不到回应，病急乱投医地去翻朋友圈，真让他刷到一条叶钦刚刚发布的内容——回来了，都出来“嗨”。

配图是茶几。

那茶几玻璃上的花纹别致，倒映着天花板上圆形的灯，程非池一看便知道是哪里。

他想也没想就跑出去打车，坐上车边关车门边对司机说：“中山路南国茶馆。”

机场灯火通明，时而有闪着信号灯的飞机冲上云霄，点亮夜空。车子驶上高架时，稍一扭头便能看到霓虹闪烁的城市夜景。

可程非池无暇欣赏，急切地想见到叶钦，除了着急向叶钦解释，也是为了给自己被压抑得几欲发狂的心脏打一支镇静剂。

除了叶钦，没有人能安抚他濒临崩溃的心。

除了叶钦，他现在谁都不想见。

Chapter.09

大雨

南国茶馆包厢里，周封嚎完一首《朋友》为回国的两位好友接风洗尘，抬头看时间，立刻放下话筒：“我出去接个人。”

赵跃问：“把你家圆圆叫来了？”

周封一拍脑门：“你不说我还真把他忘了。”随即摆手道，“算了算了，下回再喊他，这回是帮我们钦哥。”

叶钦还在琢磨谁来了，周封就推着孙怡然走进门。孙怡然看到叶钦，脸色一沉，掉头就要走，被赵跃和刘扬帆一左一右地夹在中间往屋里带。

“咱们俩好不容易回来一趟，怡然妹妹别不给面子啊。”

孙怡然只好留下，找了个离叶钦最远的位置坐下，用行动表达对他的“无法原谅”。

叶钦也正心烦，没闲情搭理她，接过周封递来的意图让两人干杯用来讲和的饮料，仰头一饮而尽，然后便摊在沙发上闭目养神。

几人凑在一块儿打牌，五个人当中有两个不参与，气氛始终活跃不起来。

周封连输三把，懊丧之余眼珠一转，撺掇叶钦把程非池叫来：“咱们这儿正缺人，学霸可会玩牌了，让他来带我飞。”

叶钦皱眉：“飞个头，不叫。”

那家伙接机都不肯来，以打牌为借口更叫不动他。

赵跃对周封道："你别哪壶不开提哪壶，阿钦明显因为学霸生气着呢，你还提他。"

"又怎么了？"周封挠头，"不会是因为作业没写完，怕被学霸批评吧？哈哈哈哈哈。"

他一笑，其他两人也跟着拍腿大笑。叶钦听了更加恼火，抬脚踹了一下茶几："笑个头啊。"

他们几个平时在一块儿玩得随便，互相也开得起玩笑。刘扬帆敏锐地发现叶钦每次动真肝火都是为了程非池，道："话说阿钦你打算什么时候跟他摊牌？"

听到这句话，坐在边上事不关己的孙怡然忽地扭头往这边看，叶钦自己也愣住了。

"哎呀，该摊牌的时候自然会摊牌嘛。"周封生怕好不容易凑到一块儿的朋友吵架，打圆场道，"钦哥还没玩够呢，你管这么多干吗？皇帝不急太监急。"

赵跃也搭腔："就是，阿钦已经成年了，呃，至少身份证上。他自己有数，咱们就别瞎操心了。"说完掰着指头一算，"不过没想到咱们钦哥这么长情，这计划都实施一年多了吧？还没腻呢？"

叶钦最烦有人拿他年纪小说事，尤其是这话题还带上程非池，弄得他好像成了个耍人不成反而把自己搭进去的天字第一号傻瓜，当即便反驳道："腻了，早腻了，过完年就跟他摊牌。"

赵跃："阿钦真是心善，还想着让学霸过个好年。"

"此言差矣。"周封想起有趣的事，眉飞色舞道，"想当年钦哥送学霸的第一件礼物，里头就暗藏玄机，要是学霸知道了估计得当场暴毙。"

"哦？"刘扬帆来了兴趣，"什么玄机？"

叶钦对周封提起这事给自己撑场面表示满意，昂起下巴得意道："他以为我在里头写的都是真话，不仅打开看了，还拿着来找我说愿意跟我交朋友。”

周封给大家“科普”了叠的纸星星里面混着一句骂人的话的事，赵跃笑得前仰后合：“阿钦，你胆子够大的，就不怕他刚好翻到那张？”

“我怕什么？本来就是耍他玩，又不是求着他跟我玩。”

当时叠星星的叶钦确实是这么想的，所以这话说出来一点都不心虚。

倒是刘扬帆瞧出他口不对心，意味深长道：“那你还戴着它？”

刘扬帆指的自然是程非池送的那条手链。心里憋不住事的叶钦在收到手链的当晚就拍照发到朋友圈去了，言语中充满“快瞧瞧，他进圈套了，我把他吃得死死的，我真棒”的炫耀意味，一众好友都点了赞留了言。

如今他却是嘚瑟不起来了。两人一个多月没见面，主动放下身段叫他来接机他都没来，手上这手链怎么看怎么碍眼，叶钦愤愤地抬手将它摘下，往桌上一扔，金属敲击玻璃发出“当啷”一声脆响。

“呦，不要了？别介啊，好歹值万把块钱呢……欸，这是真货还是假货啊？可别是个高仿的。”

赵跃倾身想把手链拿过来看看，被叶钦抢了先。他不想让别人碰这手链，瞄准桌上的敞口杯，像扔飞镖一样掷进去，杯口溅起水花，手链很快沉入混浊的液体中，不见踪影。

赵跃吹口哨，刘扬帆鼓掌：“干得漂亮。”

叶钦盯着那盛着饮料的玻璃杯看了一会儿，从鼻子里发出一声轻哼，别开脸道：“一条破手链，寒碜谁呢。”

话音刚落，坐在对面的孙怡然噌地站起来：“这样糟蹋别人的心意，你……你们太过分了！”

周封无所谓道：“既然送给钦哥，那就是他的东西，他想怎么处置都行啦。”

孙怡然满脸难以置信，望向叶钦时的眼神尤甚，见他梗着脖子一副浑不在意的样子，头一回觉得自己根本不认识这个人，心中无比失望，拿起沙发上的外套和包便要走。

除了叶钦，其他几个人都去拦，被铁了心要走的孙怡然用高跟鞋的跟踩得嗷嗷叫，谁都没把人拦住。

孙怡然气冲冲地走到外面，把门摔得震天响，边穿外套边往电梯口去。

刚走两步，冷不丁地撞上一个人，她抬头看清那人的脸，瞪大眼睛捂住嘴巴，手上的包都掉在了地上。

程非池是被楼下的服务生带上来的。

这里的工作人员训练有素，眼力极好，他先前只来过一次，就有人认得他是刘扬帆的朋友。毕竟那个包厢是刘扬帆专用的，进去过的人不多。

到楼上也没通传，这里的规矩是除非客人有要求，不然服务生绝不能轻易打扰，带他上来的人给他指了路便离开了。

包厢门虚掩着，留了一条缝，程非池本想先敲门再进去，听见里面正在高声讨论与自己有关的话题，手在门板前不到三厘米的地方顿住，然后不知不觉就听了全程。

本该听完立刻离开的，若不是愣神太久，他也不会在这里遇见从里面出来的孙怡然。

孙怡然显然十分慌张，捂着嘴的手半天才放下，看看紧闭着的包厢门，又看看程非池："你、你都听到了？"

简单的一个问题，却让程非池反应了许久。他微微点了一下头："嗯。"

孙怡然整个人都混乱了。她没遇到过这种事，不知道该怎么办，又扭头看包厢门，思考该敲门让叶钦出来说清楚还是该帮他一把赶紧把程非池带走。

程非池不知道她脑内的天人交战，迈开步子径直往电梯方向走。电梯正在往一楼下降，他看了一眼显示屏，掉转方向走楼梯。

孙怡然忙跟上去，幸而程非池脚步不算快，她一边追还能一边说话：“我、我不是故意瞒着你的。”

程非池垂着眼看地面，脸上没什么表情，又低低地“嗯”了一声。

“叶钦他也一定不是故意的，”孙怡然见他还听得进去话，接着道，“我回头好好劝他，你别……别难过。”

双脚踩在最后一级大理石台阶上，程非池定住脚步，孙怡然也跟着站定。

她从程非池的眸子里捕捉到一丝疑惑不解，眨了一下眼睛又看不见了，深琥珀色的瞳孔中唯余空漠的木然。

程非池缓慢地摇了一下头，意识到这动作可能会产生歧义，开口道：“不用劝他。”沉默几秒，又补充一句，“我没事。”

夜里9点半，首都的街道依旧车水马龙，喧闹繁华。

临近春节，家家户户都在置办年货，程非池经过一家超市门口，看见拎着大包小包从里面出来的一家三口，目送他们欢声笑语地上了出租车，又盯着挂着大红中国结的橱窗看了会儿，才继续往前走。

他早已习惯快节奏的生活，平时哪怕在去打工的路上都不愿浪费时间，在心里盘算着这个月的生活开支，或者下个月如何再增加收入之类的琐事。此刻他放空大脑什么都不去想，突然的空闲却让他更加迷茫，连自己要往哪里去都不知道。

在站台等了十多分钟，程非池上了一辆城际公交。这是去往市郊的最后一班车，车上人不多，程非池在最后一排的角落位置坐下，偏头看窗外，车里车外仿佛被这一扇窗分隔成泾渭分明的两个世界，窗户的那一头是暖洋洋的热闹，这一头是冷冰冰的颓然。

只有他一个人被隔绝在外。

程非池在车上给易铮打了个电话。易铮听到他询问叶钦具体调查了些什么，当即了然地笑了："我早就说过那小子不单纯，现在肯相信了？"

从易铮的口中，程非池得知叶钦调查他的时间是在前年9月，也就是高二刚刚开学的时候。

那会儿他连叶钦是谁都不知道，他头一回痛恨自己的记性这么好，至今还能清楚地记得叶钦第一次给他送早饭是在10月底的某个星期一，而在这之间，发生了便利店栽赃、扎轮胎，还有体育课顺手扶了一下快摔倒的叶钦这三件事。中间他们没有其他交集和任何过渡，叶钦是在毫无征兆的情况下开始接近他的。

易铮神通广大，连叶钦调查了些什么都一清二楚，不等程非池问就直接说了出来："除了查你的家庭关系，查你母亲，还查了叶锦祥那些日子的去向。据我所知，叶锦祥在外头养着一个情人，至于叶家这小子把你和他放在一起查，是顺便，还是巧合，或者是出于其他什么原因，就不得而知了。"

程非池舔了一下干裂的嘴唇，说了声"谢谢"。易铮不费吹灰之力了却了一桩心事，语带笑意："谢什么？我是你的爸爸。"

挂电话之前，易铮又想起别的："对了，还有一件有趣的事。叶家那小子身份证上隐瞒了真实年龄，他还没满十八周岁，日期倒是与实际相符，11月29日。"

公交车在嘉园小区站停下。

从后门下车的时候，一阵寒风迎面而来，吹得程非池浑身刺痛。

他以为是衣裳单薄的原因，可坐上电梯拿钥匙开门，直到进去屋里，他还是疼得厉害，这痛感像钢针一样穿透皮肤，顺着血管和肌理拼命地往身体里钻，有几根戳进胸口，某一瞬间他甚至以为心脏已经停止跳动。

麻木得几乎要失去触觉的手指摸到开关按下，眼前倏忽亮起，感受着吸入肺腑的冰凉空气，看着眼前那些熟悉又陌生的家具陈设，他才知道自己没死，也没做梦。

现实远比这些残忍一千倍、一万倍。

卧室还是老样子，被子是他叠的，和枕头一起堆放在床头，冬至那天分别后就没人来过。

去年的冬至，12 月 22 日，离 11 月 29 日整整相差二十三天，难怪连着两年的这一天，叶钦都不用回家跟父母过生日。

他那么恋家，为了离家近选了附近的学校，中午都要跑回家陪妈妈吃饭，生日这么重要的日子，凭什么留给自己这个非亲非故的人?

他从小娇生惯养，见过的名贵礼物成百上千，凭什么看得上自己送他的手链?

程非池茫然四顾，看着这间他们两人一手布置起来的屋子，觉得从前的自己可能是疯了，竟然觉得这里像个家。

目光迟钝地落在床头的玻璃罐上，程非池走过去，将它拿起。房间里没开灯，罐子里的星星闪着细微的荧光，他打开瓶盖，把星星都倒在桌上，就着客厅透进来的一点灯光，一颗一颗地拆开。

右手包着厚重的纱布，手掌不能弯曲，以致动作缓慢艰难，他索性将纱布拆了扔在地上，专心致志地拆星星。越是往后拆，心里越是翻涌着一股难以言说的期待，似乎如果找不到那一张，他就可以假装今天什么都没听到。

只需要这一个证明，他就可以将今天发生的一切从脑海中抹去，连同那些刺骨灼心的疼痛。

玻璃罐小巧，里面的纸星星并不多。只剩下最后五颗，程非池目光专注，手指动得飞快，心脏也在胸膛里有力地跳动，翘首以盼这份微小的希望。

希望却在拆倒数第三颗时戛然而止。

拇指按住字条慢慢抹开，现出一行字。程非池定定看了几分钟，把每个字拆开揉碎再放到一起，用尽全身力气确认这句话的意思，然后把星星又叠回原样，放进玻璃罐里。

捧在手上端详的时候，他才发现瓶身沾了黏腻的血，糊得看不清里面的东西。铁锈味在鼻腔蔓延，他用尚干净的手背把即将凝固的血迹抹掉，那颗星星还静静地躺在里面。

沉重的呼吸间，遮住眼睛的薄纱被吹散，他的视线骤然清明。

他懂了，叶钦过往对他种种的践踏侮辱，以及那些让他不得其法的反复无常，并不是在耍小脾气，而是真的恨自己，恨到非得要通过这种方式才能解气。

自始至终，只有他一个人将这份感情视若珍宝，当作上天给他暗淡贫瘠的生活送来的一轮小太阳。

到头来，这不过是另一个用谎言堆砌的城堡，在他为这片光芒和温暖留恋沉溺的时候，从天而降的一记重锤将这缥缈虚幻的建筑物击了个粉碎。

不过须臾，那些炽热的阳光、跳动的心脏、鲜活的生命力……统统化作尘沙齑粉，风一吹就离他远去。

叶钦说得对，他可不就是个傻子吗？

程非池以为自己在笑，抬起头，窗户玻璃映照出他的没有半分表情的脸。

原来一个人哪怕痛到极处，面上也可以不露分毫。

南国茶馆，四人聚会持续到后半夜。

叶钦答应罗秋绫晚上回家，午夜零点刚过，刘扬帆就问要不要帮他叫车，叶钦摆手说："不用，我还想再玩会儿。"

赵跃惊奇道："我们阿钦不是最听妈妈的话吗？今天居然不着急回家？"

叶钦斜睨他："再多说一句试试？"

刘扬帆笑道："天天讲鸟语、听鸟语烦死个人，难得回来一趟，还不兴我们多说几句中国话？"

"你们说的是人话吗？除了调侃、挑衅还有啥？弄得我也……"说了一堆扯淡的瞎话——后半句在叶钦舌尖转了个弯，又咽回肚里去了。

周封打哈哈："咱们几个不一直都这样吗？兄弟之间有什么话不能说？玩笑两句图个高兴嘛。钦哥你要是不痛快就来调侃我，我敞开怀抱等你……哎哟！"

叶钦拿起桌上的打火机准确无误地砸中周封的脑袋："闭嘴吧。"

两个小时后，时差还没倒过来的几人歪七扭八地躺在沙发上打瞌睡。

叶钦也困，眼睛都睁不开，可他不能睡。他躺在沙发上拼命掐自己大腿以保持清醒，不然睡过去再醒来就是天亮了，在他们几个眼皮子底下行动，要是被发现了脸该往哪儿搁？

等到屋里响起此起彼伏的鼾声，叶钦悄悄坐起来，拿起桌上的杯子，蹑手蹑脚地往洗手间去。

把饮料倒进水池的时候，叶钦生怕手链不慎掉进下水道，用手小心地挡在杯口。接到手链他就放在水龙头下面猛冲，怕洗不干净还用了边上的洗手液，又想起不知谁说过金属制品沾染化学制剂可能会影响寿命，忙又继续用清水冲，冲得一点儿味道没有了才用纸巾擦干，最后还放在烘干机下面吹了半天。

回家的路上，叶钦在车后座端详重新戴回手腕上的手链，举着看、放下看怎么看都觉得哪里不对劲。

颜色好像变深了一点？钻好像没有之前亮了？明明是正好的大小，这会儿怎么感觉有点空？

开着手机手电筒研究半天，越看越硌硬，他恨不得打个电话问刘扬帆他们家的饮料是不是有腐蚀性，把他的手链都搞坏了。

自然没好意思打，扔是他自己扔的，真坏了也怨不得别人。叶钦蔫蔫地想，明天抽空去专柜跑一趟吧，看看能不能给保养一下。

说到专柜，想起刚才赵跃嘲笑这手链是假货的话。叶钦又抬手看了几眼，非常不服气，这么漂亮，怎么可能是假货？

微信上有几条程非池发来的消息，他逐一翻过去，得意地昂起头——程非池才不敢给我买假货呢。

兴许是晚上受了刺激的关系，叶钦这晚又把那个噩梦做了一遍。

梦里的程非池比上次离他更远，远到五官都模模糊糊看不清晰。风很大，他想往那棵银杏树下走，脚却被钉在原地一动也动不了，想喊程非池，嗓子也发不出声音，急得快要疯了，却只能远远看着，摸不到也够不着。

他醒来时满头冷汗，喘匀呼吸扭头看窗外，天已经大亮了。

起床做的第一件事就是拿手机，空空如也没有任何新消息的屏幕让叶钦愣了一下。他翻到通信录再次确认一遍，程非池的号码已经被他挪出黑名单了啊，怎么没打来电话？

叶钦有些等不住，想打过去，又觉得太丢面子。先不回短信也不来接机的是他，应该等他主动道歉啊，我打过去像什么话？

不就拉黑了几个小时，还有没回他微信，程非池晾着我这么久，我都没发火呢。

这么想着，叶钦忍住冲动，确认手机铃声音量开到最大，揣到兜里下楼吃饭。

昨晚到家就睡了，没顾上跟罗秋绫说话，这会儿又心不在焉，罗秋绫问他旅游见闻他也懒得讲，用勺子搅和碗里的菌菇汤："怎么又喝这个啊？咱们家是买了一车蘑菇吗？"

罗秋绫便不再说话。安静持续到饭毕，她叫住准备回自己房间的叶钦："钦钦，你坐一下，妈妈有话跟你说。"

叶钦以为她又是传达叶锦祥的旨意，让他总结一下过去一学期的得失，做好准备迎接新学期之类的，正想找个舒服的姿势摊着听，偶然捕捉到罗秋绫口中的"出国留学"几个字，猛地竖起耳朵，手指点自己的鼻子："留学？我？"

"嗯，爸爸妈妈想好了，还是让你念国外的大学比较好，你常去国外旅游，应该很快就能适……"

未待罗秋绫说完，叶钦就打断道："我不出国留学，我要留在国内。"

他有点恋家情结，罗秋绫是知道的。她婉言劝道："国外大学比国内环境好，能认识很多新朋友，你以后想去热带岛屿玩也方便。"

叶钦不客气地问："是叶锦祥的命令？"

之前跟罗秋绫聊到高考的事，她还让他报个首都本地的大学，这样可以经常回家，不过两三个月的工夫就变了卦，除了叶锦祥搞事，他没办法另作他想。

罗秋绫被他直呼父亲的名字弄得呆了一下，随后急道："不是，是爸爸妈妈一起商量后决定的，你不要对你爸爸这么大怨气，虽然他……"说到这里顿了顿，大约是找不到合适的描述，索性放弃了，"但是他终归是你爸爸，也是真的爱你。我们不会害你的。"

叶钦听到这种话心里就烦，站起来道："你们俩商量就完事了，不问问我的意见吗？"

他从小随性恣意惯了，最讨厌被人摆布。他认定这事是叶锦祥单方面搞的鬼，不知老头子用什么方法把妈妈洗脑了，居然让她也同意将他送出国。

罗秋绫跟上来还欲再劝，被叶钦按回座位上。他反过来安抚母亲：“放心吧，四个月后我一定考上个好大学，堵叶锦祥的嘴。”

倒不是叶钦太过自信，而是他相信程非池。

程非池说过要跟自己上同一所大学，学霸能上的大学，想来不可能差到哪里去，自己乖乖听话就好了。

叶钦发现自从跟程非池相处以来，越来越习惯把所有事情都交由他来拿主意。从前的叶钦以掌握主动权为荣，后来却不知不觉地把这个念头抛到脑后，因为叶钦渐渐能体会到什么都不用干、只要依赖程非池就好的舒坦。

能者多劳嘛，程非池什么都会，什么都懂，要是换作别人，他还不敢依赖呢。

想到这里，叶钦就一点都不气程非池了，端着最后一点少爷架子在家等电话。

然而手机一直没响过，中途他以为手机坏了还插上充了几次电，从太阳升起一直等到天擦黑，一个电话、一条微信都没有。

第二天，第三天……一直到除夕，都没有。

叶钦以为他又忙着打工，加上他妈妈还在住院，忙到没时间看手机也说不定。到除夕晚上叶钦实在等不住，心想以祝贺新年为理由打个电话，应该也不算丢面子吧？这么说服了自己，叶钦清清嗓子，拨通电话。

忙音，没打通。

再打一遍，还是没通。

给他的手机号充了两百块钱话费，叶钦过半个小时再打，依旧忙音。

叶钦一跃而起——程非池你居然敢拉黑我？

叶钦用家里座机打过去，还是不通，急促的嘟嘟嘟声听得叶钦心里直打鼓。先前程非池虽然忙，也没什么空搭理他，但至少消息还是会回的，有什么事能忙到几天都没空碰手机?

……难道他母亲病重?

呸呸呸，哪有这么咒人家妈妈的。叶钦拍了一下自己的嘴，又想到程欣是叶锦祥的小三，当即后悔自己打自己，揉了揉嘴，纠结坏了。

微信倒是没被拉黑，消息还发得出去，叶钦给程非池发了句“新年快乐”，抱着手机等到睡着。第二天睡到自然醒，手机上一堆祝福短信，逐条翻过去，就是没有他在等的那一条。

这下彻底坐不住，大年初一下午，叶钦就跑到市三院找人去了。

他连程欣得的什么病挂的哪一科都不知道，护士管那么多病房，问也问不出个所以然，他干脆自己来，按门牌号挨个儿病房找过去，把楼上楼下翻了个底朝天。

一圈转下来无果，听说急诊部楼上还有两层住院区，他又急吼吼地赶过去。那边的护士翻了一下住院记录，说这栋楼没有姓程的病人，叶钦非要一间一间亲自找，找完一遍再检查一遍，确认没有程欣和程非池的影子，终于信了护士的话。

“说不定转院了。”其中一个护士说，“转院记录不方便查，还是去问下病人家属吧。”

叶钦这才察觉到情况有异，开车风驰电掣般地来到玉林小区。

在程非池家门口敲了半天都没人开门，却把楼下的邻居惊动了。老爷爷把拐杖支在台阶上，伸长脖子说：“家里没人，别敲啦。”

叶钦记得程非池说背过腿脚不方便的邻居老大爷上楼，想来就是这位了。他忙问：“这家人去哪儿了？”

老爷爷摆摆手：“不知道，也许回老家过年去了吧。”

因为先前调查过他们母子俩，所以叶钦知道程欣祖籍就是首都，程非池更是土生土长的首都人，哪来的老家可以回？

他坐在车里，盯着程非池房间的那扇窗户看了许久，天都黑透了也没等到它亮起，只好踩油门先离开。

回到家叶钦就开始四处打听，高三（1）班认识的几个同学都让他问遍了，每个都说："我怎么知道？谁有你跟他熟？"叶钦又不抱希望地去问周封，周封的妹妹在程欣那边上过辅导班，说不定他家里人知道些情况。

他也想过找叶锦祥，但是顾虑太多，最重要的一点就是罗秋绫目前还不知道程欣和私生子程非池的存在，现在摊牌势必引发大乱。人家过年热闹和气，他们家过年鸡飞狗跳，总归不太像样。

不过叶锦祥自打今天上午出去后就没回来，大概还在为公司的事情忙。

他忙他的呗，昨天在年夜饭桌上还板臭脸，弄得一桌子人都不敢说话，饭都没吃踏实。叶钦想到这里就生气，更坚定了绝不找叶锦祥的想法。

晚一点的时候，周封那边传来消息："我妹上学期就没在她那儿学了，说是身体不好没法再带学生。我妈昨晚上还给她打拜年电话了，关机，今天再打还是一样。"

叶钦顿时泄了气，接着便被紧张和焦虑席卷全身。

他翻了半天通信录，实在不知道该找谁了，这时周封又打来电话，刚接通就大呼小叫："我这不在南国呢嘛，刚才顺便问了一下扬帆，你猜怎么着？在他们家监控里看到程学霸了，他来过，就咱们从纽约回来的那天晚上！"

总算得到有用的线索，叶钦满脑袋只想知道程非池去哪里了，其他什么都没空细想。听说程非池下楼的时候和孙怡然一道，他立刻给孙怡然打了电话。

接通后一句新年好也没顾上说，他开门见山道："那天你遇见程非池了？为什么不把他带进来也不跟我说啊？还是不是朋友了？"

孙怡然被他这通质问弄得呆了半晌，回过神便气不打一处来："臭小子你自己说了些什么、做了些什么把人给气走了，你自己不清楚吗？哈，还好意思怪我？"

叶钦彻底蒙了。

他怎么会想到程非池当时就在外面听？他连自己当时说了些什么都记不清了，只记得是堆胡话，不太好听，还当着所有人的面把手链给扔进杯子里了。

他想也没想，点开微信就给程非池发了一串"对不起我错了"，待到冷静下来，编辑了一条恳切的道歉内容，说自己那天被他们几个激得昏了头，就扯了一堆乱七八糟的。

我瞎说的，开玩笑跟他们闹着玩呢，都是假的，你别信。

发完这句，叶钦又添上一句：你别信啊，好不好吗，哥哥？

末尾贴了个爱心。

从前也不是没惹过程非池生气，再严重的都经历过，只要他一喊"哥哥"，程非池当场就心软了。叶钦以为这次也一样，发完消息大大松一口气，抱着手机睡了。

第二天他还是没能等到程非池的回复，电话也依旧打不通。

叶钦的状态已经从起初的慌乱变成了现在的迷茫，他隐隐有一些不好的预感，却又在心里极力否认，阻止自己深究。

2 月 13 日是程非池的生日，程非池答应过自己会把那天的时间空出来。程非池说过不会骗自己。

他果然在 2 月 12 日的下午收到程非池的消息：有空吗?

叶钦上一秒还死气沉沉，收到消息立马从床上跳起来，按下语音键时又不想显得太急迫，压了压嗓子，道："你猜啊。"

程非池没猜：在哪里？我去找你。

叶钦便也没跟他绕弯子，直接约他一会儿在嘉园的公寓里见。放下手机就开始穿衣服收拾打扮，为了形象，他还特地穿了一双样式很好看但是系带的新鞋。

他不会绑鞋带，在家门口系一次，路上等红灯系一次，到地方下车再系一次。乘电梯到楼上，一脚迈出去，右脚鞋带又散了，叶钦心急火燎地想见人，干脆不管了。

反正等下程非池来了会帮他系的。

进到屋里，叶钦先去厨房把水烧上，先前经常在厨房门口围观程非池忙碌，做饭他学不会，烧个水还是绰绰有余的。

叶钦接着把两人的杯子刷洗干净，外面冷，程非池那个穷鬼肯定又是坐四面透风的公交车来的，待会儿他到了就能喝上热水。

做完这些，叶钦洗了块抹布，把餐桌、餐椅擦了一遍，心想程非池说不定会带菜过来做，反正都要擦。

在家从来不干家务的叶小少爷体会了一次劳动的快乐。他干得满头大汗，准备进卧室把里头的桌子、椅子也擦一擦的时候，门被敲响了。

叶钦把抹布一扔，三步并作两步跑去开门。刚拖过的地有些滑，他险些滑了一跤，开门时还在喘气，说出口的话就带了些埋怨："不是有钥匙吗？敲什么门啊？"

程非池立在门口，穿着一件没见过的黑色大衣，衬得他的身材更加颀长、挺拔。他把手上的钥匙递到面前，叶钦下意识就伸手接了，然后拉他进屋："进来啦，外面冷，我烧了热水。"

程非池不说话也不动，待叶钦拉不动松了劲，把自己的胳膊从他手中抽出来。

叶钦以为程非池还在因为南国茶馆听到的那些话生气，软声道：“对不起啦，对不起，我不是给你道歉了吗？干吗这么小气……”

“我们以后不要再见面了。”

叶钦眨了一下眼睛，以为自己幻听了，抬头看程非池的脸。楼道光线昏暗，他看不清程非池的表情，只隐约觉得哪里不一样了。

或许是声线，或许是看他的眼神，总之程非池跟从前不一样了。

心突然慌得厉害，叶钦去拉他垂放在身侧的手：“干吗？还生气啊？我都知道错了，我不该说那些话，你要是还生气就打我呗……”

声音越来越小，因为他意识到程非池没有回握，那几根修长有力的手指，一根都没动一下。

眼下这只手分明还是滚烫的，可热气一丝一缕都不往他身上传递，两人之间仿佛立起一堵无形的墙，比三尺寒冰还要冷硬。

程非池像刚才那样，慢慢把手抽回来。他的呼吸轻浅均匀、纹丝不乱，轻抿的薄唇再次张开：“绝交吧，我不想再看见你了。”

“什、什么啊？你有没有在听我说话？”

叶钦又去拉他另一只手，发现异样，注意力登时转移，不管不顾地倾身去他背后抓，摸到厚厚的纱布，赶紧收敛力气：“你手怎么了？上次的伤不是已经好了吗？”

程非池往后收了一下胳膊，轻巧地躲开了。

叶钦对他这持续的冷漠抗拒十分不满，不禁有些烦躁：“你到底怎么了啊？生气你打我骂我啊，有必要不让我碰，还说什么不想再看见我吗？”

在他眼里，“绝交”两个字可以跟赌气画等号，就跟他拉黑对方电话号码、不回微信是同一性质，通过这种方法来宣泄自己的不满，效果等同于说一句“以后别这样了”。

可程非池这里的“绝交”显然没有那么多弯弯绕绕。他只沉默几秒，说："就当是你跟我摊牌。"

叶钦蒙了一会儿便想起来了，那天晚上在茶馆，他好像说过春节之后就跟程非池摊牌的话。

"那是随便说说的，"叶钦更加烦躁，他气程非池不该听的话乱听，还记在心上，"微信上不是给你解释了吗？你还真往心里去啊？"

他期待程非池说"不"，期待听到"我没这么小气"的反驳，可是没有，程非池对他的话完全没反应，用沉默代替回答。

叶钦最怕他闭口不言、拒人于千里之外的冷静模样，察觉自己的状态跟他完全相反，顿时方寸大乱，恼羞成怒地抬手推了他一下："你到底要干吗？"

程非池后退两步，在原地站定，便没有再上前哪怕一寸的意思，嘴上依旧重复着那三个字："绝交吧。"

叶钦明白了，他在说真的。这次约叶钦见面也是为了当面说清楚，从打开门先把钥匙递过来这个举动就表露无遗，他亲手在两人中间拉开一条界线，不越过去，也不让自己再触碰靠近。

好一个充满责任心的人，一条短信、一通电话就能解决的事，他还在百忙之中抽空跑来亲自画上句号，这就叫作善始善终吗？

后槽牙不自觉咬紧，满心的期待尽数转化为愤怒，叶钦只觉得自己被耍了，脸颊火辣辣地烧，他脑海中乱作一团，仅剩的一点忍耐和理智也消失不见了，他把左手手腕上的手链用力摘下来："那这个是不是要收回？"

程非池调整视线，看了一眼他举着的手链，道："已经送给你了，随你处置。"

此刻他的平静更加令叶钦感觉怒火中烧。叶钦二话不说把那手链重重地摔到他身上，程非池没接，任由那手链掉在地上又高高弹起，发出一连串刺耳的响声，最后骨碌骨碌不知滚去了哪里。

“要绝交你就拿走。”叶钦梗着脖子看程非池，眼睛瞪得滚圆，像要跟他比谁更心狠似的，“你的破东西我才不稀罕。”说着便退回屋里，“砰”地摔上门。

叶钦气坏了，在沙发上坐了半天都没能平复呼吸。

厨房里的水壶“咔嗒”一声自动断电，热水烧好了，他看着自己刚收拾干净的屋子，还有并排摆在桌上的茶杯，更是怒不可遏。

他气完了便觉得委屈，先前发生那么多事，两人至多闹几天别扭，这次不就说了几句玩笑话吗？程非池至于拿绝交出来吓唬他吗？

虽然程非池说话、做事稳重靠谱，但叶钦还是觉得他在用绝交吓唬自己，想要自己以后听话一点，不要再乱发脾气。

想来也是，他怎么可能真的要跟我绝交呢？他对我这么好，他还说过不会骗我，说过会跟我上同一所大学。

他不会骗我的。

叶钦给自己喂了颗定心丸，接着进入反思流程，仔细回想自己做了些什么，把程非池气得连这两个字都说出来了。

他在朋友面前高高在上地表达对程非池的不屑，把程非池送的手链扔掉，虽然后来又捡回来了，但程非池当时在门口听到、看到，心里肯定不好受。

叶钦“独”惯了，难得推己及人一回，觉得这事要放在自己身上，他俩位置互换，自己应该会更生气，气到把程非池的电话拉黑一个星期的程度，还要他亲口说“对不起”，一百遍都不为过，然后要他下跪，求自己同意他把手链戴回去。

况且那手链还是程非池辛苦打工挣来的，手上的伤到现在还没好彻底。

心里开始发虚，叶钦给自己倒了杯热水，没人在边上提醒，他一口烫到舌头，倒抽着气跑到房间里找药箱。

药箱没找到，他先看到桌上摆着的玻璃罐。

那是他送给程非池的生日礼物，虽然叠星星花了些时间，可这东西在他眼里并不值钱。当时搬到这里暂住时，在程非池很少的行李中这个罐子就占去不少位置，叶钦还有些不懂他把这东西带在身边的意义。

后来经过一个月的朝夕相处，他才慢慢体会到，程非池是真的很在意这件礼物，每次打扫屋子都会顺便把这玻璃罐擦得锃亮，阳光照在上面能折射出绚烂的光。

有一回叶钦躺在床上看他擦罐子，嫌弃道："这破玩意儿造型也太丑了，学校门口小卖部果然没好货。上回我在时代广场礼品店里看到一个蓝宝石的，里头自带做好的星星，可漂亮了，买回来把这个换掉，摆在屋里也好看。"

程非池当时是什么反应呢?

他摇摇头，笑着说："我就要这个。"

如今，这个在叶钦眼里既不值钱又破烂的玻璃罐子依旧光可鉴人，里头却只剩一颗星星了，其他的都被拆开，整齐地堆放在桌子一角。

叶钦呆呆地看着，手伸过去的时候还迟疑了一下，把那堆字条拿在手上的时候，才发现曾经看上去很大一捧的星星，原来只有这么少、这么轻。

他一张张翻看，上面写着同样一句话——我可以做你最好的朋友吗?

都是他亲手写的，写的时候要么在课上混时间，要么在家里打瞌睡，没有一句是走心的。可是后来，程非池拿着其中一张找到他，珍而重之地塞回他手心里，对他说："好。"

叶钦知道留在罐子里没有被拆开的那颗写着什么了。

他的手无端地发软，罐子都拿不稳，哆哆嗦嗦中，看见瓶底的星星一角沾了古怪的颜色，打开灯倒出来看，暗红色的，抠不掉，是血渍。

瞳孔倏地收紧，心像被狠狠攥了一下，叶钦放下东西，扭头向客厅跑去。

楼道里的声控灯因为他剧烈的动作应声而亮，可是外面比里面更加安静，目所能及的除了紧闭的楼道安全窗、显示电梯停在 1 楼的液晶屏，其他什么都没有。

叶钦慌了神，门也不关就追了出去。

一分钟前，他还一点都不着急。他以为程非池会像从前那样站在门口等他消气。

等待电梯下降的时候，他还是怀揣着希望的。他认为程非池一定没有走远，从前在雨中两个小时都等了，被他赶出去都等了，没道理十几分钟等不住。

电梯门一开，叶钦就如离弦之箭般冲了出去，沿着小路往小区门口的方向跑。

冬日的夜里没人在楼下闲逛，整条路只剩下几盏孤零零的路灯，将幽暗死寂的光投在地面上。

即便这样，叶钦还是觉得程非池就在前面，扯开嗓子喊他的名字，边跑边摸口袋里的手机，想给程非池打电话让他别走，让他等等自己。

叶钦只顾着看手机没注意脚下，步子迈得太急，左脚踩了右脚的鞋带，身体重心前倾，猛地摔趴在地，膝盖和手掌重重地磕在水泥路面上，和脱手飞出去的手机同时发出闷重的声响。

痛感从四肢直蹿脑门，怕疼如叶钦，几乎立刻飙出眼泪，他咬牙站起来，用手背胡乱抹了一下即将溢出眼眶的泪，生怕被挡住视线。

他仰起头冲前面喊："程非池，你给我站住！"

回应他的只有呼啸而过的风声。

拖着摔麻木了的腿一瘸一拐地往前走，嘴唇被寒风吹得发白，细看还在随着呼吸发颤。

“哥哥……”叶钦对着空气唤了一声，怕程非池听不见，拔高音量又喊了一声，“你在哪儿啊，哥哥？”

他的声音像含了沙砾，断续而沙哑，哽咽到说不出别的话。

而那个帮他系鞋带、笑着对他说“有我在”的人，再也没有折返看他一眼。

晚上9点多，周封从电梯里走出来，抬头看见门口的一团黑影，吓得差点把手上的东西扔在地上。

走近了发现是叶钦蹲在那儿，周封大松一口气：“阿钦，你给学霸过生日也不用这样吧，这不是惊喜是惊吓了，好吗？”

他把一只手上的东西腾到另一只手上，去扶叶钦：“快快快把门打开，先进去再说。”

叶钦赖着不动，好半天才说：“没带钥匙。”

周封无奈，只好把手上的东西放下，跟他一块儿蹲着：“学霸有钥匙吧？我好人做到底，把你俩送进去再走。”

周封蹲了一会儿，见叶钦不跟他说话，连感谢他大晚上东奔西跑帮买东西的意思都没有，顿觉无趣，扒拉着地上摆着的两个纸袋看：“这蛋糕可是现做的，我亲眼看到师傅塞了满满的水果和巧克力……手链是在城东的商场买的，时代广场那家居然断货了，你敢信吗？可能因为后天情人节了……欸，你干吗去？”

叶钦不知想起什么，突然站了起来，打开手机电筒，躬身在楼道里到处找什么东西。周封凑上来想帮他，问他找什么，他也不说，只顾自己找。

所幸楼道地面平滑，在靠窗的角落里找到那条手链，叶钦放在手心里吹了吹，然后去拿新买的手链。

“欸？这条手链是那条手链？不是已经扔掉了吗？”

叶钦没理会周封的疑问，把放在地上的袋子里的小盒子拿出来，小心地打开，里面是同款手链。

叶钦想把自己的和新买的放在一起，但盒子太小，没法并排放两条，他硬塞了几次都没成功。

周封看不下去："哎呀，这是放一条手链的盒子啊，要收起来的话把你那条的盒子找出来啊。"

叶钦想了想，说："找不到了。"

程非池送给他的那条手链的盒子，第二天就被他当垃圾扔了。戴上这手链，他就没想过再摘下来，他还想着等过了零点，就把新买的同款手链拿出来，程非池戴上了肯定也不会再舍得摘下。

就像他以为程非池会永远陪着他，只要回头就能看到程非池一样。

叶钦终究是放弃了，把手链盒盖上，放回纸袋里，左手紧紧握拳，把自己的那条捏在手心，和那颗沾了血的星星一起。

开学那天，首都的天气出现回温的趋势，站在操场上，迎面吹来的风也有了一丝暖意。

开学典礼刚散，叶钦就去办公室找高三（1）班的班主任。

"程非池啊？他的学籍已经迁走啦，去哪里我就不清楚了，总之不是C大了。"

叶钦不太敢确定地问："C大？"

"是啊。"老师也一脸不解，"A大给他发邀请他不去，非要上什么C大，怎么劝都不听，申请表都写好啦，我这里还有一份留底呢，得赶紧拿出来销毁掉。"

说着老师拉开抽屉低头翻找，边找边说："他这么好的成绩，履历也漂亮，哪怕上C大最好的专业都太浪费，也不知道他是怎么想的……幸好后来又想通了，应该是家里人出面了吧。"

拿着废弃的申请表从办公室出来，叶钦口袋里的手机响了，没存姓名的陌生号码，他匆匆扫了一眼便接了起来。

电话里的人告诉他已经查到程非池刚刚办了护照和去美国的留学签证，航班就在今天。叶钦都没顾上听后面的话，拔腿就跑。

他在学校门口打了一辆车，一路催司机快一点，再快一点，险些把脾气不好的司机大叔惹毛。

到机场他才想起自己不知道航班号，忙又打电话给私家侦探，那头说："今天上午已经飞走了，出境之后的行踪，我们这里就鞭长莫及了。"

叶钦刚才还闪着光的眼睛瞬间暗淡下来。他在人来人往的机场大厅里站了一会儿，听见电话那头的人说到结账，才颓然地回过神，问对方要卡号。

网络银行到账迅速，那边见客人爽快，发来短信说免费赠送几条先前查了一半的消息。

叶钦将那条信息来回读了三遍，最后将目光集中在"程非池的生父或另有其人"这一句上，看着看着，嗓子里哼出一声突兀的笑。

展开一直捏在手上的那张纸，视线直接往下滑，落在申请人一栏，程非池的签名横平竖直、苍劲有力，昭示着那时的他有多么坚定，哪怕要申请的是与他自身水平相去甚远的学校，哪怕这样做的后果是所有努力全都白费，他也没有丝毫的犹豫。

因为他答应过一个人，要一起念同一所大学。

耳边人声嘈杂，前方不到二十米的地方便是入站安检口。

每分每秒都有人离开这片土地，有人短暂告别，有人归期未定，有人依依不舍地哭泣，也有人面带微笑地祝福。在这往来不息的人群中，只有叶钦一个格格不入，连摆一个正常的表情融入其中都做不到。

白纸黑字在眼前渐渐变得不清晰，一颗豆大的眼泪落在纸上，洇开墨迹，将“池”字的三点水晕成模糊粘连的一片。

是啊，他名叫非池，他本就不该被困在这里，不该被困在自己身边。

可是人才刚刚离开，他已经开始想念了。

叶钦一遍又一遍地在心里默念“对不起”，想和他一样善良豁达、沉稳镇定，像个大人一样笑着祝他前程似锦，可这想念剜心蚀骨，仿佛钻进骨髓最深处，“程非池”三个字轻轻划过脑海，都让叶钦疼得不能自已。

人人都知道叶家小少爷最爱惜面子，无论何时何地都不肯低人一头。他怕被人看到，用纸挡住脸，又用手盖住眼睛，可还是有泪从指缝间不断溢出，顺着手背滑进袖口，不一会儿便冻结成冰，再温暖的泪水都无法将它融化。

这年的春天来得格外早，伴随着冰消雪融的除了绿草抽芽、万物复苏，还有叶家纸包不住火的危机。

开学后叶钦几乎不怎么出去玩，上课以外的大部分时间都待在家里，与家人相处的机会也就多了起来。

他首先发现的是来家里做客的人日益增多，最多的时候一天能听到五六回敲门声。

有一次吵得他没法睡，他跑下楼去，看见一排西装革履的黑衣人站在客厅里，罗秋绫神色焦虑地跟他们说着什么，看见叶钦下来，忙冲他挥手：“上去睡觉，把门锁好。”

后来不知从什么时候起，就沦落到听见敲门声都不敢开门的地步。每天上学前罗秋绫都会让家中阿姨到外面探视一番，还叮嘱他中午和晚上不要回来吃饭了，下晚自习会有车去接。

那会儿叶钦只当叶锦祥惹了什么人，毕竟叶家公司的前身是罗家，赫赫有名的中草药世家，根基稳固，就算到了他们这一代人丁不够兴旺，公司主营业务也跟不上时代需求，但瘦死的骆驼比马大，总不至于破产倒台，大不了他平时少花点钱。

况且这是叶锦祥该考虑的事，叶钦还是将更多的精力放在学习上。他想考进C大，等到程非池回来的时候，至少有个能聊天的正当话题。

哪怕叶钦知道，程非池大概不想再见自己了，提绝交那天就是他计划中的最后一面。

“你这臭小子就是欠收拾，应该去我家聆听一回老孙爱的教育。”孙怡然听说程非池出国了，以为都是叶钦给气的，“你是从小顺风顺水长大，没人敢当着你的面说你一句不好，要是程非池说那些话让你听见了，你会怎么想？”

这些叶钦早就想过了，而且他放任自己往深处想，渐渐明白除了所作所为，更加过分的是他的动机，在这样一个目的不单纯的前提下，所有的举动都成了恶意，哪怕是甜蜜美好的回忆，最后也能变成刺向心口的刀。

所以那些话对程非池来说并不是他想的那样不痛不痒，而是致命一击。

孙怡然见他双目失焦、颓然无措的可怜模样，不忍心再继续责怪：“哎呀，也别这么失魂落魄的，想当年姐姐我追他没追上的时候，也觉得天都要塌了，全世界数我最惨。你至少还跟他做朋友了，欸，跟校草做朋友的感觉怎么样啊？”

明知孙怡然是在安慰自己，叶钦却笑不出来，硬是扯开嘴角，简直比哭还难看。

孙怡然捂住眼睛大喊“何方妖孽”，随后叹息道：“我看你很在意他的嘛，那干吗要说那种话啊？傻不傻？没事啦，等到他回来了，好好道个歉，怎么说也同学一场。”

可是他只想跟程非池继续做朋友。

这个想法自脑海中飘过的同时，叶钦自嘲一笑。

程非池大概连普通朋友都不想跟他做。他们俩原本就不是一路人，现在连那层自以为存在的血缘关系也没有了，合该大路朝天，各走半边，谁也遇不上谁。

从前的叶钦自诩乐观，程非池走后，只剩下满心怆然。

他每天上学、吃饭、睡觉，看似与平时无异，只有平时与他十分亲近的人才能察觉出一点他与从前的不同。

时间步入 4 月，周封约他去 Y 省玩，美其名曰考前放松。叶钦不想去，推说嫌那边地处高原气候寒冷，周封说廖逸方也去，只有两个人没劲，叶钦想了想便同意了，他担心班长受欺负。

谁知临去时，叶钦接到周封的电话，说家里人要送他去当兵，高考完就出发。

周封思考片刻，对他的见解表示赞同，决定暂时放弃这个念头，挂电话前略带遗憾地说："Y 省去不成了，咱们几个以后有机会再约吧。"

不知为什么，叶钦隐隐觉得这个"以后"短时间内不会来了。

总有这么一帮少年，觉得必须让全世界都围着自己转，方能显出英勇无畏的气概。等遇到这样或那样不顺心的事，他们才知道组成人生的不是潇洒快活，而是无可奈何。

最近家里气氛紧张，罗秋绫也疲于在外奔波筹钱，好几天没有坐下好好吃顿饭。昨天她又提了一次出国留学的事，被叶钦拒绝了。

春风得意的时候他不想离开家，现在家中有难就更不能走了。

何况他还要等那个人回来。

晚上叶钦跑了趟嘉园小区，把留在那边的东西整理好装进包里。罗秋绫说这套房子很快会被卖掉，临出门时，叶钦最后看一眼这套充满两人痕迹的小公寓，抱着那个被擦得透亮的玻璃罐，将门轻轻合上。

回到家，叶钦远远就看见院门大敞着，有穿着工作服的人把里头的东西往外面抬，包括叶锦祥悉心收藏的那些宝贝古董。

从坐在屋里抹眼泪的罗秋绫口中，叶钦终于知道他们家的公司远远不止资金链断裂这么简单。叶锦祥从去年开始跟那个女人炒股票、买期货、搞投资……但凡有风险的东西他都沾了个遍，还去澳门赌钱，被灌了迷魂汤似的，浑然不觉被那女人骗光了全部家当。

如今公司只剩一个徒有其表的空架子，银行已经在对叶锦祥的个人资产进行结算，罗秋绫今天才知道他们住的房子早就被抵押了，不日便会被银行收回拍卖。

等到屋子里值钱的东西被搬得差不多了，叶锦祥灰溜溜地回来，进门就被扑倒在地狠揍了几拳。

叶钦呼吸粗重，目眦欲裂，仿佛等这个机会等了很久。他还做不到像大人那样喜怒不形于色，除了给委屈了这么多年的母亲出气，也在为自己无处发泄的痛苦寻找释放口。

发泄完了本该觉得痛快，可空虚和茫然感从身体里丝丝缕缕渗出，自内向外将他整个人密不透风地包围。

打了又能怎么样？妈妈能不哭吗？房子能不卖吗？时光能倒流吗？

……程非池能回来吗？

叶锦祥纵然有错，他自己也不能独善其身。

是他放弃正面对峙，选择暗中报复；是他心存偏见，对程非池百般刁难践踏；是他幼稚蠢笨不识真心，还自以为是地把这一切都当作一场表演，却不知道那些发自内心的欢笑和痛彻心扉的眼泪，都因为他早已入戏。

若不是因为他入戏，程非池也不会在最后走的时候如此决绝，那样温暖善良的人，连最后一次机会都不愿施与。

5月的某一天，周封终于得空出来，跟叶钦约在校门口的餐馆见面。

见到的第一眼，叶钦差点没把人认出来。不知家长下了多重的手，周封脸上青紫斑驳，在这肿成猪头的节骨眼上还剃了个寸头，几乎是贴着头皮剃的，只留了不到一厘米的青楂儿。

“我爷爷给剃的，说其他师傅的手艺不见得有他好，削破皮以后就秃了。”周封有些不好意思地撸了把脑袋，“其实看着也还行吧？毕竟哥哥我长得帅，就是猛一阵风吹过来头顶凉飕飕的。”

叶钦早在电话中得知他准备入伍的事，起初自然是惊讶的，就在两三个月前，这厮还因为不想被押去当兵而埋头苦读。

周封当时没在电话里细说，这会儿碰上面，才吐露真话：“你先前说的，我回头又琢磨了好几天，越想越觉得有道理。在这个节骨眼上，必须得听我爸的话。”

小饭馆门朝阳，窗户大开，没了封闭的包厢里那腻人的馨香气味，反而更让人头脑清醒，能坦诚地直面心中的真实想法。

“你跟班长……”

叶钦刚起了个头，周封就像知道他要问什么似的，做了个“停止”的手势：“求别问，这几天我妈、我奶奶、我外婆追着我问到底想不想当兵，说如果我还想念书的话就帮我争取一下，还找班长给我补习。我寻思着我之前太不是个东西，把班长耍得团团转，还害他成绩下滑，现在又因为冲动打架害他转学……反正我就是个祸害，书也念不进去，不如去部队锻炼锻炼，这回万万不能再拖累他了，不然我真是……”

最后一句即便不说，叶钦也明白他的意思。

这世上有太多事情对他们来说还没有足够分明的界限，不吃一次亏，不摔个狗啃泥，就不知道是非对错，也不知道会造成什么样无可挽回的后果。

他们点了三个炒菜，边吃边聊。

不过一月未见，两人之间便弥漫着一股老友重逢的微妙气氛，以及离别前略显沉重的宁静。

周封给叶钦满上一杯茶："还在找他？"

叶钦点点头，又摇摇头："找不到，先不找了。"

前些日子，他把能问的人都问了个遍，包括程非池教过的学生，甚至辗转联系到程非池在师大附中的校友，通过他们联系到那个叫张佩瑶的女生。

张佩瑶已经在上大学，接到叶钦的电话，听他问到关于程非池的事，起先非常警惕，说自己无论如何都不会说的，让他别想从她嘴里撬话。

叶钦在听到她声音的瞬间就确定她是他要找的人。他说明来意，表示自己只是想知道程非池现在去哪儿了，以及当年的事到底是怎么回事，张佩瑶见他态度诚恳，才慢慢放下防备。

关于他的提问，前者张佩瑶表示爱莫能助，她跟程非池已经很久没有联系了；后者她说了个大概，大意是自己当年不懂事，追求不成，就听人挑拨出损招散布谣言，没想到会逼得他离开师大附中。

时过境迁，再羞于启齿的事也变得不那么难以坦白，最后张佩瑶还警告叶钦："事情我已经交代清楚了，不管你是谁，都别再骚扰他了啊，他不想被人打扰。"

想到这里，叶钦不禁苦笑，他哪里是想追过去，他只是想确认程非池过得好不好。

周封不知他在想什么，歪着脑袋琢磨片刻，附和道："那就先不找了，等我到部队里好好表现，让我家老爷子帮你查。"

这天晚上睡不着，他拿出手机上校园论坛，翻到浏览过许多遍的那几个帖子，将别人偷拍的程非池的照片又看了一遍。

他没把这几张照片存在手机里，因为这不是他眼中的程非池。可他眼中的程非池是什么样的，他自己也无法用那些扁平的词汇描述出来。

次日下着小雨，小货车装不了太多东西，司机不耐烦地让他们速度快点，说待会儿还要去另一家运货。

成箱的日杂废品被扔到垃圾堆，叶钦最后剩下的行李大多是衣服和书本，衣服里面裹着玻璃瓶，书本上面堆着一小块尚未被拆掉的乐高机械组。

车子启动的时候，他猛然想起什么，不管不顾地跳下车，跑到垃圾桶边上蹲下翻找，对身后母亲的呼唤恍若未闻。

好不容易从那堆七零八碎的杂物中将去年淘汰的手机找出来，按下电源键的时候叶钦紧张得心都快从胸膛里跳出，看到屏幕亮起，才呼出堵在喉咙里的一口长气。

开机后，他凭着记忆，很快翻到那张照片。

书桌、窗户、冬日的阳光，还有被偷拍的少年。

叶钦近乎贪婪地看着这张照片。他本来不想哭的，这阵子哭得够多、够丢人的了，可他实在难过，心里像被挖空了一大块，疼得他鼻子发酸，眼眶发胀。

还有这恼人的春雨，淅淅沥沥下个不停。

但也要感谢这连绵的雨，冲走了他心底沉积多日的悔恨和怨怼。

他含泪挤出一个笑，嘴唇动了动，把没来得及送出的祝福说给眼前的人听：“你要好好学习、好好吃饭、好好睡觉，每天都要开开心心，不要、不要再……”

不要再碰到坏人了——这句话叶钦努力几次都说不出口，因为他自己就是坏人中的一员，他自私、愚蠢、狂妄自大、嚣张跋扈，不仅比旁人多了一项“恃宠而骄”的恶行，而且时至今日还在妄想回到从前。

抹开落在屏幕上的细小雨点，叶钦久久盯着照片里的人，像在透过屏幕与他对视。

少年微微皱眉，嘴巴半张，因为事出突然而有点呆傻的表情，仍掩盖不住他帅气又温柔的眉眼。

那一刻，他们眼中映着彼此，一切还是最初、最好的样子。

图书在版编目（CIP）数据

落池 / 余醒著 . — 广州 : 广东旅游出版社 , 2021.7（2021.8 重印）
ISBN 978-7-5570-2422-2

Ⅰ . ①落… Ⅱ . ①余… Ⅲ . ①长篇小说—中国—当代 Ⅳ . ① I247.5

中国版本图书馆 CIP 数据核字 (2021) 第 000415 号

落池
LUO CHI

出版人：刘志松
责任编辑：梅哲坤
责任技编：冼志良
责任校对：李瑞苑

广东旅游出版社出版发行
地址：广州市荔湾区沙面北街 71 号首、二层
邮编：510130
电话：020-87347732
印刷：河北鹏润印刷有限公司
（地址：河北省沧州市肃宁县工业聚集区）
开本：880 毫米 ×1230 毫米 1/32
字数：284 千
印张：11
版次：2021 年 7 月第 1 版
印次：2021 年 8 月第 2 次印刷
定价：49.80 元

如发现图书质量问题，可联系调换。质量投诉电话：010-82069336